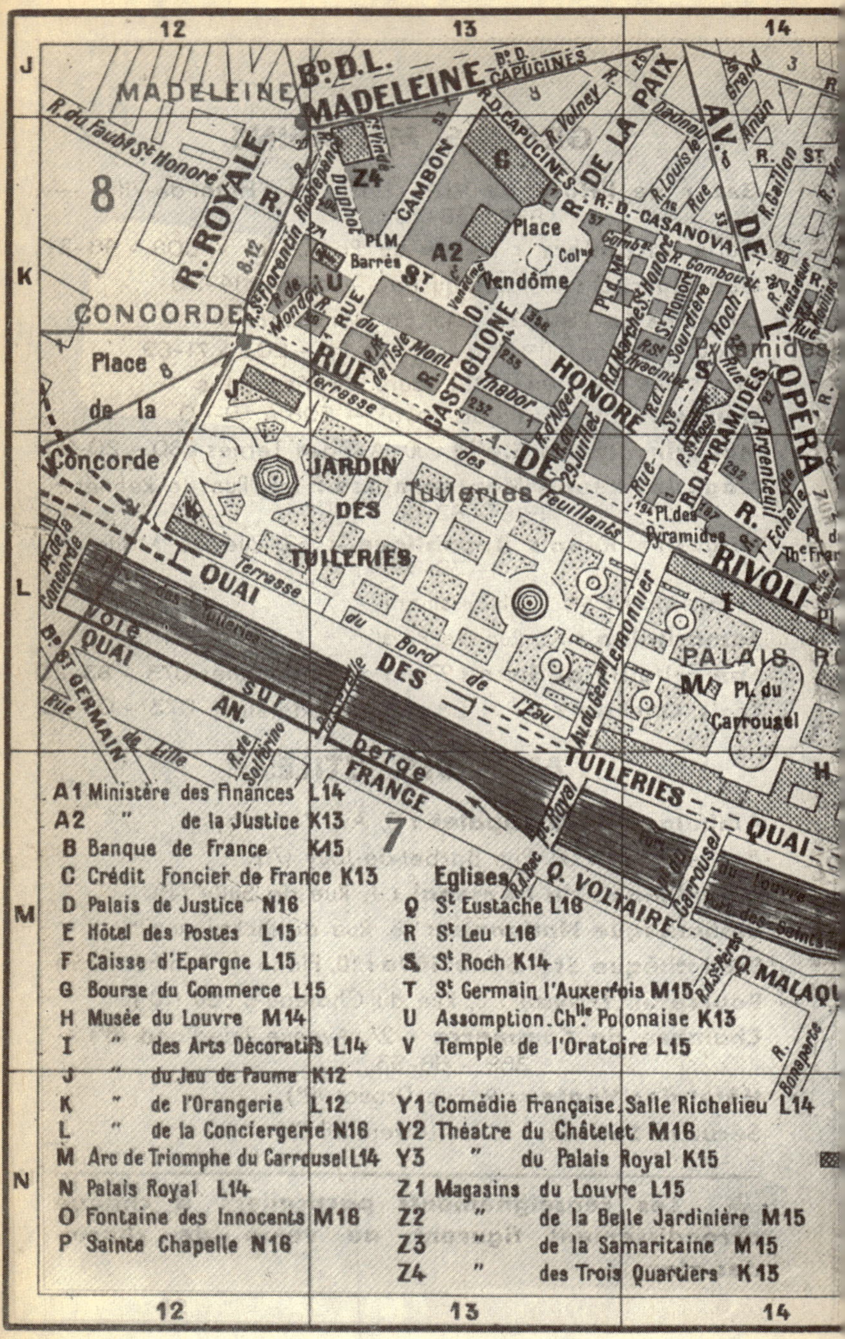
12
13
14
J
K
L
M
N
MADELEINE
Bd. D. L. MADELEINE
Bd. D. CAPUCINES
R. D. CAPUCINES
R. du Faubg. St. Honoré
8
R. ROYALE
CAMBON
Place Vendôme
R. DE LA PAIX
R. D. CASANOVA
AV. DE L'OPÉRA
CONCORDE
Place de la Concorde
RUE ST. HONORÉ
R. CASTIGLIONE
RUE DE RIVOLI
Terrasse des Feuillants
JARDIN DES TUILERIES
Tuileries
R. D. PYRAMIDES
Pl. des Pyramides
PALAIS
Pl. du Carrousel
QUAI DES TUILERIES
Terrasse du Bord de l'Eau
QUAI AN. FRANCE
Voie sur berge
Rue de Lille
R. de Solférino
7
Q. VOLTAIRE
Q. MALAQU
A1 Ministère des Finances L14
A2 " de la Justice K13
B Banque de France K15
C Crédit Foncier de France K13
D Palais de Justice N16
E Hôtel des Postes L15
F Caisse d'Epargne L15
G Bourse du Commerce L15
H Musée du Louvre M14
I " des Arts Décoratifs L14
J " du Jeu de Paume K12
K " de l'Orangerie L12
L " de la Conciergerie N16
M Arc de Triomphe du Carrousel L14
N Palais Royal L14
O Fontaine des Innocents M16
P Sainte Chapelle N16
Eglises
Q St. Eustache L16
R St. Leu L16
S St. Roch K14
T St. Germain l'Auxerrois M15
U Assomption. Chlle. Polonaise K13
V Temple de l'Oratoire L15
Y1 Comédie Française. Salle Richelieu L14
Y2 Théatre du Châtelet M16
Y3 " du Palais Royal K15
Z1 Magasins du Louvre L15
Z2 " de la Belle Jardinière M15
Z3 " de la Samaritaine M15
Z4 " des Trois Quartiers K13

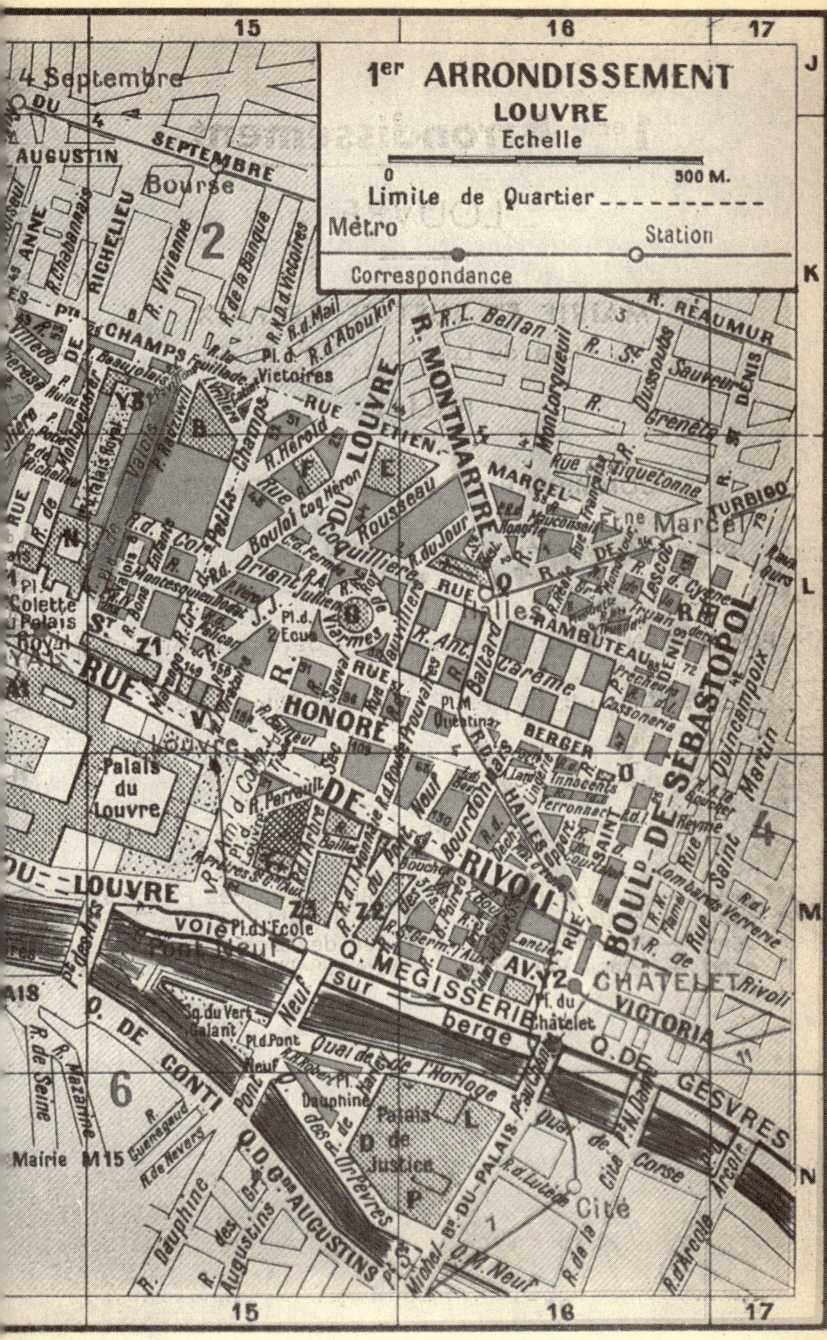
1er ARRONDISSEMENT
LOUVRE
Echelle
0
500 M.
Limite de Quartier
Métro
Station
Correspondance
15
16
17
J
K
L
M
N
4 Septembre
DU 4 SEPTEMBRE
AUGUSTIN
Bourse
2
RICHELIEU
R. Vivienne
R. de la Banque
R. N.D. d. Victoires
R. d. Mail
R. d'Aboukir
R. L. Bellan
R. RÉAUMUR
R. MONTMARTRE
R. Montorgueil
R. Dussoubs
R. St. Sauveur
DENIS
R. Greneta
RUE ETIEN. MARCEL
Rue Tiquetonne
TURBIGO
Pl. d. Victoires
DE CHAMPS
RUE DU LOUVRE
E
F
B
Y3
N
R. Coquillière
Rousseau
R. du Jour
RUE
Halles
RAMBUTEAU
R. Baltard
R. Berger
Cossonerie
BOUL D. DE SEBASTOPOL
R. Quincampoix
R. St. Martin
4
Pl. Colette
du Palais Royal
Z1
RUE ST. HONORÉ
Palais du Louvre
Louvre
DE RIVOLI
R. Perrault
R. Bertin Poirée
Z3
Z2
R. des HALLES
SAINT
O
Y2
DU LOUVRE
voie Pl. d. l'Ecole
Pont Neuf
Q. MEGISSERIE
sur berge
Pl. du Châtelet
CHATELET
AV. VICTORIA
Rivoli
Q. DE GESVRES
Sq. du Vert Galant
Pl. d. Pont Neuf
Quai de l'Horloge
Pl. Dauphine
Palais de Justice
D
L
P
Q. DE CONTI
6
R. de Seine
R. Mazarine
R. Guénégaud
R. de Nevers
Mairie M15
Q. D. Gds AUGUSTINS
R. Dauphine
R. des Augustins
Quai des Orfèvres
Bd. DU PALAIS
R. d. Lutèce
Cité
Quai de Corse
R. de la Cité
R. d'Arcole
1
Q. M. Neuf
St. Michel

Zu diesem Buch

„Bilder bluten nicht" spielt im 1. Arrondissement von Paris. Ein frustrierter Ehemann fährt alljährlich in die Metropole, angeblich um dort zu erleben, was die Provinz ihm versagt. Doch nach einem Mord in den berühmten Markthallen und einem Diebstahl im Louvre findet der Privatdetektiv Nestor Burma heraus, daß der scheinbar harmlos sündigende Ehemann es mit Verbrechen und Verbrechern zu tun hat.

„Wenn der Stil Malets zuerst vielleicht an Chandler erinnert, die schnoddrige Sprache Philip Marlowes Vorlage für Burmas oft seltsam unfranzösisch anmutenden, zynischen Umgangston gewesen zu sein scheint, wenn Burma wie Marlowe der harte, sarkastische Einzelgänger mit dem weichen Herzen, dem untrüglichen Sinn für Gerechtigkeit und Loyalität ist, so sind die Ursachen dieses Zynismus doch völlig andere. Bei Chandler wie bei Dashiell Hammett entspringt diese sarkastische, oft lakonische Ausdrucksweise einer bitteren Weltsicht, der Erkenntnis, daß die gesellschaftlichen Verhältnisse marode, korrupt und degeneriert sind... Bei Malet hingegen wurzelt Burmas kurze, spröde, oft dreiste Ausdrucksweise in des Autors ehemaliger Beziehung zu den Anarchisten und seiner Zugehörigkeit zu den Surrealisten." („Stuttgarter Zeitung")

Léo Malet, geboren am 7. März 1909 in Montpellier, wurde dort Bankangestellter, ging in jungen Jahren nach Paris, schlug sich unter dem Einfluß der Surrealisten als Chansonnier und „Vagabund" durch und begann zu schreiben. Zu seinen Förderern gehörte auch Paul Éluard. Eines von Malets Gedichten trägt den bezeichnenden Titel „Brüll das Leben an". Der Zyklus seiner Kriminalromane um den Privatdetektiv Nestor Burma – mit der reizvollen Idee, jede Folge in einem anderen Pariser Arrondissement spielen zu lassen – wurde bald zur Legende. René Magritte schrieb ihm, er habe den Surrealismus in den Kriminalroman hinübergerettet. 1948 erhielt Malet den „Grand Prix du Club des Détectives", 1958 den „Großen Preis des Schwarzen Humors". Léo Malet lebt in Paris.

In der Reihe rororo-Taschenbücher liegt außerdem vor „Stoff für viele Leichen" (Nr. 12593).

Léo Malet

Bilder bluten nicht

Krimi aus Paris

Aus dem Französischen
von Hans-Joachim Hartstein

rororo

Rowohlt

Malets Geheimnisse von Paris

Les Nouveaux Mystères de Paris

Herausgegeben von
Pierette Letondor und Peter Stephan

1. Arrondissement

Veröffentlicht im Rowohlt Taschenbuch Verlag GmbH,
Reinbek bei Hamburg, Juni 1989

Abdruck der Karten mit freundlicher Genehmigung der
Éditions L'INDISPENSABLE, Paris
Umschlagillustration Detlef Surrey
Umschlagtypographie Walter Hellmann
Gesamtherstellung Clausen & Bosse, Leck
Printed in Germany
780-ISBN 3 499 12592 7

I

Melancholie

Die Frau, die nicht weit vom Eingang zur Métro flanierte, bewies noch Spuren einer guten Kinderstube.

„Guten Abend, Monsieur", sagte sie, als ich mit ihr auf einer Höhe war.

Ich antwortete: „Guten Abend, Madame", und ging weiter. Sie war nicht die Gesuchte.

Ich bog in die Rue des Lavandières-Sainte-Opportune ein. Ein plötzlicher Windstoß trieb mir den Regen ins Gesicht. Er schien vom Palais de Justice zu kommen, dessen geduckt massige Umrisse sich mit seinen wie Ohren aufgerichteten Türmen verschwommen auf der anderen Flußseite abzeichneten. Gerade noch konnte ich meinen Hut packen, und ich sagte mir, daß ich genausogut nach Hause gehen und mich aufs Ohr legen könne.

Für eine Januarnacht war es sehr mild, aber dennoch war es Januar. Derartige Windstöße waren jetzt unangenehmer als mitten im Sommer.

Und ich konnte mir noch so oft einreden, daß ich mehr oder weniger im Dienst war, es fiel mir schwer, mich davon zu überzeugen. Auf Vater Louis Lheureux – ein hübscher Name – brauchte ich nur zu warten, er mußte in sein Hotel in der Rue de Valois zurückkehren, dann konnte ich ihn abfangen.

Sicher, um ihn zur Vernunft zu bringen, war es besser, ihn zwischen zwei Schnäpsen abzupassen. Aber das mußte nicht sein. Unnötig der Versuch, bei diesem Wetter seiner galanten Liebesroute zu folgen oder die Bistros, in denen er zu Abend aß, zu durchkämmen. Nur... ich lief gerne noch ein wenig durch die Straßen, durch die warmen, nun ja, für Januar jedenfalls nicht zu kalten Straßen.

Ich kaute auf dem Mundstück meiner Pfeife und senkte den Kopf. Geduckt wie ein Schnelläufer hastete ich in die Rue Jean-Lantier, die vor dem kalten Wind geschützt war.

Vor einigen Monaten hatte sich eine Blondine namens Gaby dort zwischen zwei Hoteleingängen die Schuhe durchgelaufen. Vielleicht stand sie immer noch da.

Es war nicht ganz so dunkel wie in der Mitte eines Tunnels. Im Schatten gingen zwei weitere Schatten auf und ab.

Die erste, die sich auf mich stürzte, als wäre ich Aga Khan persönlich, schien mir nicht blond zu sein. Oder aber sie war unaufdringlicher und nicht so herausfordernd platinblond wie meine Blondine.

„Gaby nicht da?“ fragte ich.

„Ich bin Gaby“, sagte das Mädchen mit müder Stimme.

„Die blonde Gaby“, präzisierte ich.

„Seit sechs Monaten nicht mehr, Schätzchen. Ich habe meine Haarfarbe gewechselt...“

„Kann ich mal dein Gesicht sehen? Ich muß mit der blonden Gaby sprechen. Da will ich sichergeh'n.“

„Aber wenn ich dir doch sage, daß ich die Gaby bin...“

Sie war es wirklich. Ich überzeugte mich davon in dem Flur des schäbigen Hotels, in dem gelblich blassen Schein einer schwachen, verdreckten Glühbirne. Ein ziemlich hübsches, aber ebenfalls blasses Gesicht, kränklich, weder jung noch alt.

„Zufrieden?“ fragte sie. „Bin ich's?“

„Ja.“

„Und nun...?“

„Nur ein Tip. Hier, tausend Francs für den Zeitverlust.“

Ohne Zögern, ohne Kommentar nahm sie den Schein und schob ihn in ihren Strumpf. Die Beine, die dabei sichtbar wurden, zeigten die ersten Krampfadern, was nicht erstaunlich war. Sie gehörte so langsam zu der Gruppe von Huren, die häufiger stehen als liegen. Sie mußte wohl gute Schuhe haben, unverwüstliche. Mir schien, als hätte ich sie schon immer an ihr gesehen, diese durchbrochenen Riemchenschuhe, die nicht zu eng am Fuß sitzen durften. Die Lederstiefel, die fand man weiter oben. In der Rue Saint-Denis. Dazu zitterte die Gaby beinahe vor Kälte in ihrem Stoffmantel aus reiner Baumwolle. Wenn nämlich die Stiefel weiter oben standen, so standen die Pelzmäntel weiter unten, in der Rue Caumartin, wo die schnellen Schnecken Bewegung in die Hautevolee brachten. Eine ganz andere Welt.

„Was für'n Tip?" fragte Gaby.

Ich schob meinen Hut zurück.

„Erkennst du mich nicht?"

Sie seufzte:

„Ach, weißt du! Ich seh' so viele.."

„Ich heiße Nestor."

„Merkwürdiger Name."

„So heiß ich eben. Und ich suche einen merkwürdigen Typ. Einen von deinen Kunden. Heißt Louis. Falls er dir seinen Namen gesagt hat. Möglich, denn er quatscht gerne. Ein richtiges Stinktier, aber einer, der nicht stinkig wird – ordentliches Benehmen. Ein spießiger Kerl aus der Provinz, aus Limoges. Hört man aber kaum. Redet immer von seiner Stadt, deswegen erzähl ich's dir. Er macht seine Spritztour hierher, einmal im Jahr. Und weil er seine Gewohnheiten hat... Letztes Jahr hab' ich ihn begleitet. Manchmal spiel' ich eben Kindermädchen. Scheint so, daß er wieder hier in der Gegend ist, aber ich kann ihn nicht auftreiben. Weißt du, wen ich meine?"

Sie zerbrach sich nicht lange den Kopf.

„Ja, ja, ich weiß... Ein Kerl, der immer so aussieht, als verarscht er alle Leute?"

„Ganz genau."

„Und ob ich mich an ihn erinnere!"

„Warum?"

„Er ist nett und großzügig. Von seiner Sorte müßte es mehr geben. Auch wenn der merkwürdige Typ, wie du ihn nennst, wie ein Schaumschläger aussieht."

„War er heute abend bei dir?"

„Nein", seufzte sie. „Weder heute abend noch die letzten Tage."

„Na ja, da kann man nichts machen, schade. Für ihn, für dich und für mich. Trotzdem vielen Dank, Gaby."

„Nichts zu danken."

So sehen die Augen eines geprügelten Hundes aus. Sie fragte sich, welchen Sinn dieses Verhör haben solle und ob sie deswegen schließlich nicht eins aufs Dach kriegen werde. Ziegel dafür mußte sie wohl sammeln, hatte davon wohl schon genug für ein normal großes Dach. Ein Dach, das ihr auf diesem Trottoir sehr nützlich gewesen wäre, wo die Kunden sie bestimmt weniger belästigten als die Flics und das schlechte Wetter...

Sie tat mir plötzlich sehr leid.

Das mußte an dieser verdammten Melancholie liegen, die an mir nagte, seit ich mich in diesem Viertel herumtrieb, wo niemals etwas passiert, das nur nachts lebt. Und wofür, verdammt noch mal? Alles für den Bauch von Paris. In einem Gestank von totem Fleisch und der Erde entrissenem Gemüse. Und am Tage ist es nicht viel besser. Geschäfte für die arbeitende Klasse oder für Hausangestellte. Erst zur Place du Palais-Royal hin riecht es weniger volkstümlich, aber die Nähe des Finanzministeriums macht alles wieder kaputt. Und an den Quais hocken die Vögel in Käfigen. Sie pfeifen. Sie rufen um Hilfe. Na und? Die Vögel in den Tuilerien sind nicht besser dran. Sie fliegen nicht fort, weg von den Tuilerien. Es ist ein etwas größerer Käfig, in einer wunderschönen Umgebung; das ist alles. Zur Ehrenrettung kacken die Tauben ungeniert auf die steinernen Männer, kaum geschützt in ihren Nischen in der Rue de Rivoli, oder auf die Touristen, die mit vor Bewunderung blödem Blick aus dem Louvre kommen. Trotz allem ist das doch ein elender Spaß. Und die bekannten Diebstähle aus den Sammlungen des Museums (*Die Mona Lisa,* vor dem Ersten Weltkrieg; *Der Gleichgültige,* vor dem Zweiten; und in diesen Tagen – vor dem Dritten? –, ein Porträt von Raffael) stellen vergebliche Zerstreuungen dar.

2

Der erste Tote

Schließlich trieb ich meinen Mann doch noch auf, und zwar in dem Augenblick, als ich gerade meine Suche aufgeben wollte. Es war zwei Uhr morgens. Er aß mutterseelenalleine Austern im *Riche-Bourriche*, in der Nähe der Fontaine des Innocents. Hinterer Saal, linke Ecke, fern vom lärmenden Verkehr, der draußen herrschte. Auch vor Blicken geschützt. Wäre ich nicht, mehr aus Routine als aus Gespür, in das Lokal gegangen, ich hätte ihn verpaßt.

Mit seinem korrekten dunklen, fast schwarzen Jackett und seiner gestreiften Abteilungsleiterhose hätte man ihn für einen Abgeordneten halten können, der auf einen Ministersessel wartet. Vor allem, weil er so sorgenvoll aussah oder weil er sich bemühte, eine außergewöhnliche Würde an den Tag zu legen. Im letzten Mai hatte ich, wie mir schien, diese Eigenart nicht bemerkt. Davon abgesehen war er immer noch derselbe. Ein sympathisch aussehender reifer Mann, nicht zu reif (in jedem Sinn des Wortes), mit ein wenig feisten Gesichtszügen, glattrasiert wie ein Hausdiener, mit leicht silbergrauem Haar. Gut erhalten.

Ich stellte mich vor seinen Tisch. Er sah auf und erkannte mich. Ein spöttischer Blick.

„Sieh an, sieh an, Nestor Burma!"

Noch höhnischer fügte er hinzu:

„Der Meisterdetektiv!"

Ich zuckte mit den Achseln:

„Das nicht gerade. Ihre Frau hat mir geschrieben."

„Wie immer ... Mit Verspätung, könnte man meinen?"

„Die Post wurde bestreikt."

„Ach ja! Nun gut, setzen Sie sich, Burma. Wir sind jetzt schon alte Kollegen, hm? Ich glaube, wir treffen uns zum dritten Mal, nicht wahr?"

„Ganz richtig."

Ich setzte mich, nachdem ich meinen Hut und meinen Mantel an einen Kleiderhaken gehängt hatte.

„Möchten Sie etwas?" fragte er mich.

„Gern", sagte ich. „Wir wollen die schönen Gewohnheiten nicht ablegen... wenigstens einige nicht, wenn Sie die Anspielung verstehen, mein lieber Lheureux. Sie haben mich diesmal nicht angerufen."

Ich lächelte. Er lächelte zurück.

„Hören Sie, was macht das schon, Sie haben mich ja gefunden!"

Er reichte mir die Karte:

„Austern, Zwiebelsuppe oder Chateaubriand?"

„Chateaubriand."

„Zweimal, bitte", sagte Lheureux zu dem Kellner, der auf die Bestellung wartete und dabei auf seinen Plattfüßen wippte.

Der Kellner verschwand. Lheureux wandte sich wieder mir zu und bemerkte:

„Sie nehmen ihre Aufgabe ernst, was?"

„Muß ich wohl..."

Ich machte eine kurze Pause.

„...Ihre Frau hat anscheinend Ihre Ausflüge so langsam satt, mein Lieber."

Er machte eine verächtliche Geste:

„Soll sie ruhig..."

Die Chateaubriands kamen, und wir machten uns über sie her.

Ich sagte:

„Das könnte daramatisch enden."

Er ließ sich viel Zeit, sein Stück Fleisch zu kauen und runterzuschlucken.

„Aber nein, aber nein," widersprach er, „ich kenne Emilie... Und dann werde ich bald nach Hause zurückkommen, diesmal. Morgen. Spätestens übermorgen. Es sei denn, nach den Postangestellten streiken die Eisenbahner... Wollen wir nicht von etwas anderem sprechen?"

Wir sprachen von etwas anderem, zwischen zwei Bissen.

Und während ich kaute, betrachtete ich Lheureux, und ich dachte, daß er ein komischer Kerl sei, und Madame Lheureux eine komische Frau, und die Ehe von den Lheureux eine komische Ehe, und Nestor Burma ein komischer Detektiv, der keinerlei Gewissensbisse empfand, sich unter anderem seinen Tabak von Kunden dieser Sorte bezahlen zu lassen, die an seine Gegenleistung keine übertrieben hohen Ansprüche stellten; Leute, von denen es mehr geben müßte, wie Gaby sagte. Ganz ruhige Arbeit. Stammkunden. Die einem gewissermaßen den Lebensunterhalt sichern; die einen ernähren...

* * *

Es hatte 1952 begonnen. An einem schönen Maimorgen erhielt ich einen Brief von einer gewissen Madame Emilie Lheureux aus Limoges. Diese gute Frau schrieb mir, daß sie meinen Namen in der Zeitung und meine Adresse im Telefonbuch gefunden habe. Sie entschuldigte sich dafür, mich mit einer so kleinen, von meinen gewohnten Fällen weit entfernten Sache zu belästigen, aber wenn ich so freundlich sein wolle... Sie war davon überzeugt, daß ich schnell damit fertig würde. Kurz und gut, sie teilte mir mit, daß ihr Mann soeben von zu Hause abgehauen sei. Er müsse in Paris sein. Soll sich ruhig eine schöne Zeit machen, nichts dagegen – das Leben in der Provinz sei nicht immer aufregend, und Frühling sei Frühling, vor allem für einen Mann in den Fünfzigern (sie war sehr verständnisvoll, diese Madame Lheureux, und liebte ihren Mann wohl sehr) –, aber der Spaß solle nicht ewig dauern. Es sei eine Frage der Würde. Für sie. Wenn ich nun ihren Mann finden und ihn wieder in den Zug nach Limoges setzen könne... Sie fügte noch einige Einzelheiten hinzu, mit denen ich nicht viel anfangen konnte, legte ihrem Brief ein Foto des Flüchtlings bei, das mir schon mehr nützte, und einen anständigen Scheck, von dem ich sofort Gebrauch machte.

Ich fand meinen Mann ziemlich schnell, dank einem Kollegen meines Freundes, des Kommissars Florimond Faroux, einem Flic der Abteilung für Stundenhotels, den ich um Hilfe gebeten hatte. Als ich den Provinzler auf seiner Sauftour ausfindig gemacht hatte, versuchte ich, mit ihm bekanntzuwerden; es gelang mir, wir schlossen uns mehr oder weniger zusammen, und ich nutzte den Augenblick, als er mir, betrunken wie er war, wenig entgegenzusetzen hatte, um ihm eine Moralpredigt zu halten und ihn zur Rückkehr an den häuslichen Herd zu bewegen. Ein Mann, dessen Sohn ich hätte sein können! Diese ergreifende Szene spielte sich bei den Hallen ab, in dem bekannten Lokal von Père-Tranquille. Die Umgebung paßte dazu. Da ich Lheureux weder meinen Beruf noch meinen Auftrag verschwiegen hatte, lachte er laut heraus. Ein Detektiv! Also wirklich, Emilie las zuviele Kriminalromane. Ja, wirklich komisch. Komisch oder nicht, er war vernünftiger, als ich angenommen hatte, und bald darauf erhielt ich einen weiteren Brief von Madame Lheureux, einen Dankesbrief.

Monate vergingen. Mai 1953. Ich hatte meinen albernen Lebemann (seine Zechtouren waren eher harmlos) schon völlig vergessen, als er selbst sich am Telefon meldete. Er witzelte:

„Hallo! Nestor Burma? Ich hau wieder auf die Pauke, mein lieber Detektiv. Hat meine Frau Ihnen das noch nicht gemeldet?"

„Noch nicht."

„Das kann nicht mehr lange dauern. Hören Sie, um die Dinge zu vereinfachen, holen Sie mich doch inzwischen in meinem Hotel ab. Ich bin in demselben abgestiegen wie letztes Jahr. Rue de Valois, ja. Wir sumpfen zusammen, wenn Sie nichts anderes zu tun haben. Und wir werden den richtigen Zug für meine Rückfahrt aussuchen..."

Im Jahr zuvor hatte ich ihn ein wenig spöttisch gefunden, aber diesmal hätte ich schwören können, daß er sich über meine Visage geradezu lustigmachte. Mein Gott, war das wirklich so?

„Na gut, wer zuletzt lacht, lacht am besten", sagte ich zu Hélène, meiner Sekretärin. „Wenn er mich schon dazu einlädt, an seinen Ausschweifungen teilzunehmen, lasse ich mich nicht lange bitten."

Am selben Abend traf ich ihn in seinem Hotel.

Inzwischen hatte ich den Brief von Madame Lheureux erhalten. Derselbe Wortlaut wie in dem vorangegangenen, aber insgesamt ein bißchen nervöser. Sie fand allmählich, daß dieser Spaß, wie sie es nannte, weder länger dauern noch sich wiederholen dürfe, falls es ein Spaß bleiben solle. Abgesehen also von dem leicht wütenden Zittern, mit dem, wie mir schien, die Worte hingeschrieben worden waren, blieben die Anweisungen unverändert: den flüchtigen Ehemann sobald wie möglich wieder in den Zug setzen.

Was ich ein paar Tage später auch tat, nachdem ich Lheureux bei seinen nächtlichen Eskapaden begleitet hatte. Er hatte schon seine Gewohnheiten in Paris (das er übrigens gut kannte, weil er früher viele Jahre hier gelebt hatte). Aber auf seinen Ausflügen blieb er ein Kleinbürger. Sein Zeitplan war genau eingeteilt. Restaurants, Theater, Kinos, Tribut an die Venus. All das wurde zu festgelegten Zeiten und an immer denselben Orten erledigt, sogar mit denselben Personen. Und immer korrekt, selbst wenn er betrunken war. Außer als er die Clocharde fortjagte. Aber die Clochards, Männer und Frauen, sind wie Kletten, die betteln nicht unaufdringlich. Kurz und gut, so war es 1953 und auch 1952. Ich setzte meinen Lheureux in einer Nacht, als er wieder mal besoffen war, in den Zug nach Limoges. Und weil es einen Gott für Betrunkene gibt, kam er im sicheren Hafen an.

Alle waren zufrieden: Madame Lheureux, die ihren Mann schnell wieder auf Vordermann brachte; der Ehemann, der sich mit der Beaufsichtigung durch mich abfand; und Nestor Burma, der dafür bezahlt wurde, das Ehepaar Lheureux glücklich („*heureux*“) zu machen. Es blieb nur zu wünschen, daß sich das jeden Frühling wiederholte.

Aber jetzt hatten wir Januar. Louis Lheureux hatte seinen Frühlingstermin vorverlegt. Er kümmerte sich weder um den gregorianischen noch um den russischen noch um den natürlichen Kalender. Ein Kalender à la Lheureux war der beste, den es gab. Und wenn ich dem Brief – dem üblichen Brief – von Madame Lheureux, der diesmal deutliche und sehr heftige

Anzeichen von Unruhe und Ärger verriet und den ich wegen dieser Streiks mit ziemlicher Verspätung erhalten hatte, Glauben schenken konnte, dann war er bereits seit mehreren Tagen in Paris. Klar an dem Fall war nur, daß Madame Lheureux bald ihren Auftrag zurückziehen würde. Ich fühlte es. Ich war ihr nicht sehr von Nutzen gewesen, das mußte man zugeben. Diese Komödie – Geld von der Frau zu kassieren, um den Mann wiederzufinden, und Geld vom Mann, um ihn während seines Aufenthalts in der Hauptstadt zu begleiten – diese Komödie würde nicht ewig dauern. Und vielleicht weil ich spürte, daß ich diesen Fall sehr bald lossein würde, hatte ich mich ruckzuck auf die Suche nach Lheureux gemacht, der sich, wenn er auch wieder in demselben Hotel abgestiegen war (denn er versteckte sich nicht!), nicht gemeldet hatte, das alte Schlitzohr! In der Hoffnung, daß er mich noch einmal aushält, wer weiß!

* * *

Mich aushalten zu lassen!

Spielen Sie mal Detektiv!

Nachdem Louis Lheureux das Dessert bestellt hatte, stand er auf und ging aufs Klo. Ich blieb alleine vor einem Stück Brie sitzen. Während ich aß, überflog ich eine Zeitung vom Vortag, die ich von einem Stuhl am Nachbartisch, wo sie herumlag, ausgeliehen hatte. Monsieur René Coty, Zweiter Präsident der IV. Republik, hatte seine traditionelle Botschaft an die beiden Kammern gerichtet. Emile Buisson, der Staatsfeind Nr. 1, erschien, zusammen mit seiner ganzen Bande, vor dem Schwurgericht. Wohnungsnot in Berlin, wo die Repräsentanten der Vier Siegermächte sich nicht über die Wahl eines Verhandlungsortes einigen konnten. Die Suche nach dem geklauten Bild von Raffael – dem Bild aus dem Louvre – und seinem Dieb – war bisher ergebnislos verlaufen. In London gab ein Kriminalschriftsteller, der barfuß auf der Straße tot aufgefunden worden war, Scotland Yard sein letztes Rätsel auf. In

Marokko... Plötzlich sah ich auf die Uhr. Meine Uhr war stehengeblieben. Ich verrenkte mir den Hals, um auf die Uhr an der Wand des großen Saales zu sehen. Ich schmiß die Zeitung hin. Genauso hatte ich es mir gedacht. Lheureux war vor verdammt langer Zeit von unserem Tisch aufgestanden. Zu lange, als daß er jetzt noch zurückkommen würde. Verdammter Gauner! Er hatte sich auf französisch verabschiedet. Ganz schön frech, dieser Dorf-Casanova! Ich kitzelte mich, aber darüber lachen konnte ich trotzdem nicht.
Ich rief den Kellner und verlangte die Rechnung.

„Warten Sie nicht auf den Herrn?" sagte er und zeigte mit seinem schlechtrasierten Kinn auf den leeren Stuhl.

Ich knurrte:

„Wollen Sie mich auch noch auf den Arm nehmen, hm?"

Mit dem Trinkgeld, das ich ihm gab, konnte er wohl keine Schauspielerin glücklich machen.

* * *

Um mein Glück vollkommen zu machen, nieselte es jetzt draußen. Ich schlängelte mich zwischen den stinkenden Gemüsehaufen hindurch, und wenn ich die Flügel hängenließ, dann nicht, weil mich die Kulisse bedrückte. Louis Lheureux hatte mich wie einen dummen Jungen reingelegt, es hatte keinen Zweck, es zu leugnen. Der Winter bekam ihm nicht. Im Frühling war er geselliger. Wenn ich ihn richtig verstand, wollte er mich im Winter lieber nicht in das Geheimnis seiner Eskapaden einweihen.

Nach ein paar Schritten beruhigte ich mich, und ich interessierte mich für das Rumgerenne der Einzelhändler, die ihre Waren einkauften und dabei ein wenig handelten, was sie selbst in ihren Läden nicht duldeten. Plötzlich machte alles hastig Platz: die von schlechtgekleideten Burschen gezogenen Karren, die Elektrowagen, die unter schrillem Gebimmel im Zickzack durch die Menge rasten, und die Passanten ließen einen Mannschaftswagen der Polizei durch. Ein Dicker mit rotem Gesicht in einer gefütterten Lederjacke, der hinten auf einem von Orangen überquellenden Kistenberg thronte, rief einem seiner Kollegen zu:

„O Gott! P'tit-Jules! Was soll denn das Affentheater? Eben ist schon ein kleiner Renault vom Präsidium durchgekommen. Doch wohl keine Razzia!"

„Das ist die Lebensmittelüberwachung", sagte ich.

Der Kerl musterte mich von oben herab, massig und feist wegen all der Steaks, die er während der Zeit der Essensrationierungen, vor allem an den fleischlosen Tagen, verschlungen hatte.

„Malen Sie den Teufel nicht an die Wand!" sagte er.

Und gleich darauf brach er in schallendes Gelächter aus. Allem Anschein nach hatte er seit jener Zeit gelernt, auf diese Lebensmittelüberwachung zu pfeifen.

Ein schmächtiges Kerlchen im Ledermantel kam näher.

„Es ist in der Rue Pierre-Lescot", sagte er.

„Was ist los?" fragte der Rotgesichtige.

„Weiß nicht. Es wimmelt von Flics."

Der Rote schob seine dicke Unterlippe vor.

„Ich werd' mal 'n Beaujolais trinken", sagte er, so als wollte er sich abmelden.

Ich rannte zur Rue Pierre-Lescot, in der es von Händlern nur so wimmelte. Zwischen einem Obsthändler und einem Bananenlagerhaus hatte sich ein Menschenauflauf gebildet, der von uniformierten Polizisten zurückgehalten wurde. Der Mannschaftswagen parkte etwas weiter weg, ebenso ein marineblaues Renault-Kabriolett. Ich trat näher.

„Weitergehen", sagten die Polizisten.

Die anderen stellten sich taub. In der Haustür, die von allen möglichen Emailschildern eingerahmt war, standen zwei Herren, die wie Inspektoren aussahen, und besprachen den Fall. Ein dritter tauchte aus dem dunklen Hausflur auf und gesellte sich zu ihnen. Er trug einen beigen Regenmantel, einen schokoladenbraunen Hut, der ihm so schlecht wie irgend möglich paßte, und einen graumelierten Schnurrbart. Es war mein Freund Florimond Faroux, Kommissar bei der

Kripo. Ich rief ihn und winkte. Er antwortete und ließ mir zu Ehren die Polizeikette öffnen.

„Was treiben Sie denn hier in der Gegend?“ fragte er, nachdem er mir die Hand gedrückt und mich mehr oder weniger seinen Leuten vorgestellt hatte.

„Ganz groß ausgehen“, sagte ich.

„Wirklich?“

„So groß, daß man mich soeben hereingelegt hat. Kann man bei Ihnen Anzeige erstatten?“

„Mir ist nicht zum Scherzen zumute...“

Er gähnte:

„... Ich war gerade eingenickt... Hatte Bereitschaft, war aber eingenickt, und...na ja, das ist eben der Beruf.“

„Was gibt's denn?“

„Arbeit für die Polizei. Haben Sie uns angerufen?“

„Wann?“

„Eben. Von dem Lokal aus.“

„Nein. Sie sind angerufen worden?“ – „Ja.“

„Nicht von mir. Weshalb glauben Sie...“

„Ich weiß nicht. Vielleicht, weil ich Sie in meinem Revier antreffe. Etienne Larpent, sagt Ihnen der Name was?“

„Nein. Warum?“

„Nur so.“

Er kaute auf seinen Schnurrbarthaaren, dann, mit einer heftigen Kopfbewegung, die das Gleichgewicht seines Filzhutes in große Gefahr brachte:

„Kommen Sie. Haben Sie schon einmal einen Fuß in ein Lagerhaus gesetzt?“

„Nein, aber erzählen Sie mal. Das muß aufregend sein, mit einem Führer wie Ihnen.“

Ich folgte ihm, eingeklemmt zwischen ihm und dem Polypen, der hinter uns herkam. Im hinteren Teil des Flures, unter der Treppe, die nach oben führte, befand sich eine niedrige Tür; dahinter führte eine weitere Treppe in Kellerräume, eine steile Wendeltreppe mit ausgetretenen Steinstufen. Je weiter wir hinabstiegen, desto mehr stieg die Temperatur an. Wir gelangten auf einen Treppenabsatz, auf den ein greller Lichtschein aus einem kleinen Zimmer fiel, dessen Boden mit zerknülltem Papier und Bindfäden übersät war und in dem ein braungebrannter Mann vor einem wackligen Pult stand und rechnete. Zwei weitere Männer mit blaurasiertem Kinn trugen riesige Bananenstauden.

„'n Abend", sagte Faroux. „Mein Freund würde gern mal die Räume sehen."

„O.K.!" gab einer der Männer mit spanischem Akzent zurück.

Sehr komisch, aber niemand lachte. Auf den ersten Blick sah der Bursche finster aus. Wir folgten ihm in einen schmalen Korridor. Er knipste das Licht an und öffnete die Tür zu einem Kabuff. Die Treibhaushitze wurde von vier kleinen offenen Gasbrennern erzeugt, die entlang der Wand ständig brannten. Die Bananenstauden hingen an langen Eisenhaken an Stangen und wechselten allmählich die Farbe, vom grellsten Grün zum Kanariengelb.

„Sehr interessant", sagte ich. „Und nun?"

„Kommen Sie", sagte Faroux.

Wir gingen wieder zur Treppe zurück, verfolgt von den Blicken der Bananenarbeiter, die stumm wie Fische waren.

„Das sind Spanier", erklärte Florimond. „Im Augenblick sind sie still. Normalerweise schreien sie ohne Pause herum, und man hat immer den Eindruck, sie wollten gerade einen Flamenco singen. Deshalb haben sie nichts gesehen und nichts gehört."

„Gab es etwas zu hören?"

„Kommen Sie mit und sehen Sie, was es zu sehen gibt."

Wir erreichten das zweite Kellergeschoß, wobei wir zwei- oder dreimal auf den glitschigen Stufen ausrutschten. Eine Lattentür mit einem hastig aufgebrochenen Schloß stand offen, und man sah einen langen, schmalen Keller. Die Beleuchtung war mies und dürftig, gerade eine Birne auf dem Treppenabsatz und eine weitere am Gewölbe. Sie sparte dunkle Ecken aus, wo es vor Spinnen nur so wimmeln mußte. Lattenkisten, Versandkörbe, Verpackungsmaterial, alles stapelte sich hier. Wie oben, wie in jedem beliebigen Winkel dieses verdammten Viertels trat man auf Packpapier und Bindfäden.

Zwei Männer zeichneten sich im hinteren Teil des Kellers im grellen Licht einer Karbidlampe ab, die ein Polizist schwenkte. Es sah aus wie ein Schattenspiel. Sie beugten sich über den Boden, und ihre Schultern schienen zusammengewachsen. Als wir näherkamen, richteten sie sich auf, lösten sich voneinander und drehten sich um.

Der Mann trug luxuriöse Schuhe aus weichem Leder und einen dunkelgrauen Anzug, der aus dem Atelier eines bekannten Schneiders stammte. Seine Weste war aufgeknöpft, und sein Seidenhemd stand über der Brust weit offen. Obwohl seine Kleidung in Unordnung geraten war, bewahrte er eine gewisse Eleganz. Eine stattliche Erscheinung ... wenn er stand. Im Augenblick lag er, und das würde auch noch lange so bleiben. Ein oder mehrere Schüsse – voll ins Visier – hatten die Hälfte des Gesichtes weggerissen. Das hinderte ihn für immer am aufrechten Gang.

3

Nichts als Salat

„Ah, Chef...", begann ziemlich aufgeregt einer der Polypen, wobei er Kniebeugen machte, um seine steifen, kurzen Beine zu lockern, „wir wollten ihn gerade ausziehen, und da..."

Jetzt bemerkte er mich neben Faroux. Sofort hielt er den Mund.

„Später, später", sagte der Kommissar mit einer kleinen Handbewegung, autoritär wie ein Priester. „...Hier ist das Objekt", fügte er, zu mir gewandt, hinzu und zeigte auf den Körper, der auf dem Lehmboden lag.

Er sah mich an. Ich sollte es mir ansehen. Nur der Tote sah nichts und niemand an.

„In den Hallen findet man aber auch alles", bemerkte ich. „Wie war noch der Name?"

„Larpent. Etienne Larpent... Fällt Ihnen jetzt dazu was ein?"

„Genausowenig wie eben..."

Der Name sagte mir tatsächlich nichts. Aber diese eine Gesichtshälfte ähnelte stark der linken von Lheureux. Und wenn nicht dieser Unterschied in der Kleidung gewesen wäre... Aber konnte er sich, nachdem er mich als Pfand im Riche-Bourriche zurückgelassen hatte, einen so feinen Zwirn angezogen haben, um ihn hier unter der Erde dann zu den Klängen einer Pistole vorzuführen?

„Ich frage mich nur", fuhr ich fort, „woher Sie wissen, daß er so heißt."

„Genau weiß ich noch nichts", sagte Faroux. „Er hat Visitenkarten mit diesem Namen in der Tasche, aber das ist vielleicht nicht sein richtiger. Außer den Karten keinen Sou. Man hat ihm wohl seine Brieftasche mit 'ner Menge Moos geklaut. Der gehörte bestimmt nicht zu den Armen. Keine Kleidung von der Stange, ich weiß nicht, ob Sie's bemerkt haben. Und möglicherweise hat er im Hotel Transocéan in der Rue de Castiglione gewohnt. Unter den Visitenkarten ist ein Werbekärtchen dieser Nobelherberge. Wir haben mit den Leuten dort telefoniert. Sie haben tatsächlich einen Gast dieses Namens. Er muß nur noch identifiziert werden."

„Ja, ja. Was soll ich dazu sagen? Danke für die Vorstellung, Florimond. Ich kenne lustigere, aber trotzdem vielen Dank. Obwohl...hm...ich frage mich, warum Sie mich eigentlich dazu eingeladen haben. Kann ich gehen, weil..."

Ich richtete meinen Zeigefinger zur Decke, so wie die Freiheitsstatue der Welt leuchtet:

„...weil die Spanier da oben versichern, mich nicht in der Gegend herumlungern gesehen oder im Treppenhaus getroffen zu haben, deswegen kann ich doch dürfen, oder?"

„Ah, haben Sie's bemerkt?" grinste Faroux, nicht für zwei Pfennig verlegen.

„Na, hören Sie mal, mein Lieber. Die Bananen sind zwar

süß, aber nicht süß genug, um einen alten Hasen wie mich reinzulegen. Verdammt noch mal, das ist ja herrlich! Was fällt Ihnen eigentlich ein? Glauben Sie, daß ich immer in die Fälle verwickelt bin, mit denen Sie sich gerade befassen?"

„Nicht in alle Fälle", verbesserte er. „Nur in die, die dort passieren, wo Sie gerade sind, rein zufällig, auf einem Bummel... Prinzip von mir."

„Also gut, dann taugt es eben einmal nicht, Ihr Prinzip."

„Möglich. Aber ich darf nichts außer acht lassen. Verstehen Sie, ich weiß noch nichts von dem Burschen, außer daß er vielleicht Etienne Larpent heißt und im Transocéan gewohnt hat, aber ich glaub, hier herrscht ein Riesendurcheinander. So wie der da liegt, hätte er bis zum Mittag liegenbleiben können, ohne daß man ihn gefunden hätte. Aber kaum ist er tot – das war vor einer Stunde, höchstens – da ruft uns jemand aus dem Lokal an und erzählt uns, daß in der Rue Pierre-Lescot im Keller der Nummer soundso soeben ein Mann umgelegt worden ist... Und das so aufrichtig und so überzeugend – das hat jedenfalls der gesagt, der den Anruf angenommen hat –, daß wir sofort gekommen sind. Ich sag mir: unser Informant ist ein Kerl, der die Leiche entdeckt hat und nichts damit zu tun haben will. Ein Zeuge, der seine Pflicht gegenüber der Behörde tut, aber dem möglichen Ärger aus dem Weg geht. Das wäre eine Erklärung. Als ich Sie zwischen den Gaffern da oben sah, dachte ich, Sie könnten das gewesen sein..."

„War ich aber nicht."

„Es lag doch ziemlich nahe, Sie in Betracht zu ziehen. Sie konnten mit einem Fall beschäftigt sein, der Tote irgendwie darin verwickelt, Sie konnten nicht alles ausplaudern, aber auch kein Verbrechen vertuschen, usw."

„Ich bin mit keinem Fall beschäftigt, und ich habe auch nicht angerufen. Tut mir leid, Sie zu enttäuschen, Florimond."

„Schon gut. Es gibt noch eine andere Hypothese."

„Welche?"

„Der Mörder hat selbst angerufen. Er tötet den Mann. Er sucht sich dafür einen Ort aus, wo er in Ruhe vorgehen kann und wohin in den nächsten Stunden niemand den Fuß setzen wird, und nach dem Mord hat er nichts Eiligeres zu tun, als die Polente zu alarmieren. Das ist reichlich idiotisch, aber wenn das stimmt, wenn der Anrufer kein ängstlicher Zeuge ist, der bloß seine Pflicht als Staatsbürger erfüllen will, aber mehr nicht, dann hab ich nette Stunden vor mir. Ein schönes Durcheinander, sag ich Ihnen."

„Die netten Stunden überlasse ich Ihnen, Florimond", lachte ich. „Ich bin kein Egoist. Ich gehe schlafen. Amüsieren Sie sich gut."

„Danke für die Aufmunterung!" knurrte der Kommissar.

Ich stieg wieder nach oben. Es nieselte immer noch, was aber den Verkehr nicht langsamer werden ließ. Ich ging nicht schlafen. Auch ich mußte etwas nachprüfen. Ich bahnte mir einen Weg durch die Menge, die bis zur Rue Coquillière dichtgedrängt stand. Nachtschichtler, menschliches Strandgut der Gesellschaft mit schwer zu durchschauenden Beschäftigungen sowie verschiedene Ladeninhaber. Kaum Nachtschwärmer. Die Rue du Bouloi war schon weniger belebt. Auf jeder Straßenseite standen dicht hintereinander die Lieferwagen der Einzelhändler aus den Vororten, die in den Hallen einkauften. Alle Automarken, alle Modelle, alle Altersklassen. Eins davon, dessen rechte Tür das Zeitliche gesegnet hatte, hatte nichts mehr von Dieben zu befürchten. In der Rue du Colonel-Driant war keine Menschenseele zu sehen, und die Rue de Valois war wie ausgestorben. Das Hochhaus der Banque de France lastete erdrückend auf der Szenerie, kein Wachposten war zu sehen. Die nassen Bürgersteige glänzten trostlos unter dem Lichtschein der Straßenlaternen, wie blinde Spiegel. Eine fade Stille, die anscheinend nichts stören durfte. Eine ewige Stille. Eine Ruhe wie... Um mich zu widerlegen, bog drüben an der Place du Palais-Royal, am Ende der Straße vor den Geschäften des Louvre, ein Auto zu schnell um die Ecke. Die Reifen jaulten auf. Dann verlor sich das Schnurren des Motors in der Nacht.

Das Hotel von Lheureux lag nicht weit entfernt von dem Haus, in dem einst Robert Houdin, der Revolutionär der Zauberkunst, wie es auf der Gedenktafel eingraviert ist, sein Theater eingerichtet hatte. Die beiden Außenleuchten des Hotels brannten schon seit einer Ewigkeit nicht mehr, aber die hellerleuchtete Halle warf einen Lichtstreifen bis mitten auf die Fahrbahn. Ich betrat das Hotel. Der Angestellte an der Rezeption döste mit aufgestützten Ellbogen über einer Rennzeitung, die aufgeschlagen vor ihm lag. Die Glocke der Eingangstür schreckte ihn auf. Er streckte sich, erkannte mich, deutete ein verschlafenes Lächeln an und grüßte. Ich hatte ihn schon zu Anfang des Abends gesehen, als ich hier war, um mich zu vergewissern, daß Louis Lheureux wiederum in diesem bescheidenen Etablissement abgestiegen war. Außerdem kannte er mich von den Jahren davor.

„Guten Abend, Monsieur", sagte er und fügte hinzu: „Monsieur Lheureux ist zurückgekommen, Monsieur."

„Ach! ..."

Er war also nicht tot.

„Hm... es ist vielleicht nicht die richtige Zeit, um... aber, nun ja, wenn er noch nicht lange wieder zurück ist und... hm... wenn er noch nicht schlafengegangen ist, würde ich..."

Ich verbarg mein Gestotter hinter einem Lächeln.

„Er ist überhaupt nicht schlafengegangen. Er reist ab. Ich soll die Rechnung fertigmachen", sagte der Junge.

Er war so um ein paar Ecken verwandt mit den Besitzern. Die vertrauten ihm blind.

„Ich schau mal nach, ob er Sie sehen will", fuhr er unbeteiligt fort.

„Das wäre nett", sagte ich.

Zum Teufel mit meinem Ruf und mit dem von Lheureux!

„... Erinnern Sie sich an meinen Namen?"

„Nestor Burma, ja, Monsieur. Der Detektiv."

Ich gab ihm 500 Francs. Was sein muß, muß sein.

„Stellen Sie sich nicht wer weiß was vor", sagte ich.

Er strich das Moos ein.

„Im Hotelgewerbe stellt man sich nie etwas vor", erwiderte er. „Das würde zuviel Zeit kosten."

„Setzen Sie den Batzen auf ‚Irrlicht'. Der Gaul hat Chancen."

„Danke für den Tip."

Er nahm den Hörer des Haustelefons, wechselte ein paar Worte mit seinem unsichtbaren Gesprächspartner und legte wieder auf.

„Monsieur Lheureux erwartet Sie, Monsieur", sagte er.

Er zeigte mir den Weg und überließ mich dann mir selbst. Ich ging durch Flure, für die noch die Verdunkelungsvorschriften bei Fliegerangriffen zu gelten schienen.

Vater Lheureux war noch genauso angezogen, wie damals, als er mir im Riche-Bourriche entwischt war. Ganz und gar. Mehr noch, er hatte sogar den Hut aufbehalten. Ein kleiner Koffer, der geöffnet auf dem Bett lag, deutete darauf hin, daß er tatsächlich Vorbereitungen für die Abreise traf. Auf dem Kaminsims, der sich in einem großen Wandspiegel spiegele, stand eine angebrochene Schnapsflasche neben einem halbvollen Glas und einem Kursbuch. Zigarrengeruch hing im Zimmer.

„Haut man ab?" begann ich. „Fährt man nach Hause?"

„Wie Se seh'n", gab er mit einer weitausholenden Bewegung zurück, wobei er das ie auf e verkürzte.

„Emilie wird sich freuen."

„Hmjaa...."

Er packte die Kleidungsstücke in den Koffer.

„Sie haben ein komisches Spiel mit mir gespielt, eben."

Er lachte leise.

„Das macht nichts", fuhr ich großzügig fort. „Ich werde alles auf die Rechnung Ihrer Frau setzen."

„Gewiß doch!" brummte er.

Dann fing er wieder an zu lachen. Ich gähnte und beendete das Gespräch:

„Also, salut, Lheureux. Ich werde bezahlt, damit ich Sie in den Zug setze. Ich werde Ihre Abreise nicht verzögern."

„Salut", erwiderte er.

Er drehte mir den Rücken zu und goß sich Schnaps ins Glas, ohne mir etwas anzubieten.

Ich ging hinunter, die Zähne auf dem Mundstück meiner Pfeife zusammengebissen, wodurch mein Brummschädel nicht besser wurde. Ich fühlte mich nicht müde, aber ich hatte einen dicken Kopf. Als ich draußen war, rannte ich wie eine Gazelle, wobei ich mehrere Male fast auf die Nase fiel mit meinen Schuhsohlen, die auf dem schmierigen Pflaster ausrutschten. Endlich gelangte ich zu dem Lieferwagen, den ich eben gesehen hatte, den ohne Tür, den, der nichts mehr von Dieben zu befürchten hatte. Wie man sich manchmal irren kann! Laut Aufschrift gehörte er einem gewissen *L.B. Obst und Gemüse, Châtillon-sous-Bagneux, Seine*. Der Bursche würde mir einen Dienst erweisen, ohne es zu wollen. Die in einen Parkplatz umgewandelte Straße war immer noch wie ausgestorben. Ich kletterte ans Steuer und versuchte, das Auto aus der Reihe hinauszufahren. Es sah mitgenommen aus, aber der Motor sprang gut an. Hinter mir blieb alles ruhig. Niemand rief „Haltet den Dieb!" Ich fuhr zur Rue de Valois und schickte ein kurzes Gebet zum Teufel. Ich hielt in einiger Entfernung vom Hotel, ohne den Motor abzustellen, mit dem Kühler zur Place du Palais-Royal. Fast sofort sah ich Lheureux herauskommen, seinen Koffer in der Hand, den Kopf eingezogen, um sich vor dem Nieselregen zu schützen.

Höchste Zeit also. Um ein paar Sekunden hätte ich ihn verpaßt. Ich gab Gas. Mit einem plötzlichen Ruck, der seine altersschwache Karosserie aufstöhnen ließ, raste der Lieferwagen los. Bei dem Geräusch drehte sich Lheureux alarmbereit um. Er hatte keine Zeit auszuweichen. Ich richtete die Scheinwerfer auf ihn. Sie warfen seinen riesigen Schatten auf die dunkle, feuchte Mauer.

„Großer Gott!" murmelte ich. „Bring ihn nicht um."

Es fehlte nicht viel. Mit zusammengekniffenen Arschbakken, die von den Pfirsichkernen auf der gepolsterten Sitzbank wundgeschüttelt wurden (Obst und Gemüse!), die Hände krampfhaft am Lenkrad, hatte ich das Gefühl, daß das schmierige Pflaster den Rest dazutun würde. Der Lieferwagen fuhr auf den Gehsteig und mähte meinen Lheureux wie einen Kegel um. Der knallte auf den Kotflügel, wobei sein Koffer, dessen Inhalt durch die Luft flog, über die Kühlhaube tanzte. Ich setzte zurück, so als hätte er mich zurückgestoßen. Am ganzen Körper zitternd, blieb er im Rinnstein liegen. Ich machte mich aus dem Staub. Trat aufs Gaspedal, wich in der Kurve an der Place de Valois so eben einem Kabriolett aus, das aus dem Boden gewachsen schien, und versuchte, schnellstens von diesem ungesunden Ort zu verduften, wie ein versierter Straßenrabauke, der diesen Sport seit seiner Kindheit ausübt.

In der Rue du Louvre ließ ich die Karre vor der Zentralverwaltung der Steuerbehörde stehen. Vielleicht konnte ich damit einen dieser Herren kompromittieren. Dann tauchte ich wieder in der gefräßigen Menge unter und betrat die Bar in der Rue Pirouette, um ein Allheilmittel einzunehmen. Ich hatte das Gefühl, daß ich selbst seltsame Pirouetten drehte...

Als ich meinen kühlen Kopf wiedergewonnen hatte, wartete ich noch ein wenig, dann rief ich aus der Telefonzelle des Bistros im Hotel in der Rue de Valois an. Jetzt war der Nachtportier so wach wie ein Sack Flöhe.

„Ich bin's wieder", entschuldigte ich mich. „Nestor Burma. Ich möchte gerne mit Monsieur Lheureux sprechen, falls er noch da ist."

„Er ist im Krankenhaus", antwortete der andere. „Solche Gäste leben nicht gerade ruhig."

Ich tat überrascht.

„Im Kranken... Was erzählen Sie mir da?"

„Ein Auto hat ihn angefahren, gerade als er von hier wegging. Bestimmt ein Betrunkener. Hören Sie, M'sieur (er wurde vertraulich), das ist doch unerhört! Nachts kommt hier vielleicht alle drei Stunden ein Auto vorbei; und eins mit einem Betrunkenen am Steuer vielleicht zweimal im Jahr. Nun, und dieser Monsieur Lheureux mußte ausgerechnet da rumstehen, als ein Auto vorbeikam, in dem ein besoffener Kerl saß. Diese Leute aus der Provinz, ehrlich! Ich glaub, die machen das extra." – „Ist es schlimm?"

„Es hätte schlimmer kommen können. Der Wagen hätte zum Beispiel ins Schaufenster fahren können. Glücklicherweise ist das nicht passiert. Wirklich ein Wunder."

„Ich spreche von Lheureux."

„Äh... Ach, ja! M'sieur Lheureux, sicher... Auch ein Wunder. Ziemlich ramponiert, schätzungsweise, aber ich glaube nicht, daß es lebensgefährlich ist... Na ja, ich hoffe es..."

Ich hoffte es auch. Und zwar, ohne mich zu sehr dazu zwingen zu müssen, aufrichtiger als der verschlafene Hotelknabe.

„Hm... also, im Krankenhaus, sagen Sie..."

„Ich habe die Polizei in der Rue des Bons-Enfants angerufen. Sie haben ihn mitgenommen..."

Jetzt war er offensichtlich gereizt. Er hatte von der Geschichte die Nase voll.

„... Sie mußten ihn wohl nicht ins Kittchen bringen, nehme ich an..."

„Weiß man nie, bei denen", sagte ich. „Gut. Also dann, gute Nacht."

Vom Bistro aus begab ich mich aufs Kommissariat in der Rue des Bons-Enfants. Hier waren sie immer noch etwas mißtrauisch, seitdem die Bombe von Emile Henry die Räume in die Luft gesprengt hatte und einem halben Dutzend der bewußten „lieben Kinder" posthum vom Polizeipräsidenten ein Orden verliehen worden war. Aber ich brachte den Mut auf. Und da ich außer dem Mut nichts Verdächtiges in meinem Aussehen mitbrachte, verlief alles ohne Zwischenfälle. Ich nannte meinen Namen, benutzte anstelle des Passes meine Freundschaft zu Kommissar Florimond Faroux, sagte, ich sei ein Bekannter von Louis Lheureux und habe soeben von seinem Unfall gehört, usw. Die „lieben Kinder" beruhigten mich. Lheureux hatte Schmerzen am Bein, aber sein Leben schien nicht in Gefahr. Für weitere Auskünfte wollen Sie sich bitte ans Zentralkrankenhaus wenden... Der Form halber ermunterte ich die Flics dazu, eifrig nach dem Rabauken zu suchen, dann haute ich ab. Ich fühlte mich zu müde für den weiten Weg in meine Wohnung. Die Büroräume meiner Detektei mit dem Sofa, das immer zur Verfügung steht, befinden sich nur ein paar Schritte entfernt, in der Rue des Petits-Champs. Dorthin ging ich. Ich rief im Zentralkrankenhaus an. Ohne übermäßige Schwierigkeiten erhielt ich Auskunft über den Verletzten. Sein Zustand gebe zu keinerlei Sorge Anlaß. In ein paar Tagen werde er wieder auf den Beinen sein. Ich bedankte mich, zog mich aus und schlüpfte zwischen die Laken. Kaum lag ich, schlief ich ein.

4

In der Haut der andern

Hélène, meine Sekretärin, weckte mich mit schallendem Gelächter, als sie um neun Uhr zum Dienst erschien.

„Guten Morgen, Chef“, posaunte sie. „Na, Sie schlafen bis in die Puppen?“

„Sieht so aus“, gähnte ich. „Guten Morgen, Hélène. Gibt's keinen Kuß?“

Sie lächelte:

„Ich küsse nie Betrunkene... Hm... Kann man von Ihrer Anwesenheit hier auf die Tatsache schließen, daß Sie nicht in der Lage waren, nach Hause zu gehen, hm?“

Ich gähnte von neuem:

„Sieht so aus. Sie sollten bei einem Detektiv arbeiten.“

„Mit anderen Worten, Sie haben Ihren Lheureux wiedergetroffen?“

„Sieht so aus. Woll'n Se nicht die Fensterläden öffnen?“

Sie gehorchte. Ein trüber, schlecht gewaschener Tag drang ins Zimmer.

„Etwas Nebel?“ fragte ich.

„Sieht so aus“, antwortete sie. „Aber nicht kalt...“

Sie schloß die Fenster und kam wieder zu mir, wobei sie mich prüfend ansah.

„O je, o je, der arme Kopf! Offensichtlich haben Sie die Sause zusammen gemacht?“

„Klar. Wissen Sie, er folgt mir überallhin, mein Kopf.“

„Ich sprach von Lheureux. Hat er Sie wieder verführt?“

„Sieht so aus.“

„Ich hoffe, Sie haben ihn in den Zug gesetzt, sieht's so aus?"
Ich lachte.
„Das eben nicht. Er ist im Krankenhaus."
Hélène riß ihre schönen erstaunten Augen weit auf:
„Und seine Frau bezahlt Sie dafür, daß Sie ihn beschützen!... Was ist denn passiert? Eine Schlägerei? Hat ihm ein Kerl aus den Hallen die Gurgel zugedrückt?"
„Ein dummer Unfall. Ein Rowdy hat ihn angefahren. Ich war nicht dabei... Da fällt mir ein, daß ich seine Frau benachrichtigen muß. Schicken Sie ein Telegramm. Beruhigende Worte, bitte. Melden Sie auch ein Ferngespräch an. Ich möchte sie mündlich beruhigen. Und im Telegramm müssen Sie ihr zu verstehen geben, daß sie sich nicht unnötigerweise hierher bemüht. Wir können sie im Augenblick hier in Paris nicht brauchen."
Hélène runzelte die Stirn.
„Moment 'mal! Er ist doch nicht tot?"
„Aber nein. Wo denken Sie hin? Kochen Sie uns einen Liter Kaffee, bitte. Ich zieh mich in der Zwischenzeit an."
Sie verschwand in der winzigen Küche. Kurz darauf kam sie zurück, in der Hand ein Tablett mit zwei Tassen voll dampfender schwarzer Flüssigkeit. Sie trank ein paar Schluck Kaffee und folgte weiter ihren Gedanken:
„Ich kann mir nicht vorstellen, daß Sie irgendjemanden töten", sagte sie, „aber Sie werden zugeben müssen, daß Sie sich häufig in der Nähe von Leichen bewegen. Das ist höchst sonderbar."
„Sie sollten sich einen Schnurrbart wachsen lassen", sagte ich und stellte meine Tasse ab. „Sie sprechen schon genauso wie Faroux. Werden ihm vollkommen ähnlich... Er hat mir erst heute nacht solchen Quatsch erzählt."
„Das hab ich mir gedacht. Was ist das für ein Toter, Chef? Lag er extra für Sie bereit?"
„Welcher Tote?"
Sie zuckte mit den Achseln.
„Man hat in den Hallen einen Ermordeten gefunden. Wußten Sie das nicht?"
„Doch."

„Sehen Sie! Er hieß... Ich hab den Namen vergessen..."

„Larpent. Etienne Larpent. Sehen Sie's jetzt ein? Ich weiß alles... auch mit einem dicken Kopf."

„Anscheinend ist er der Dieb des berühmten Bildes von Raffael aus dem Louvre."

„Ach! Das wußte ich nicht. Schreiben die Zeitungen darüber?"

„Nein. Das ist sicher zu spät in der Nacht passiert, um in den Morgenausgaben zu stehen. Ich hab's in den Nachrichten gehört."

Ich ging zum Radio und schaltete es ein. Catherine Sauvage sang „L'Ile Saint-Louis".

Ich drehte das Radio leiser.

„Was sagt man sonst noch?"

„Ich hab nicht weiter achtgegeben, aber ich glaube, das war alles."

„Warten wir's ab. Marc Covet wird sich bestimmt in der Mittagsausgabe des *Crépuscule* darüber auslassen... Geben Sie bitte sofort das Telegramm an Madame Lheureux auf, ja?"

Sie ging ins Büro.

Ich folgte ihr, um die Post durchzusehen. In dem Stapel war ein Brief von Roger Zavatter, einem meiner Angestellten, der zur Zeit im Einsatz war. Er schrieb:

Ich schreibe Ihnen auf dem Briefpapier des Kunden (bemerken Sie den Schaum, den er schlägt?)...

Es war in der Tat ein luxuriöses Briefpapier. Als Wasserzeichen die Silhouette einer Jacht, gekrönt mit den Initialen P.C.. An der oberen linken Seite des Blattes wieder dasselbe Schiff im Druck, eingerahmt vom Namen in scharlachroten Buchstaben: „Die Rote Blume von Tahiti"...

...um Ihnen mitzuteilen, daß es nichts mitzuteilen gibt, außer vielleicht, daß der Kerl bescheuert ist. Aber nichts Ernstes. Jedenfalls keine Feinde am Horizont, weder backbord noch steuerbord, und ich würde gerne bis ans Ende meiner

Tage die Leibwache dieses Knaben bleiben. Wir werden am 13. oder 14. in Paris sein ...

Ich sah auf den Kalender. Heute war der 13.

... Wir werden am Port de Plaisance festmachen. Also mitten in Paris. Ich werde Sie von unserer Ankunft in Kenntnis setzen. Kuß für Hélène. Für sie auch.

Roger

„Roger verfaßt merkwürdige Berichte", sagte ich.

„Was Neues?" fragte Hélène.

„Nichts, oder fast nichts. Sie kommen heute oder morgen an. Und einen Kuß von Zavatter. Das ist alles."

Sie seufzte gespielt:

„Hier braucht man keine Seife. Einer leckt einem immer das Gesicht ab. Gibt es nichts anderes zu tun bei diesem Monsieur Corbigny?"

„Leibwächter, das füllt einen nicht aus."

Ich steckte den Brief in eine Schublade und stopfte mir meine Pfeife.

„Leibwächter! Wovor fürchtet sich dieser Klient?"

„Zavatter ist es bisher noch nicht gelungen, es herauszufinden. Und als wir mit Corbigny korrespondierten, haben wir ihn nicht um Erklärungen gebeten, die er nicht von sich aus gab. Erinnern Sie sich? Die beiliegende Auftragserteilung genügte uns. Wollen Sie meine Meinung hören? Dieser reiche alte Kauz – Zavatter nennt ihn bescheuert, aber Zavatter ist ein wenig radikal in seinen Urteilen –, dieser Kauz ist Besitzer einiger Schlösser in der Gegend von Rouen, reist meistens zu Wasser und langweilt sich dabei, wie viele dieser Geldsäcke. Anstatt also einen Gesellschafter oder einen Troubadour zu engagieren, erfindet er für sich eingebildete Feinde und leistet sich einen Privatdetektiv mit richtiger Kanone. Das gibt seinem Dasein etwas Reizvolles."

„Und unserem die richtige Würze .."

Darauf meldete sich Reboul-der-Einarmige, ein weiterer Bube in Nestors Dreierstich.

„Setzen Sie sich gar nicht erst hin“, sagte ich, als er sich einen Stuhl heranziehen wollte. „Sie flitzen sofort zum Zentralkrankenhaus. Sie wissen, daß ich damit beauftragt bin, über die Tugend eines gewissen Lheureux zu wachen...“

„Der mit dem Abonnement?“

„Ja. Seine Tugend ist unbeschädigt, nun ja, mehr oder weniger. Ich glaube aber, daß man das von seinen Beinen nicht sagen kann. Er war das Opfer eines Unfalls und ist ins Zentralkrankenhaus gebracht worden. Sehen Sie zu, daß Sie ihn überwachen, das ist alles. Wenn er Besuch bekommt, passen Sie auf, welche Art von Besuch. Kurz gesagt, tun Sie ihr Bestes.“

„In Ordnung“, sagte Reboul, ohne nach weiteren Erklärungen zu fragen.

Er ging hinaus. Hélène sah mich an.

„Komische Sache, hm?“ bemerkte sie.

„Sieht so aus...“

Die Klingel läutete im Wartezimmer, und die Verbindungstür öffnete sich.

„Guten Tag, Kinder“, sagte der Mann, der eintrat.

Es war Florimond Faroux, Kommissar bei der Kriminalpolizei. Ich sagte mit verschleimter Stimme:

„Hm... Noch eine Leiche, Opa?“

Er lachte.

„Ich weiß nicht. Dafür müßte ich unter die Möbel schauen... Darf ich mich setzen?“

„Nur zu. Was führt Sie her? Der Tote von heute nacht? Ich glaubte, Ihnen schon gesagt zu haben, daß ich ihn weder von vorne noch von hinten kenne.“

Er setzte sich.

„Und ich glaube Ihnen sogar.“

„Einmal ist keinmal“, warf Hélène ein.

„Sie“, sagte der Kommissar und drohte ihr mit dem Finger, „Sie werden noch angelaufen kommen, damit ich Sie am nächsten Neujahrstag küsse.“

„Sie wird vor allem deshalb laufen, damit Sie sie nicht küssen“, sagte ich. „Also gut. Hören Sie jetzt auf, Süßholz zu raspeln. Das geht mir auf die Nerven. Ich habe nämlich den Eindruck, daß Sie damit etwas verheimlichen wollen."

„Sehr gut."

Er ließ seinen Blick im Büro umherschweifen.

„Viel Arbeit im Moment?"

„Keine Berge."

„Sehr gut", wiederholte er. „Ich sagte also, daß ich Ihnen glaube. Und das sogar so sehr, daß ich es auf meine Kappe nehme, Sie mit einer kleinen vertraulichen Arbeit zu beauftragen. Serviere ich Ihnen zum Frühstück... hm... Unsere Flics taugen nicht zu allem. Sie wissen schon. Sie fühlen sich in manchen Situationen nicht wohl. Kurz gesagt, manchmal sind sie froh, einen Privatdetektiv an der Hand zu haben..."

„...für gewisse delikate Aufgaben?"

„Ganz genau."

„Ihr Frühstück kommt mir hoch, Florimond... Was soll's? Ihre Kollegen und Sie selbst beschäftigen doch Spitzel! Warum nicht einen Privaten benutzen, nicht wahr? Das ist modern."

Er entrüstete sich, mehr oder weniger verärgert:

„Ich hätte nie gewagt, dem Kind solch einen Namen zu geben, Nestor Burma", sagte er.

„Der Name ändert nichts an der Sache", sagte ich. „Sie sind zwar kein schlechter Kerl, aber Sie sind ein Flic... Was kann das einbringen?"

„Flic sein?"

„Die Arbeit, von der Sie reden."

„Geld gibt's keins dafür, aber Sie werden schon zusehen, daß dabei etwas für Sie abfällt. Da hab ich vollstes Vertrauen zu Ihnen... Hier, nehmen Sie 'mal, Burma."

Er holte zwei Glanzfotos aus der Tasche seines beigen Mantels und reichte sie mir. Ich sagte:

„Ich habe immer geglaubt, daß Sie mit dem Verhökern von eindeutigen Postkarten enden würden. Sie sind auf dem besten Weg dahin. Was ist das denn für ein Sirenchen?"

„Wie finden Sie sie?"

„Meine Sonntage würde ich mit ihr wohl rumkriegen."

„Monsieur! Nur Ihre Sonntage?"

Die Fotos zeigten eine sehr elegante junge Frau in einem Kleid mit einem Dekolleté bis zu den Knöcheln oder so gut wie. Das, was man sah, war nicht übel, und was man erraten konnte, mußte noch besser sein. Das Gesicht war ein zartes Oval mit feiner Nase, sinnlichen Lippen und schmachtenden Augen hinter langen Wimpern. Das Ohr mit der üblichen Muschel, so wie die Porträtfetischisten sie schon oft in der Literatur beschrieben haben, zu oft, als daß ich mich damit aufhalte; ins Ohrläppchen eine Perle gestochen, allerdings ohne Auster, bitte das zu glauben. Durch ich weiß nicht welches Phänomen betonten die nach hinten gekämmten Haare, anstatt aus ihr eine kratzbürstige Lehrerin zu machen, den Sex-Appeal der Gesamterscheinung und verliehen ihr zugleich etwas Reserviertes.

Ich reichte eins der Fotos Hélène, damit sie ihrerseits draufstarren konnte, obwohl das nicht ihre Welt ist, und sagte, auf Faroux blickend:

„Haben Sie ihre Telefonnummer nicht?"

„Die Telefonnummer, die Zimmernummer, ihren Namen, alles, was Sie wollen", erwiderte er jovial.

„Und was muß ich tun, hinterher?"

„Mit ihr schlafen", lachte er.

„Hélène," sagte ich augenzwinkernd, „das Tonbandgerät ist doch eingeschaltet, nicht wahr? Es zeichnet die Worte unseres Freundes auf, ja? Großartig. Da sieht man, wozu sie im Alter gezwungen sind, diese Flics. Zu den Diensten eines Zuhälters. Man sollte es nicht für möglich halten, aber jetzt haben wir den Beweis."

„Schluß mit dem Blödsinn", unterbrach mich Faroux. „Sie können mit ihr schlafen, wenn Sie wollen... und wenn Sie können. Das wird Ihr Honorar sein... Wissen Sie, wer diese Dame ist?"

„Ich höre."

„Sie nennt sich Geneviève Levasseur. Freunde nennen sie Jany oder Jenny oder so ähnlich, ich konnte es mir nicht so genau merken. Sie ist Mannequin bei Roldy, Place Vendôme, weil man sich ja irgendwie im Leben beschäftigen muß, aber sie wartet bestimmt nicht auf ihr Geld, um sich davon ihre Brötchen zu kaufen. Erstens war sie die Geliebte von Roldy persönlich. Zweitens die Geliebte eines Juweliers aus der Rue de la Paix. Drittens trat irgendwann ein Ex-Präsident des Staatsrates in ihr Leben. Sie war auch kurz beim Film. Sie ist bekannt wie ein bunter Hund und hat einen langen Arm. Eine Frau von Welt, wenigstens fehlt nicht viel dazu. Nur, es gibt da einen dunklen Punkt bei ihr, dem wir nicht auf den Grund gehen können, wegen ihrer gesellschaftlichen Stellung und ihrer Beziehungen, aber es gibt nichtsdestoweniger einen dunklen Punkt. Sie war auch die Geliebte, bis vor kurzem jedenfalls, von... von Larpent. Etienne Larpent."

„Der Kerl, der heute nacht in den Hallen reif war?"

„Ja."

„Und der, wenn ich mich nicht irre, nicht Larpent heißt?"

Florimond Faroux runzelte seine dichten Brauen.

„Woher haben Sie das?"

„Sie haben bei dem Namen gezögert."

„Tja. Dieser Larpent heißt tatsächlich nicht Larpent. Wir haben ihn in der Kartei. 1925 und 1926 wegen Betrug verurteilt. Seitdem hat man nichts mehr von ihm gehört, aber das will nichts heißen. Zu der Zeit nannte er sich Marius Daumas, aber wir nannten ihn Irrlicht. Man vermutete ihn in einer Ecke, aber er war in einer anderen. Und ich sagte zwar, er heiße Daumas... Er lebte unter diesem Namen, aber das ist doch kein Name aus dem Norden, oder?"

„Er war aus dem Norden?"

„Aus der Gegend da oben. Aus einem Kaff, das ganz besonders unter dem Krieg gelitten hat... dem von 1914... völlig ausradiert... zerstörtes Stadtarchiv."

„Ziemlich bequem."

„Ja."

„Als Irrlicht lebte er weiter vom Diebstahl, hm? Das Radio sagt, daß er den Raffael geklaut hat."

Faroux machte eine lässige Handbewegung.

„Alles Bluff", sagte er.

„Verbreiten Sie jetzt falsche Nachrichten übers Radio?"
„Nicht die Nachrichten sind falsch, sondern das Bild."
„Aha! Für einen Staatsdiener haben Sie eine merkwürdige Meinung über die Nationalmuseen, finde ich."
„Ich rede von dem Bild, das man bei ihm gefunden hat. Wir haben zunächst geglaubt, es handele sich um den fraglichen Raffael, aber der Experte hat uns über unseren Irrtum aufgeklärt. Eine Fälschung, und dazu sogar noch eine ziemlich plumpe, das war's."
„Bei ihm gefunden ... hm ... ja klar ..."
Ich erinnerte mich an die Maße des geklauten Meisterwerkes, die am Tage nach dem Diebstahl von der Presse veröffentlicht worden waren. Fünfzig mal fünfundzwanzig Zentimeter. Wenn man den Rahmen abnimmt, kann man es bequem verstecken. Und ich sah wieder die Szene der vergangenen Nacht im Kellergeschoß in der Rue Pierre-Lescot vor mir ...
„... Er schleppte es auf der Haut mit sich 'rum, und Ihre Männer hatten es beim Öffnen des Hemdes gerade in dem Moment bemerkt, als wir in den Keller kamen, nicht wahr?"
„Man könnte meinen, Sie haben ein waches Auge."
„Das wissen Sie doch. Ich bin eben kein Beamter, der sein Gehalt monatlich bekommt. Ich bin Privatdetektiv. Wenn ich kein waches Auge habe, hab ich auch nichts zu essen."
„Sie werden es trainieren können, Ihr Auge."
Er nahm wieder eines der Fotos und begann, zögernd mit einem Finger über das Gesicht der bezaubernden Geneviève zu streichen.
„Daran?"
„Ja. Sie ist aus dem Schneider. Mit einem Betrüger schlafen, der schon seit achtundzwanzig Jahren nicht mehr auffällig geworden ist, das ist kein Verbrechen, auch wenn der Kerl sich umbringen läßt und die Kopie eines gestohlenen Bildes bei sich trägt. Wenn der falsche Larpent ..."
„Noch eine Fälschung ..."
„... eine Straftat beging, war sie anscheinend nicht eingeweiht. Larpent – bleiben wir bei diesem Namen – wohnte nicht in Paris. Er machte von Zeit zu Zeit einen Ausflug hier-

hin. Wie alle Geldsäcke. Vor einer Woche kam er aus der Schweiz und stieg im Transocéan in der Rue de Castiglione ab. So steht es auf dem Anmeldezettel des Hotels. Wir werden das nachprüfen. Ich sagte, daß Geneviève Levasseur seine Geliebte war. Das stimmt und stimmt auch nicht. Sie schlief wohl hin und wieder mit ihm. In diesem Jahr und im letzten Jahr, als sich Larpent auch in der Hauptstadt aufhielt. Sie begleitete ihn aber nicht auf seinen Reisen. Seit vierundzwanzig Monaten hat sie sich praktisch nicht vom Hotel Transocéan fortbewegt; sie wohnt auch dort, aber als Dauermieter. Ich sagte Ihnen, wir können ihr nichts vorwerfen, nicht mal, den Kerl umgebracht zu haben... (ein Drama aus Liebe ist immer mal möglich, aber sie hat ein Alibi, das schwach genug ist, um wahr zu sein). Sie hat nicht mal versucht, ihre Verbindung zu ihm zu verheimlichen. Sie selbst hat sie uns heute nacht während unserer Untersuchungen im Hotel freiwillig gebeichtet. Sie haben die Sache beide, wie es scheint, so diskret gehandhabt, daß ich mich frage, ob wir ohne ihr Eingeständnis irgendetwas bemerkt hätten. Allerdings, als sie erfuhr, daß ihr Liebhaber unter so tragischen Umständen verschieden ist und daß wir anscheinend eine schlechte Meinung von ihm haben, sah es so aus, als bedauere sie ihre Offenheit, aber da war es schon zu spät. Also, wir können nichts gegen sie vorbringen, und sie ist aus dem Schneider; aber der Umgang mit einer so geheimnisvollen Person wie diesem Larpent läßt sie in unseren Polypenaugen – wie soll ich sagen? – in ungünstigem Licht erscheinen, Sie verstehen? Und ich kann sie nicht offiziell überwachen lassen. Nichts rechtfertigt eine derartige Maßnahme, sie würde das schnell spitzkriegen und aufmukken. Und mit den Beziehungen, die sie unterhält...“

„Oder die sie unterhalten...“

„... würden wir gut dastehen. Größte Diskretion ist schon darum unbedingt notwendig. Sie kennt zu viele Leute von der Pariser Prominenz. Hören Sie, sie hat den Toten identifiziert, aber ihr Name wird nirgends erwähnt. Es wird heißen ‚eine Frau aus seinen Kreisen‘, und Schluß aus. Nichts für unsere Trampeltiere, dieses feine Milieu. Während...“

„... ein eleganter Gentleman wie ich ..."
„Ganz genau. Die Beschreibung ist beinahe zutreffend, Burma."
„Genug Honig für meinen Bart. Ich bin zwar kein Adonis, aber ich kann mich sehen lassen, wie man so sagt. Auf jeden Fall seh ich allem möglichen ähnlich, außer einem Flic. Gott sei Dank übrigens. Aber ich bin kein Gentleman. Wäre ich ein Gentleman, würde ich Ihr Angebot ablehnen und Sie rausschmeißen."
„Und wenn ich ein Ordnungshüter wäre, ein richtiger, das, was man einen Ordnungshüter nennt, dann würde ich keine fünf Minuten Ihre Anzüglichkeiten ertragen."
„Gut. Jetzt haben wir uns Erleichterung verschafft. Reichen Sie die Tips rüber."
„Geneviève Levasseur, das wissen Sie. Hotel Transocéan, das wissen Sie auch. Zimmer 512... Das ist ganz oben, hat aber nichts mit Dachkammer oder so zu tun."
„Sind die Betten bequem?"
„Ich schicke Sie nicht zum Schlafen dahin."
„Wer redet hier von Schlafen? Arbeitet bei Roldy, Haute Couture?"
„Ja. Als Mannequin."
„Alles klar. Was muß ich machen?"
„Sich an sie ranmachen."
„Unter welchem Vorwand?"
„Ich dachte, Nestor Burma hat den Artikel auf Lager."
„Nicht immer. Nun, ich werde versuchen, irgendetwas zu finden. Wie alt ist sie?"
„Dreißig, sieht aber wie fünfundzwanzig aus."
„Dann wird sie wohl fünfunddreißig sein."
„Nein. Dreißig."
„Also gut, dreißig. Selbst bei fünfunddreißig wäre ich interessiert. Gut. Ich werde versuchen, mich an sie ranzumachen, wie Sie es nennen."
„Das ist eine recht angenehme Aufgabe, finden Sie nicht?"
„Alle Aufgaben, die man anderen überträgt, sind angenehm."

„Auf jeden Fall, halten Sie die Augen auf, und wenn Sie etwas entdecken..."

„Mein Lieber", sagte ich, „wenn ich etwas entdecke und ich in diesem Augenblick..."

Ich nahm eines der Fotos und klopfte leicht darauf.

„...wählen muß zwischen Ihrem Schnurrbart und diesem Busen..."

„Sie würden die Prämie wählen", entschied er für mich.

Ich hob die Augenbrauen.

„Oh! Man könnte meinen, der Spaß habe ein Ende, hm? Wie hoch ist die Prämie?"

„Drei Millionen."

„Ein Angebot des Freundeskreises von Meisterwerken oder so 'was Ähnliches?"

„Ja."

„Oho! Bluff-Gesellschaft und Bluff-Prämie, wie das Bild, das bei Larpent anstelle einer kugelsicheren Unterweste gefunden wurde."

„Nicht ganz."

„Jaja. Ist das Ganze nicht dafür inszeniert, um Stunk zu machen unter den Bilddieben, falls es mehrere sind, und einen von Ihnen zu verleiten, die Bande zu verraten? Und wenn einer auf den Leim geht – das ist das richtige Wort dafür –, dann kann er lange warten, bis daß er den Zaster sieht, nicht wahr?"

„Hm, hm", machte er, ohne eine klare Anwort zu geben. „Bluff? Ich habe Sie bereits korrigiert. Ich habe gesagt: Nicht ganz. Gegebenenfalls wird die Prämie Fleisch werden und zu dem anständigen Menschen kommen, falls es ein anständiger Mensch ist, der das Bild wiederfindet oder dazu beiträgt, daß es gefunden wird."

„Ich hab also Aussichten?"

Er lächelte.

„Hm... Sagen wir fünfzig Prozent."

„Drei Millionen, auch zu fünfzig Prozent, das ist interessant."

„Wieviel ist denn das Bild dann wert?" fragte Hélène.

„Mehrere hundert."

„Donnerwetter!“

„Sie sagen es!“

„Da lohnt sich auf jeden Fall die Suche“, sagte ich. „Und Larpent? War er nun der Dieb oder nicht?“

„Wir wissen nichts“, seufzte der Kommissar. „Wir tappen im dunkeln... Es kommen mehrere Hypothesen in Betracht. Erstens...“

Er hob einen nikotingelben Finger.

„... Er ist der Dieb. Er hatte das Original und die Fälschung bei sich, und man hat ihm das Geld und das Original geklaut. In diesem Fall wären seine Komplizen die Täter. Leider wissen wir im gegenwärtigen Stadium der Ermittlungen nicht, wo wir diese Komplizen finden können...“

„Und wenn es sie gibt, sind sie wohl getürmt.“

„Jawohl. Auf der anderen Seite sind die wenigen Leute, mit denen er seit seiner Ankunft in Paris zusammen war, unbescholtene Bürger. Zweitens...“

Er richtete zwei Finger auf meine Hornpfeife, so als wollte er einen Stier zum Kampf reizen.

„... Er trug nur die Fälschung bei sich, die er mit irgendeiner dunklen Absicht hat herstellen lassen. Um sie dem Museum als Original wiederzugeben, zum Beispiel. Anscheinend hat man es mit solchen Tricks schon 1912 bei der Mona Lisa versucht. Oder um sie einem Sammler als echt anzudrehen. Kurz, er wurde mit der Kopie am Leib Opfer eines Ganoven, der nur an sein Geld wollte. Offen gesagt, wir glauben nicht recht an diese Möglichkeit. Die erste scheint uns wahrscheinlicher. Aber zu der zweiten gibt es eine Variante. Larpent könnte einer Bande angehört haben, die sich den Diebstahl des Raffael zunutze machen will, und aus irgendeinem Grund wurde in dem Kellergeschoß in der Rue Pierre-Lescot eine Rechnung beglichen...“

„Aber warum in diesem Kellergeschoß?“ fragte Hélène.

„Das unterirdische Paris hat nicht viel zu sagen“, sagte Faroux. „Vor allem bei den Hallen. Ich habe Ihnen erzählt, daß Daumas alias Larpent früher einen Betrug begangen hat; er hat einen Händler reingelegt. Er kannte die Leute offensichtlich. Und er muß sie wohl kürzlich wiedergesehen und mit seinen Komplizen da unten ein Treffen verabredet haben. Wahrscheinlich wollte er sie anschmieren, und der oder die anderen haben sich das nicht gefallen lassen."

„Und die Mörder wären demnach abgehauen und hätten das Bild an Larpents Leiche zurückgelassen?" fragte ich.

„Ja, weil wir es ja dort gefunden haben."

„Warum?"

„Vielleicht weil das Ding, das sie mit dieser Kopie vorhatten, nicht mehr nach Wunsch lief und das Geld, das Larpent bei sich hatte, grade mal für die Spesen reichte. (Er hatte anscheinend immer hohe Summen bei sich.) Vielleicht auch aus anderen Gründen."

„Weil sie gestört wurden? Oder weil es unvorsichtig war, länger zu bleiben?"

Faroux schüttelte den Kopf.

„Sie sind nicht gestört worden, und sie konnten so lange bleiben, wie sie wollten. Sie hätten *bataille* spielen können... und sie wissen, wie lange dieses Spiel dauert."

„Sie haben nur eins gespielt... und zwar ein kurzes. Und davon abgesehen? Indizien?"

„Kein einziges. Wir schwimmen. Aber ich versuche, dabei die Richtung zu halten. So machen wir uns unser Bild... sieh an! Ein Bild! Witzig, nicht wahr?... Ein Bild von den beiden Malern vom Montparnasse, spezialisiert auf Kopien, die genauso perfekt sind wie die Originale. Wegen dieser vollendeten Technik hat sich die Polizei schon vor ein paar Jahren mit ihnen beschäftigt. Wir kennen auch zwei skrupellose Sammler, die wir überwachen. Die unbescholtenen Bürger, mit denen Larpent zufällig zusammen war, werden einem taktvollen Verhör unterzogen; aber ich weiß jetzt schon, daß das nichts bringen wird. Mademoiselle Levasseur kann man ebenfalls nichts anhaben, aber ich nehme prinzipiell an, daß bei jeder kriminellen Geschichte eine Frau im Spiel ist. Wenn es irgendwo knistert – und irgendetwas wird schon knistern –, dann an diesem Punkt. Leider können wir uns nicht offen mit ihr beschäftigen, ich habe Ihnen erklärt warum. Also vertraue ich sie Ihnen an..."

„Sie wird in guten Händen sein", stimmte Hélène zu.

„Ich werde mein Bestes tun", sagte ich.

„Ich hoffe es", seufzte Faroux. „Kein Bedarf für diese Fotos, hm?"

„Ich werde mich mit dem Original begnügen..."

Er schob Mademoiselle Levasseur in doppelter Ausfertigung in seine Tasche, in Herznähe.

„...Aber ich verspreche Ihnen nicht, irgendetwas zum Knistern zu bringen, was immer es auch sei", fügte ich hinzu.

„Außer der Unterwäsche dieser Frau", bemerkte Hélène.

5

Bitterkeit auf Süßwasser

Drei Männer saßen in den weichen Sesseln der Hotelhalle und schlugen die Zeit tot. Noch so ein Verbrechen, das sich nicht bezahlt macht. Wenn sie sich um ihr Futter hätten schlagen müssen, hätten sie etwas mehr Energie gezeigt. Der eine bewunderte seine Füße, der zweite versuchte vergeblich, einen Artikel in seiner Zeitung zu finden, der ihn interessierte, und der dritte musterte mit kritischem, angewidertem Blick die Rokoko-Verzierungen der Decke. Ganz unbestritten, diese Verzierungen waren von anno dazumal. Sie vertrugen sich nicht mit der heutigen Zeit, aber sie zankten sich eher höflich, mit Rücksicht auf die stinkreichen Gäste.

Unter diesen Verzierungen thronte, sich seiner Bedeutung voll bewußt, der Concierge des Transocéan, eisig, steif, glattrasiert und würdevoll, hinter seiner wie ein neues Geldstück blankgeputzten hüfthohen Theke. Eingerahmt zum einen von dem trostlosesten, aber auch berühmten Platz von Paris, dem, wo sich die Vendôme-Säule erhebt, zum anderen von den heimeligen, stillen und friedlichen Tuilerien... Wenn nicht ein revolutionärer Wind tobt, macht das aus jedem Portier eine stattliche Erscheinung. Es sei denn (à propos Revolution und Quartier Vendôme), er dachte als hoher Angestellter, aber eben doch nur als Arbeitnehmer, ganz einfach an die *Section des Piques*, in der de Sade, neben anderen großen Vorfahren, Mitglied gewesen war. Bei diesen imposanten und undurchdringlichen Lakaien kann man nie sicher sein.

Er musterte mich, ohne an meinem Seidenschal etwas auszusetzen zu finden, billigte schweigend, Faden um Faden, meinen Anzug (Schnitt bekannter Schneider, getragen mit der nötigen Portion Lässigkeit, um nicht den Eindruck von Sonntagskleidung zu erwecken), ebenso meinen Tweedmantel und meinen stolzen Borsalino. Ich hatte vorsichtigerweise meine Pfeife weggesteckt, um nicht bei irgendjemandem Anstoß zu erregen; außerdem war ich frisch rasiert, ohne unpassende Blessur. So ausstaffiert, sah ich aus wie einer vom Film oder wie ein wohlhabender Unternehmer, aber bestimmt für keine zwei Pfennig wie ein Polyp, auch nicht wie ein Privatdetektiv. Mit anderen Worten, ich flößte Vertrauen ein.

Seit dem Besuch von Florimond Faroux hatte ich in einem stillen Winkel meines Hirns einen Vorwand aufgestöbert, um an Mademoiselle Geneviève Levasseur ranzukommen. Jetzt wollte ich ihn benutzen. Mademoiselle Levasseur und der Concierge des Transocéan ersparten mir gemeinsam diese Mühe.

Mademoiselle Levasseur war nicht im Hotel. Der blaue Frack konnte mir nicht sagen, wann sie zu erreichen sein würde. Aber wenn ich es wünsche, könne ich eine Nachricht hinterlassen. Ich hinterließ keine Nachricht, sagte, ich käme wieder, und machte kehrt.

Der Zeitpunkt, da Madame Lheureux mich anrufen würde, rückte näher.

Ich ging zu Fuß zu meinem Büro. An der Ecke Rue de la Paix und Rue Danielle-Casanova hatte ich das Gefühl, daß jemand in meinem Kielwasser trieb. Ich drehte mich unauffällig um und entdeckte unter den Fußgängern einen Mann, der sich viel zu ungezwungen benahm, um nicht auf einer Spur zu sein. Die Hände in den Taschen seines gutgeschnittenen Mantels, den geschmackvollen Hut korrekt auf dem Kopf, rauchte er distinguiert eine feine Zigarette. Dünner Schnurrbart, blasser Teint. Mehr konnte ich nicht sehen. Wir überquerten die Avenue de l'Opéra an demselben Fußgängerübergang, dicht aufeinanderfolgend. Ich konnte ihn nicht mehr in Ruhe beobachten. In Bezug auf den Schnurrbart und den Teint hatte ich mich nicht geirrt. Außerdem hatte er ein längliches Gesicht mit einem ausgeprägten Kinn und zwei grauen Augen, die sich im Moment recht wenig um mich zu kümmern schienen. Nachdem er die Straße überquert hatte, ging er langsamer, ohne jedoch eine andere Richtung einzuschlagen. Fehlte nur noch, daß ich mich als Fremdenführer verdingte! Meine Route schien dem Fremden zu gefallen. Als ich bei der Passage Choiseul anlangte, war er an der Ecke der Rue Ventadour. Ich verschwand im Flur des Gebäudes, in dem die Agentur Fiat Lux ihren Sitz hat, rannte, vier Stufen auf einmal nehmend, die zwei Etagen hinauf. In meinem Büro öffnete ich das Fenster, um die Straße zu inspizieren. Niemand. Viele Leute, aber nicht mein Mann.

„Was ist passiert?" fragte Hélène. „Sie sind ja ganz außer Atem."

„Bin grade von einem Mann leidenschaftlich verfolgt worden", sagte ich. „Ist ja auch das Wohnviertel dafür. Ein Bursche, der mich für einen dieser Pariser Gecken mit Stupsnase und blasiertem Gesichtsausdruck gehalten hat, Typ Galanterieartikel ... Er ist mir bis hierhin gefolgt, und es würde mich nicht wundern, wenn er die Treppe hochkäme. Vielleicht klingelt er ..."

Er klingelte nicht. Mit dem letzten Blick, den ich durchs Fenster warf, sah ich ihn, wie er die Fahrbahn überquerte und nachdenklich auf dem Gehsteig der Rue Sainte-Anne stehenblieb. Ich schloß das Fenster.

„Jetzt bin ich an der Reihe, ihm zu folgen", sagte ich.

In diesem Augenblick läutete das Telefon. Hélène hob ab.

„Limoges ist dran", sagte sie.

Ich nahm den Hörer.

„Hallo! Limoges? Hier Nestor Burma."

„Guten Tag, Monsieur", brüllte jemand so einschmeichelnd wie eine Kuhhirtin.

„Guten Tag, Madame Lheureux."

„Oh! Nein, Monsieur, ich bin nicht M'ame Lheureux. Ich bin Mariette, die Haushälterin. Madame Lheureux kann nicht kommen. Madame Lheureux kann nicht einfach so herumgehen. Madame Lheureux ist beinahe gelähmt."

„Sehr gut, sehr gut", sagte ich.

„Herzlos", zischte Hélène, die den zweiten Hörer genommen hatte.

„Hm...", fing ich mich wieder, „äh... ich wollte sagen... nun ja, das wußte ich nicht."

„Jeder hier weiß es, Monsieur."

„Gewiß, gewiß. Also, hören Sie, Mademoiselle Mariette. Monsieur Lheureux hatte einen Unfall..."

Ich ließ sie auswendig lernen, was sie Madame Lheureux ausrichten sollte, damit diese sich nicht beunruhigte, fügte noch die üblichen besten Grüße hinzu und legte auf. Ich ging wieder zum Fenster. Mein Verfolger war nicht mehr zu sehen.

„Daß uns das nur nicht den Appetit verdirbt", sagte ich zu Hélène. „Sollen wir essen gehen? Es ist schon reichlich spät, und ich weiß so ungefähr, wo ich den Schlauberger wiederfinden kann. Wenn ich mich nicht irre, dann habe ich ihn in der Halle des Transocéan gesehen, wo er in einem Clubsessel posierte..."

Während wir aßen, lasen wir die ersten Ausgaben der Abendzeitungen: der Mord an Larpent und die Entdeckung bei seiner Leiche, eine Fälschung des Raffael aus dem Louvre, beherrschten die Schlagzeilen. Eine Reproduktion des Bildes (des echten oder des falschen?) illustrierte den Artikel. Nirgendwo ein Foto des Toten. Es war wohl schwierig, die Züge des Mannes wiederzugeben, so wie ich ihn in dem Keller gesehen hatte. Sie hatten nichts künstlerisch Wertvolles mehr an sich. Und offenbar hatte man in seinem Gepäck kein Foto von ihm gefunden, das man zeigen konnte. Bei genauerer Überlegung war auch nicht einzusehen, wozu die Veröffentlichung eines Fotos hätte dienen können. Trotz der Größe der Schlagzeilen und der Länge der Artikel waren die Berichte zurückhaltend. Keinerlei Anspielung auf Larpents Vergangenheit. Es wurde von ihm nur gesagt, daß er aus der Schweiz gekommen sei und seit einigen Tagen in einem großen Hotel in der Hauptstadt wohne. Der Name des Hotels wurde nicht genannt. Dasselbe galt für Mademoiselle Levasseur. Die Leiche war, wie von Faroux vorgesehen, „von mehreren Personen aus den Kreisen des Verstorbenen" identifiziert worden.

Zurück aus dem Restaurant, rief ich, sozusagen zum Dessert, die Nobelherberge an, die ein Feind unpopulärer Reklame war. Nicht die Bohne kam dabei heraus. Mademoiselle Levaseur war immer noch nicht im Hause. Kurz darauf läutete das Telefon. Am anderen Ende der Leitung Roger Zavatter, der Süßwassermatrose:

„Salut, Chef. Wir haben angelegt."

„Von wo aus telefonieren Sie?"

„Von einem Bistro bei den Quais."

„Ich dachte, Sie würden dafür bezahlt, daß Sie keinen Schritt von Corbigny weichen."

„Das ist ein Spinner, dieser Corbigny!" platzte er heraus. „Wenn ich mir vorstelle, daß immer genau diese Leute vor Geld stinken! Zum Kotzen. Wie er sagt, geht ihm jeder auf den Wecker. Er ist auf neunundneunzig. Die Nerven eben! Ich habe den Eindruck, er will auf unsere Dienste verzichten. Das Schloßleben wird nicht lange dauern. Man müßte ihm Angst machen, irgendwelche Feinde erfinden, also, ich weiß nicht..."

„Sie würden doch gerne für länger sein Leibwächter bleiben, hm?"

„O Gott", lachte er. „Niemals harte Schläge, aber immer weiche Polster... Ein Zuckerschlecken. Man müßte das Vergnügen verlängern können..."

„Corbigny ist ein Klient. Ich muß ihn mindestens einmal sehen. Ich komme. Wo genau sind Sie?"

„Am Port du Louvre."

„Die ‚Rote Blume von Tahiti', nicht wahr?"

„Nein. Diese Blume ist verwelkt. Motorschaden. Aber dieser Corbigny schwimmt im Geld. Er besitzt noch eine Jacht.

‚Sonnenblume'. An Bord dieser Blume sind wir jetzt."

„Rote Blume... Sonnenblume... Immer in Blüte, möchte man meinen, hm?"

„Jedenfalls zahlt er nicht mit Blüten", schloß Zavatter, „und deswegen wäre es schade, ihn zu verlieren."

* * *

Die schmucke Jacht schaukelte sacht auf dem gelblichen Wasser der Seine zwischen dem Pont du Carrousel und der Passerelle des Arts. Mit ihren aufgegeiten Segeln, wenn ich mich richtig ausdrücke, und ihren umgelegten Masten glich sie, mehr als die anderen, einer großen Barke. Einer von der Mannschaft, Typ Seewolf auf Ansichtskarten, stand auf der Brücke, bekleidet mit einer Hose aus dickem Tuch, einem blauen Trikot aus grobem Leinen und einer Matrosenmütze. Er beobachtete einen Zug von Lastkähnen, der auf der Mitte des Flusses dahinglitt. Ich betrat die wippende Laufplanke, die die „Sonnenblume" mit dem Ufer verband. Er drehte sich um und kam mir entgegen. Seine Mütze war, in bester Tradition, mit einem Anker versehen. Zur Vervollkommnung der Kulisse fehlten nur noch ein paar Nebelschwaden. Aber der leichte Dunst, der in den ersten Morgenstunden über Paris hing, war von der Mittagssonne ohne Hoffnung auf Wiederkehr vertrieben worden, wenigstens für heute.

„Salut, Admiral", sagte ich. „Ich heiße Nestor Burma. Ihr Chef weiß, wer ich bin. Wenn das hier nicht ‚Kapitän' heißt."

„Chef genügt", erwiderte der Seemann für Kreuzfahrten auf dem großen Kanal von Sceaux. (Er sah auch aus, als finge er den Kabeljau eher an den Bänken von Sewastopol als an denen von Neufundland.) „Er ist kein Kapitän, und ich bin kein Admiral."

„Nicht böse sein. War nur ein Scherz."

„Schon gut", sagte er. „Was..."

Roger Zavatter tauchte aus der Kabine auf und unterbrach ihn:

„He, Gus! Laß ihn durch. Das ist mein Direktor."

Ich ging zu meinem Mitarbeiter. Hinter ihm betrat ich eine luxuriöse Kabine, die geschmackvoll und komfortabel eingerichtet war. In einem Sessel saß ein kleiner, sehr typischer Alter mit weißen Haaren und leicht safrangelber Haut. Spitze Nase und ebensolche Zähne. Er rauchte mit mürrischem Gesicht eine Zigarre.

„Darf ich vorstellen: M'sieur Burma, M'sieur Corbigny", sagte der Leibwächter.

Der alte Kauz stand geschmeidig auf, deutete ein Willkommenslächeln an und gab mir die Hand. Seine war pergamentartig und sehnig.

„Wie geht es Ihnen, Monsieur Corbigny?" fragte ich. Ich gab Zavatter ein Zeichen; er sollte auf dem Deck nachsehen, ob Kähne vorbeifuhren. Er ging hinaus.

„Sie sind ein Kunde der Agentur Fiat Lux", fuhr ich fort. „Wir haben bisher nur brieflich miteinander verkehrt, aber da sich mir die Gelegenheit bot, Ihre Bekanntschaft zu machen, bin ich sofort gekommen. Ich lerne meine Kunden gerne persönlich, nicht nur auf dem Papier kennen. Ich hoffe, ich störe Sie nicht?"

„Mich stört nichts!" knurrte er „Oh! Entschuldigen Sie", fügte er, den Tonfall ändernd, hinzu. „Ich bin ein wenig nervös."

„Das sind wir alle, mehr oder weniger", schmeichelte ich. „Das moderne Leben... Aber auf dem Wasser ist es wohl ruhiger..."

„Auf dem Wasser ist es genauso. Alle Schiffe haben jetzt Motoren..."

Er schien der heroischen Zeit der Windjammern nachzutrauern.

„Hm... Möchten Sie etwas trinken, Monsieur? Ich selbst darf keinen Alkohol trinken, aber... Setzen Sie sich doch bitte."

Ich setzte mich auf ein Plüschsofa.

Der Boden unter meinen Füßen schwankte. Wenn ich nüchtern bin, mag ich dieses Gefühl nicht besonders. Ich hörte gleichzeitig das Plätschern des Wassers, das gegen die Bordwand der Jacht und die Kaimauer schlug, und das Hupen der Autos, das sich mit dem Stadtlärm vermischte.

Ich war noch ziemlich müde von der vorangegangenen Nacht. Die Situation hier kam mir seltsam unwirklich vor.

Pierre Corbigny aber besaß Sinn für die Wirklichkeit. Wenigstens in diesem Augenblick. Er verschob ein Paneel in der holzvertäfelten Wand und gab so den Blick auf ein Fach unterhalb einer Bücherreihe frei, in dem alles stand, was nötig war, um die anspruchsvollsten durstigen Seelen zu befriedigen. Er wählte aus dem Sortiment eine Flasche besten Cognacs aus und schenkte mir ein. Ein guter Jahrgang.

„Hervorragend!" sagte ich, nachdem ich gekostet hatte. „Ist es mein Angestellter auch?"

Mein Gastgeber blinzelte mich über den Rand seiner goldgefaßten Brille hinweg an:

„Sagt er Ihnen zu?"

„Genau das frage ich Sie. Erledigt er seinen Dienst zu Ihrer vollsten Zufriedenheit?"

„Aber gewiß. Er ist ein sehr lustiger Bursche."

„Der, wenn es nötig ist, beherzt handelt, glauben Sie mir. Sie haben noch nicht die Gelegenheit gehabt, es zu erproben, nicht wahr?"

„Noch nicht, nein."

„Ich weiß nicht, ob man es wünschen soll... hm..."

Ich hakte nach, ohne Erfolg.

„Das weiß ich auch nicht... Noch etwas Cognac?"

„Gern."

Er schenkte nach. Dann betrachtete er mit regem Interesse die Flasche in seiner Hand und holte ein weiteres Glas für sich selbst.

„Ihnen zu Ehren", sagte er, „werde ich mein Alkoholverbot mißachten. Ein Fingerhut voll von diesem Öl kann nicht gefährlich sein. Wenn ich daran sterbe, wird das Etikett Ihnen den Namen des Schuldigen liefern."

Er tat einen tüchtigen Schluck und hustete. Das zweite Glas ging leichter runter.

„Ist seine Aufgabe beendet?" fragte ich.

„Reden Sie von Monsieur Zavatter?"

„Ja."

„Ganz und gar nicht. Ich lege weiterhin Wert auf ihn. Hat irgendetwas Sie veranlaßt, das Gegenteil anzunehmen, Monsieur Burma?"

„Keineswegs. Ich wollte ganz einfach wissen, ob er Ihnen zusagt und ob wir uns weiterhin um Sie kümmern sollen."

„Aber gewiß doch."

„Na schön, großartig."

In diesem Moment klopfte der Bursche mit der Matrosenmütze an die Kabinentür und kam herein, um irgendwelche Befehle entgegenzunehmen.

Als er sich mit wiegenden Schritten federnd verkrümelte, zuckte Corbigny mit den Schultern und gestattete sich ein dünnes, vertrauliches Grinsen.

„Haben Sie sich jemals Gedanken gemacht, Monsieur Burma", brachte er mit Bitterkeit in der Stimme hervor, „über das gekünstelte Verhalten von manchen Leuten?"

Ohne (glücklicherweise) eine Antwort abzuwarten, fügte er hinzu:

„Haben Sie das gesehen?"

„Was denn?"

Sein Blick verdüsterte sich.

„Dieser Blödian von Oberbootsmann. Er und der liebe Gott! Lächerlich! Dabei ist mir nicht nach Lachen zumute, aber manchmal ist es schwer, es sich zu verkneifen. Ich weiß nicht, was ich heute habe, aber das Lächerliche bestimmter Verhaltensweisen erscheint mir offensichtlicher als an anderen Tagen. Der gute Gustave spielt Seemann. In Wirklichkeit wird er schon beim bloßen Anblick einer Flasche mit Kochsalzlösung seekrank..."

Ich lächelte:

„Ich habe über ihn schon ähnliche Überlegungen angestellt", sagte ich.

„Sehen Sie!... Nun ja... Ich habe kein Recht, mich über ihn lustig zu machen... Denn, was bin ich selbst?..."

Er wurde lebhafter:

„Ein alter Quatschkopf, ein Tagträumer... So wahr ich hier vor Ihnen stehe, ich wäre gerne Pirat auf den Karibischen Inseln geworden, hätte gerne Kap Horn umsegelt... Ich bin zu spät auf die Welt gekommen... Genau wie der alte Krull aus dem *Chant de l'Equipage*... Kennen Sie die Geschichte?"

„So ungefähr."

„Quatsch!" spuckte er. „Ich begnüge mich damit, Schürzen hinterherzujagen, und meine ganze Freibeuterei besteht darin, daß ich den Fiskus betrüge, natürlich im erlaubten Maße, da ich zur Anständigkeit erzogen wurde. Ich sage Ihnen, alles gefälscht. Es herrschen Talmi und Täuschung. Sehen Sie, es scheint so, daß sogar dort drinnen..."

Aggressiv wies er mit dem Kinn auf das Bullauge. Auf der anderen Seite des dicken Glases erhob sich der Palast des Louvre.

„In diesem Museum, wenn wir den Zeitungen glauben sollen..."

Er deutete auf ein Exemplar des *Crépuscule*, das auf dem Tisch lag:

„... werden Fälschungen den dummen Massen zur Bewunderung vorgesetzt. Finden Sie das nicht komisch?"

„Nein", sagte ich lachend. „Weil Ihre Geschichte mit der Fälschung auch falsch ist, wenn Sie verstehen, was ich meine. Die Zeitungen sprechen von einer Raffael-Kopie... Darauf spielen Sie doch an, nicht wahr?"

„Ja."

„Die Zeitungen behaupten nicht, daß diese Fälschung sich anstelle des Originals in der Sammlung des Museums befand."

„Aber so gut wie. Ich weiß, was ich sage, und ich habe meine eigene Meinung darüber..."

Ich spitzte die Ohren, ließ sie aber wieder hängen, als er hinzufügte:

„... und das nicht erst seit gestern. Ich habe sie seit 1912..."

Für mich war das etwas lange her.

„Ja, Monsieur. Seitdem die Mona Lisa gestohlen wurde und dort drinnen wieder ihren Platz eingenommen hat, ist man nicht sicher, ob das nicht eine Fälschung ist. Das sind geschichtliche Tatsachen. Der Raub der Mona Lisa, jener Mona Lisa, die der respektlose Marcel Duchamp am Anfang der Dada-Bewegung mit einem Schnurrbart versehen hat, Sie waren noch ganz klein, als der Raub begangen wurde, aber Sie haben sicherlich davon gehört..."

„Wie jeder."

„Ein großer Dichter, ein Avantgardist, bekam damals deswegen Scherereien. Das ist das Los der Dichter! Entweder sie machen Scherereien, oder sie bekommen welche. Die Scherereien laufen ihnen einfach hinterher. Er hieß Guillaume Apollinaire. Kennen Sie ihn?"

„Aus dem Radio."

„Hm..."

Er bemühte sich nicht, seine Geringschätzung zu verbergen, und fing an, mich zu belehren:

„Ein sonderbarer Mensch, dieser Dichter. Wurde im Krieg verwundet und starb am 11. November 1918, während die Leute unter seinem Fenster im Sprechchor riefen: ‚Nieder mit Guillaume... Nieder mit Guillaume'. Diese Rufe galten offenbar Guillaume von Hohenzollern, dem Alten Kaiser Wilhelm, aber immerhin..."

„Das war sehr makabrer Humor", gab ich zu.

„Der dem Dichter aber wohl nicht mißfallen hat, im übrigen..."

Als ich kurz darauf Monsieur Pierre Corbigny verließ, dachte ich, daß es nicht verwunderlich war, wenn Zavatter ihn für bekloppt hielt. Bei solchem Gequatsche...

Zavatter hatte mit Dichtern nicht viel am Hut. Als ich einmal ihm gegenüber den Namen *Stéphane Mallarmé* erwähnte, dachte er, es handele sich um einen Gangster, den man so getauft hatte, weil er keinen einwandfrei funktionierenden Revolver hatte.

* * *

Wieder auf festem Boden, ging ich in ein Bistro und telefonierte mit dem Zentralkrankenhaus, um mich nach dem Befinden von Louis Lheureux zu erkundigen. Ich erfuhr, daß es zufriedenstellend war, und schlug dann den Weg zu meinem Büro ein.

Ich machte einen Umweg, um beim Hotel in der Rue de Valois vorbeizugehen. Der Junge, Albert – ich weiß nicht, ob ich seinen Namen schon genannt habe –, nahm gerade seinen Dienst auf. Seine frische Gesichtsfarbe zeugte von einem Tag im Freien. Auf seinem kleinen Tisch warteten zwei Turfblätter und ein Bleistift auf den Startschuß.

Der Bursche schien nicht sonderlich begeistert, mich zu sehen. Er schien, wie viele, durch meine Anwesenheit kommenden Ärger zu befürchten.. und er brachte mich mit diesem Lheureux in Verbindung, der bei einem Unfall vor dem Haus verletzt worden war, wobei beinahe das Schaufenster zu Bruch gegangen wäre. Trotzdem hätte dieser undankbare Flegel nicht vergessen dürfen, daß ich ihm fünfhundert Francs zugesteckt hatte.

„Guten Tag, M'sieur", brachte er dennoch hervor, mehr aus Gewohnheit als aus Freundlichkeit.

„Ich kam gerade vorbei", sagte ich. „Ich bringe Ihnen Nachricht von Ihrem Mieter."

„Ach, ja! M'sieur Lheureux?"

„Ja."

„Und?"

Er bemühte sich nicht zu verbergen, daß ihn Lheureux herzlich wenig interessierte, Lheureux, sein Gesundheitszustand und alles, was damit zu tun hatte.

„Er wird nicht daran sterben", sagte ich.

„Um so besser", sagte er mit derselben unbeweglichen Gleichgültigkeit.

Er faltete seine Käseblättchen zusammen.

Ich zeigte darauf: „Gute Chancen heute?"

„Besser als die Quoten!" brummte er.

„Ach!... Sagen sie," fuhr ich fort, so als wäre es mir plötzlich wieder eingefallen, „was hat er mit seinem Gepäck gemacht?"

„Wer? Lheureux?"

„Ja."

„Sein Gepäck? Meinen Sie seinen Koffer? Er hatte nur einen kleinen Koffer."

„Was ist damit?"

„Hat er ihn nicht bei sich?"

„Anscheinend nicht."

Der Bursche bedachte mich mit einem schrägen Blick, zögerte ein paar Sekunden, bis daß er wußte, wie er sich verhalten sollte, zuckte dann mit den Achseln:

„Ach, danach müssen Sie die Polente fragen. Die haben alles einkassiert, den Verletzten und den Koffer... Bei dem Aufprall ist alles rausgeflogen... der Koffer ist aufgegangen, verstehen Sie, M'sieur? ...Das war kein Luxuskoffer, nicht gesichert... Talmi..."

„Talmistalles."

Er runzelte die Stirn.

„Wie?"

„Das könnte der Name eines Gauls sein, ist es aber nicht. Talmi-ist-alles. Die Kopie regiert, wenn Ihnen das besser gefällt."

„Jaja..."

Wieder zuckte er mit den Achseln:

„Kurz, ich habe den ganzen Kram zusammengeräumt, so gut ich konnte, ein bißchen durcheinander, muß ich sagen, und die Polypen haben alles eingepackt... Haben den Koffer wohl aufs Revier gebracht oder in den Pfandstall geschmissen, was weiß ich."

„Ja, wahrscheinlich. Gut. Also, vielen Dank und mehr Glück für morgen!"

Er antwortete nicht.

Als ich durch die Tür ging, sah ich sein Spiegelbild.

Er kratzte sich am Kinn, während mir sein müder Blick folgte. Ein paar Stunden Schlaf hätten ihm vielleicht nicht geschadet, und sein Bart, der in der gesunden Luft auf den Rennplätzen wuchs wie der Teufel, mußte höllisch jucken.

6

Griechische Märchen

Im Büro erwartete mich eine riesige Überraschung.

Wen sah ich in dem für die Kundschaft reservierten Sessel, ein Paar Pekarilederhandschuhe auf seinem Hut, den Hut auf seinen Knien, die grauen Augen auf das hübsche Profil von Hélène Chatelain gerichtet, die geschäftig auf der Schreibmaschine tippte?

Meinen Verfolger von heute morgen.

Als ich eintrat, stand er auf und verneigte sich förmlich.

„Guten Tag, Monsieur Burma", sagte er.

Seine Stimme war nicht unangenehm. Sie hatte einen leicht singenden Tonfall, und ein undefinierbarer Akzent legte sich manchmal auf die eine oder andere Silbe, leicht wie ein Vogel, unmerklich.

Ich grüßte zurück und ging sofort zum Angriff über:

„Ich glaube, wir haben uns bereits gesehen, Monsieur ... äh ... Monsieur ..."

Hélène hörte auf, ihre Maschine zu quälen, warf einen Blick auf ein Blatt Papier vor ihr und sagte, bevor der Besucher noch seinen Mund öffnen konnte:

„Kirikos."

„Bi, Mademoiselle", verbesserte er höflich lächelnd. „Birikos. Nicolas Birikos."

„Das ist doch das gleiche", sagte Hélène.

Offenbar gefiel Monsieur Bibi-Kikerikikos meiner Sekretärin nicht, mit seinem krausen Haar, seinem festen Kinn und seinem dünnen Schnurrbart über den schmalen Lippen.

„Wenn Sie meinen", räumte der Grieche säuerlich ein.

Man hatte ihm wohl erzählt, daß es ungalant ist, einer Pariserin zu widersprechen.

„Wie ich schon sagte, Monsieur Birikos", begann ich wieder, „haben wir uns bereits gesehen."

„Das ist gut möglich."

„Sie haben heute morgen in der Hotelhalle des Transocéan die Fliegen beobachtet."

„Ich wohne tatsächlich in diesem Hotel. Aber in dieser Jahreszeit gibt es in Paris keine Fliegen."

„Das war bildlich gemeint."

„Na so was!" entfuhr es Hélène, als sie begriff, daß wir es mit meinem Verfolger zu tun hatten.

Sie sagte es nicht, aber ihre Augen riefen: ‚Der macht sich aber nicht gerade die Hosen voll!' Sie vergaß, daß griechische Wachsoldaten meistens Röcke tragen.

„Und nachdem Sie die Fliegen beobachtet haben," fuhr ich fort, „haben Sie sich in eine verwandelt und sind über mich hergefallen."

Er lächelte. Honigsüß. Verneigte sich. Er hatte offensichtlich ein sehr geschmeidiges Rückgrat.

„Dieses Bild verstehe ich. Mit anderen Worten, Sie haben bemerkt, daß ich Ihnen gefolgt bin."

„Ganz richtig."

„Ich will nicht sagen, daß ich nur in der Absicht gekommen bin, um mich dafür zu entschuldigen, Monsieur, aber fast..."

„Zur Sache", sagte ich. „Was kann ich für Sie tun?"

Er zögerte, dann sagte er:

„Nichts. Ich bin nur gekommen, um mich für mein merkwürdiges Verhalten heute morgen zu entschuldigen. Jawohl, schließlich sind Sie durch nichts verpflichtet, meine dumme Neugier zu befriedigen. Es ist besser, ich entschuldige mich und gehe. Es ist schon unhöflich von mir, Sie derart zu belästigen."

Ich hielt ihn zurück.

„Gehen Sie nicht", sagte ich. „Ich möchte wenigstens wissen, warum Sie mir gefolgt sind."

Er schaute um sich.

„Wir stehen", beklagte er sich. „Können wir uns nicht setzen, um uns in Ruhe zu unterhalten?"

„Kommen Sie", sagte ich.

Ich ging vor ihm in mein Büro und bot ihm einen Platz an.

Er setzte sich, bot mir eine türkische Zigarette an, genehmigte sich selbst eine und gab mit seinem Feuerzeug (massives Gold, wie mir schien) Feuer.

Als all diese Förmlichkeiten erledigt waren, erklärte er:

„Monsieur, Paris ist eine merkwürdige Stadt..."

Das klang wie eine Rede an den Präsidenten des Gemeinderates. Ich war nicht der Präsident des Gemeinderates, aber ich stimmte zu. Das schadete niemandem, am wenigsten Paris.

„... Es geschehen hier... Dinge..."

Er suchte das passende Wort.

„Merkwürdige Dinge", sagte ich.

„Genau! Ich wollte mich nicht wiederholen. Heute morgen war ich in der Halle des Transocéan und langweilte mich, wie an fast allen Tagen... Und dabei hat sich gestern etwas ereignet, was Abwechslung in mein langweiliges Leben gebracht hat... Eine Abwechslung, die vielleicht nicht nach dem Geschmack der Hoteldirektion ist, aber was kümmert mich das? ... Kurz und gut, wir haben erfahren, daß einer der Hotelgäste... jemand übrigens, den ich flüchtig vom Grüßen her kannte, wenn wir uns zufällig hier und da auf dem Flur oder im Fahrstuhl begegneten... daß Monsieur Larpent..."

„... ermordet worden war?"

„Ja. Sehr außergewöhnlich, nicht wahr?"

Ich verzog das Gesicht:

„Wissen Sie... für mich ist das ziemlich alltäglich."

„Für Sie vielleicht. Sie sind Detektiv. Ich nicht... Dann erfuhren wir, daß dieser Monsieur Larpent ... wie soll ich sagen..."

„... ein gebrochenes Verhältnis zum Gesetz hatte?"

„Ja. Ich fand das aufregend."

„Und dann?"

„Äh..."

Er schien den Faden zu verlieren.

„... Langweile ich Sie, Monsieur?"

„Ganz und gar nicht. Fahren Sie fort."

Er trommelte auf dem Rand seines Hutes. Seine Finger

waren etwas feist, was nicht zu seinem schmalen Gesicht paßte.

„Doch, doch", sagte er. „Ich spüre es, daß ich Sie langweile. Nun ja... ich werde mich kurz fassen..."

Und er fuhr langatmig fort:

„Ich interessierte mich für diesen Monsieur Larpent. Ich langweile mich, verstehen Sie? Ich langweile mich sehr. Und ich langweile die anderen. Kurz gesagt... Ich war in der Hotelhalle, als ich Sie fragen hörte – oh, vollkommen unfreiwillig –, ob Mademoiselle Levasseur zu Hause sei. Mademoiselle Levasseur war, wie ich weiß..."

Er lächelte. Ein Voyeur.

„... die Geliebte von Larpent. Ich sagte mir: Sieh an, das hat was mit Larpent zu tun. Ihr Besuch. Das interessierte mich, und ich bin Ihnen gefolgt, Monsieur Burma. Ich weiß nicht warum. Wahrscheinlich aus Spaß. Und als ich sah, daß Sie Privatdetektiv sind, war ich außer mir vor Freude. Ich war überglücklich. Diese geheimnisvolle Geschichte mißfiel mir ganz und gar nicht, wenn Sie verstehen, was ich sagen will. Nur habe ich mir hinterher überlegt, daß mein Verhalten nicht korrekt war und daß es meine Pflicht als Mann von Welt ist, mich dafür zu entschuldigen, falls Sie mir auf die Schliche gekommen sind und wer weiß was gedacht haben. Bei Ihrem Beruf, nicht wahr?... Ich bitte Sie also aufrichtig um Entschuldigung, Monsieur Burma."

Er tat, als wollte er aufstehen.

„Einen Moment", sagte ich.

„Ja?"

„Sie sprachen von einer dummen Neugier, die ich befriedigen könnte."

„Ich wollte nicht zu viel von Ihnen verlangen."

„Tun Sie sich keinen Zwang an!"

„Nun ja, dumm ist das richtige Wort. Ich habe dummerweise geglaubt, weil Sie Larpent kannten..."

„Ich kannte Larpent nicht", sagte ich.

„Sie überraschen mich."

„Es ist aber so."

Er schüttelte den Kopf.

„Das glaube ich nicht. Ich kann es nicht beschwören, aber ich meine fast, daß Larpent einmal..."

„Ja?"

„... Ihren Namen genannt hat. Er ist ziemlich einzigartig, Ihr Name, wenig alltäglich, und ich sage Ihnen, ohne mich dafür zu verbürgen... Aber natürlich, wenn Sie das Gegenteil behaupten..."

Ich sagte nichts. Er fuhr fort:

„Ich sagte also, daß ich dummerweise geglaubt habe, weil Sie Larpent kannten... Wenn Sie ihn nicht kannten, ändert das alles."

„Tun Sie so, als ob ich ihn gekannt hätte."

„Gut..."

Seine Augen leuchteten auf.

„... Ich habe geglaubt, Sie könnten mir über diese zwielichtige Person Einzelheiten mitteilen, Auskünfte, nach denen man in den Zeitungen vergebens sucht."

„Und mit welchem Ziel sammeln Sie diese Auskünfte?"

„Mit dem Ziel, mich zu zerstreuen, ganz einfach. O ja, ich weiß! Ich bin mir meiner Torheit bewußt..."

„Ich kann Ihnen diese Auskünfte nicht geben."

„Ich bin mir meiner Torheit bewußt", wiederholte er. „Ich bin impulsiv, schrecklich impulsiv. Zuerst folge ich Ihnen; dann bitte ich Sie, das Berufsgeheimnis zu verletzen..."

„Es geht nicht um ein Berufsgeheimnis. Ich kann Ihnen keinerlei Auskünfte über Larpent geben, weil ich keine habe. Und ich habe keine, weil ich ihn nicht kannte... Und ich glaube, wenn einer von uns beiden ihn kannte, dann sind Sie es."

Er zögerte, dann sagte er:

„Na ja... ich kannte ihn... ein wenig. Ich gebe es zu."

„Haben Sie das der Polizei erzählt?"

„Nein. Das hätte ihr nicht bei den Ermittlungen geholfen, oder? Und ich lege keinen Wert darauf..."

Er sprach seine Worte deutlich aus:

„...daß öffentlich bekannt wird, daß ich mit einem Mann Umgang haben konnte, wenn auch nur zufälligerweise, aus gut nachbarschaftlicher Beziehung, den man mit gutem Grund als Gangster bezeichnen kann... Ich bin ein ehrenwerter Mensch, Monsieur. Furchtbar romantisch, aber ehrenwert. Ich heiße..."

„Kikerikikos."

„Birikos. Nicolas Birikos. Hier ist meine Karte. Wir werden vielleicht die Gelegenheit haben, uns wiederzusehen..."

Ein wenig aufgeregt kramte er in seiner Brieftasche, entnahm ihr dann eine Visitenkarte und reichte sie mir. Dann steckte er seine Brieftasche wieder ein und sagte unvermittelt:

„Ich habe in Athen ein Geschäft, das sehr gut läuft, bin aber fast immer in Frankreich. Geschäfte können einen Skandal nicht vertragen, selbst wenn er mehrere tausend Kilometer weit weg aufgedeckt wird. Ich habe der Polizei nicht gesagt, daß ich Larpent kannte, und ich werde es ihr nicht sagen. Wenn Sie meinen, Sie müßten sie davon unterrichten, werde ich es leugnen. Und man wird mir nicht das Gegenteil beweisen können. Aber ich hoffe, Sie werden sie nicht unterrichten."

„Ich werde die Polizei nicht unterrichten", sagte ich. „Ich weiß nicht, warum ich sie unterrichten sollte. Obwohl, da Sie doch Abwechslungen lieben..."

„Es gibt solche und solche Abwechslungen."

Ich drehte seine Visitenkarte zwischen meinen Fingern.

„Da Sie doch das Romantische lieben, werde ich Ihnen was Romantisches liefern..."

Interessiert folgte er meinen Bewegungen. Ich nahm den Telefonhörer ab und rief beim Hotel Transocéan an:

„Hallo! Monsieur Nicolas Birikos, bitte."

„Er ist nicht da, Monsieur."

„Aber er wohnt doch in Ihrem Hotel?"

„Ja, Monsieur."

Ich stellte zwei oder drei geschickte Fragen, um mich zu vergewissern, daß der Birikos aus dem Hotel Transocéan derselbe war wie der, den ich vor mir hatte.

„Entschuldigen Sie diese Kontrolle", sagte ich, als ich auflegte.

„Sie brauchen sich nicht zu entschuldigen“, erwiderte der Grieche.

„Jedenfalls verstecken Sie sich nicht“, bemerkte ich.

Er hob die Augenbrauen:

„Warum sollte ich mich verstecken?“

„Ich weiß es nicht.“

Er spielte den Unverstandenen.

„Ich bin ein Liebhaber des Romantischen. Ein dummer und harmloser Liebhaber des Romantischen. Ich habe mich danebenbenommen und entschuldige mich noch einmal, aber ...“

Er erhob sich.

„Sie haben meinen Namen und meine Adresse. Wenn Sie jemals ...“

„Rechnen Sie nicht zu sehr damit“, sagte ich.

Ich stand ebenfalls auf:

„Übrigens, Sie sind nicht zufälligerweise Sammler?“

„Sammler? Nein. Sehe ich wie einer aus?“

„Ich weiß es nicht. Vielleicht sieht man sich wieder, Monsieur Birikos.“

„Ich hoffe es“, sagte er.

Ich begleitete ihn bis zur Verbindungstür, wo Hélène sich seiner annahm und ihn bis zur Treppe brachte. Ich ging wieder in mein Büro. Ein Stück Papier, wahrscheinlich aus der Brieftasche des merkwürdigen Fremden gefallen, war unter dem Sessel gelandet. Ich hob es auf. In diesem Augenblick läutete es an der Eingangstür. Ich steckte das Stück Papier hastig in die Tasche, drehte mich um und stieß beinahe mit Monsieur Birikos zusammen, der unvermittelt wieder zurückgekommen war.

„Entschuldigen Sie“, sagte er. „Habe ich meine Handschuhe vergessen?“

Er ließ einen geschärften Blick herumwandern. Ich ebenfalls. Keine Handschuhe zu sehen. Er rief aus:

„Ach ja! Die Enttäuschung mit Ihnen hat mich wohl so zerstreut gemacht. Ich ... ich habe sie in meine Tasche gesteckt.“

Er schwenkte die wiedergefundenen Handschuhe und

streifte sie über. So würde er sie nicht verlieren. Er grüßte uns mit der ihm eigenen Förmlichkeit und haute diesmal tatsächlich ab.

Ich ging zum Fenster, öffnete es und schaute hinaus.

Monsieur Nicolas Birikos stand auf dem Gehsteig, unbeweglich, angerempelt von den eiligen Passanten, jedoch gleichgültig gegenüber allem, was um ihn herum vorging. Er durchsuchte, jetzt wieder ohne Handschuhe, sorgfältig seine Taschen, besorgt, sehr besorgt. Er zog seine Brieftasche aus der Innenseite seines Mantels, überprüfte aufmerksam deren Inhalt, steckte sie wieder ein, suchte weiter. Schließlich ging er weg, mürrisch, unzufrieden.

„Was hat er denn noch?“ fragte Hélène. „Hat er wieder seine Handschuhe verloren?“

„Nein, aber dieses Schriftstück.“

Ich holte das Papier des Griechen aus meiner Tasche. Es war ein ganz gewöhnliches Stück Papier, nichts Besonderes, irgendwo abgerissen. Ein Wort stand darauf: *Mégisserie*.

„Was ist das?“ fragte Hélène.

„Der Teil einer Adresse. Bestimmt Quai de la Mégisserie. Diese Ausländer können Paris noch so gut kennen, manchmal brauchen sie eine Gedächtnisstütze. Es schien ihm wichtig zu sein, oder?“

„Sehr...“

Hélène schnitt eine Grimasse:

„Er sieht nicht gerade so aus, als verkehre er im literarischen Salon von Madame Sophie Stambat.“

Ja, meine Sekretärin kennt sich bei der Prominenz von Paris aus.

„Man kann nie wissen! Habe ich denn die Visage eines Gemäldediebs?“

„Nun... äh...“

„Jaja. Gut, leihen Sie mir tausend Francs. Ich wette, daß dieser Bikini-Rose mich für einen Komplizen von Larpent hält...“

„Na, hören Sie mal...“

„Genauso ist es.“

„Das würde Ihrem Ruf schaden."

„Dem kann nichts mehr schaden... Apropos Wetten: Wir müssen einem Freund des Turfs auf die Finger sehen. Sie werden sich darum kümmern. Er ist beim Hôtel des Provinces in der Rue de Valois angestellt. Heißt Albert. Freie Wohnung, Kost und Wäsche. Er bewegt sich nicht von dort weg, außer um auf den Rennplatz zu gehen. Verkleiden Sie sich als Scheinheilige, nehmen Sie dort eine Bude und bleiben Sie dem Springer hart auf den Fersen. Irgendetwas an seinem Verhalten stimmt nicht. Versuchen Sie herauszukriegen, was mit ihm los ist."

„Rue de Valois? Steigt dort nicht Louis Lheureux jedes Jahr ab?"

„Ja."

„Hm..."

Mehr sagte sie nicht. Sie öffnete einen Schrank und nahm einen gewöhnlichen Koffer heraus, ein Reiseutensil für ein braves junges Mädchen.

„Und wir meinten, das wäre ein ganz ruhiger Kunde", sagte sie komplizenhaft.

„Ganz ruhig!" echote ich lachend, den Blick zur Decke gerichtet.

Die Nacht war hereingebrochen, und es war kalt geworden. Ein Wetter, das der Jahreszeit entsprach. Es gab nichts mehr zu sagen. Die Rue des Petits-Champs lag ruhig da wie ein Friedhof.

„Ganz ruhig!" wiederholte ich laut in die Stille meines Büros.

Ich war alleine in dem Zimmer, das mir plötzlich riesengroß vorkam. Der elektrische Heizkörper war angestellt und umgab mich mit milder Wärme. Ein altes Modell. Ich konnte konnte die geröteten Heizfäden sehen. Sie schienen im Schatten der Möbel auf der Lauer zu liegen. Die Pendeluhr auf dem Kamin zerhackte melancholisch die Zeit. Die Lampe mit dem großen Schirm warf einen Lichtkegel auf die saubere Schreibunterlage. Meine Hände spielten mit einer Visitenkarte und einem Fetzen Papier. Ich dachte nach, die Pfeife im Mund. Im kleinen Wartezimmer nebenan knackte ein Möbelstück. Zwei

Stockwerke tiefer ging ein Zeitungsverkäufer vorbei und schrie:

„*Crépuscule,* neueste Ausgabe... Der neueste *Crépu*..."

Er entfernte sich oder ging auf einen Schluck ins Bistro an der Ecke. Wieder Stille, unterbrochen von dem Ticktack der Pendeluhr und dem Blubbern meiner Pfeife. Ich machte mich ans Reinigen der Pfeife. Plötzlich stießen beinahe zwei Autos auf der Straßenkreuzung zusammen. Bremsen quietschten, daß mir die Haare zu Berge standen. Zornige Stimmen drangen laut durch die Fensterläden und die geschlossenen Scheiben an mein Ohr.

Ich lachte.

„Ganz ruhig!"

Auf der Rue des Petits-Champs wurde es wieder still wie auf einem Friedhof. Das Telefon klingelte. Ich hob ab.

„Ja?"

„Hélène."

„Klappt's?"

„Ja."

Ich legte auf... Schon wieder Schwein gehabt, daß sie in der Rue de Valois ein Zimmer frei hatten. Ich dachte an Albert. Ein seltsamer Junge... Wieder wurden meine Gedanken vom Telefon unterbrochen.

„Hallo!"

„Hier Reboul."

„Hier Burma. Was Neues?"

„Nichts. Kein Besuch. Gesundheitszustand zufriedenstellend. Könnte in ein paar Tagen entlassen werden."

„Dann war es also nicht schlimm?"

„Mehr Schiß als alles andere."

„Gott sei Dank."

„Hat seiner Frau geschrieben, um sie zu beruhigen."

„Ein braver Ehemann."

„Ja, er hätte es nämlich auch sein lassen können. Hat den Brief von einem Bettnachbarn schreiben lassen."

„Hat er Schmerzen im Arm?"

„Wahrscheinlich."

„Sehr gut."

„Ich verbringe die Nacht hier in der Gegend, ja? Gehe hier im Krankenhaus jetzt ein und aus. Bin gut klargekommen."

„Das kann immer mal nützlich sein, falls wir uns mal'ne blaue Bohne fangen."

„Das ist wahr. Daran hab ich gar nicht gedacht. Gut. Also, was soll ich tun?"

„Ihr Bestes, wie immer."

Ich legte den Hörer auf die Gabel, ließ ihn aber nicht lange dort ruhen.

„Hier Hotel Transocéan", sagte die brüchige Stimme eines Mannes mit strengem Stehkragen. Vielleicht war aber auch die Stimme streng und der Stehkragen brüchig...

„Mademoiselle Levasseur, bitte."

„Mademoiselle Levasseur ist nicht da, Monsieur. Wollen Sie eine Nachricht hinterlassen?"

„Nein. Und Monsieur Birikos? Monsieur Nicolas Birikos? Ich möchte nicht mit ihm sprechen. Ich möchte nur wissen, ob er da ist."

„Nein, Monsieur. Monsieur Birikos ist nicht auf seinem Zimmer."

Ich legte auf, schob die Visitenkarte und das abgerissene Stück Papier in die Lederecke der Schreibunterlage und stand auf. Ich stopfte meine übergründlich gereinigte Pfeife, zündete sie an, zog meinen Mantel über und ging in die kalte, dunkle Nacht hinaus, um zu sehen, ob es für Nestor etwas zu tun gab. Es gab etwas.

Den wohltuenden Schlag mit dem vertrauten Gummiknüppel.

7

Pariser Leben

Die holprigen Pflastersteine drückten sich in meinen Körper. Meine abgeschürften Hände tasteten sie ab, wollten sie fassen, ich fragte mich, warum? Was hatte ich mit diesen Pflastersteinen vor? Ich wollte doch keine Barrikade errichten. So was macht man im Sommer. Sehen Sie sich an, wie für fünfundzwanzig Francs pro Tag gestorben wird. Für wieviel starb ich? Drei Millionen, das war schon eine interessantere Summe... wenn ich sie einstreichen würde. Wäre aber bestimmt nötig gewesen, um mich gesundzupflegen. Das Pflaster war schmierig vor Nässe, und ich rutschte darauf aus. Ich hätte viel dafür gegeben, um mich hinstellen zu können. Allerdings nicht die drei Millionen!

Ich kroch.

Ich hatte einen ordentlichen Schlag auf die Rübe gekriegt. Eher zwei. Oder drei, wenn ich genau nachzählte. Für jede Million einen...

Ich kroch weiter.

Die Pflastersteine waren kantig, naß und kalt. Nicht weit entfernt floß das Wasser. Leise. Heimtückisch. Mit einem unanständigen Geräusch. Um mich herum alles dunkel. Drüben blinkten wohl Lichter auf einer dunklen Masse, himmelweit weg, wie eine Krone, dunkler als die Nacht, vielleicht eine Brücke. Um mich herum herrschte völlige Dunkelheit.

Ich kroch weiter.

Das Wasser floß schneller, näher; oder aber meine Ohren spielten mir einen Streich. Etwas Ekelhaftes, in höchstem Grade übelriechend, ein widerliches Bündel stellte sich dicht gegen meine Wange.

„Nicht weiter, Kumpel“, krächzte eine Säuferstimme.

Meine klammen Finger schlossen sich um das Bündel. Es war ein Fuß. Daran hing ein Bein, und so fort. Ganz oben befand sich die Stimme.

„Willst du dich in die Seine schmeißen, Kleiner?“

„Weiß nicht“, brachte ich mit Mühe hervor.

„Liebeskummer?“

„Weiß nicht.“

„Werd dich in Sicherheit bringen. Hab dir das Leben gerettet, hm? Wirst dich dran erinnern, hm? Ohne mich hättste ’n Satz gemacht in die Brühe, laß dir das von Bébert gesagt sein.“

„Bébert?... Der Spieler?..."

„Kleinigkeit für'n Kerl wie mich. Rot ist für die Glücksspieler da. Erzähl das der Baronässe."

Er beugte sich zu mir runter, hüllte mich in eine Weinfaßfahne ein, die mir den Magen umdrehte, schob seine Hände unter meine Achselhöhlen und zog mich unter eine Brücke.

„Besuch für dich, Baronässe. Ein ganz feiner Pinkel. Einer von den oberen Zehntausend. Ist aus seiner Karre geflogen oder rausgeschmissen worden..."

„War'n Schlag mit dem Knüppel", brachte ich mühsam hervor.

„Vielleicht beides", sagte der Clochard. „Du hast dir vielleicht 'n Schlag mit 'nem Knüppel gefangen, aber ich hab die Karre genau gesehen, und ich hab auch genau gesehen, wie du rausgeflogen bist."

„Nächtlicher Überfall", sagte eine Frauenstimme, heiser, in tausend Stücke zerbrochen, alterslos und auch beinahe geschlechtslos. „Wir werden mit dem da nur verdammte Scherereien kriegen."

„Nein, nein", flehte ich. „Keine Scherereien mit mir."

Scherereien, das war ausschließlich Nestor Burmas Gebiet. Ich hütete es eifersüchtig und würde es mit niemandem teilen.

„Das ist mein Kumpel", sagte der Clochard. „Hab ihm das Leben gerettet. Er wird's nicht vergessen. Wird mit 'ner Belohnung rausrücken."

Ich spürte, daß er anfing, mich zu filzen. Ich ließ es geschehen. Es war heute Nacht nicht das erste Mal, daß ich gefilzt wurde. Es war sogar schon das dritte Mal, wenn sich meine schmerzende Rübe noch richtig erinnerte.

Es hatte bei einem Vogelhändler angefangen. Zu jenem Zeitpunkt wußte ich nicht, daß ich bei einem Vogelhändler war. Eine tolle Idee hatte ich da gehabt, am Quai de la Mégisserie etwas frische Luft zu schnappen. Dort bekam ich dann den ersten Schlag mit dem Knüppel. Ich wäre besser ins Café gegangen. Es gab nur wenige Spaziergänger an den Quais, aber einer war zuviel: und zwar der, der mich in Höhe der Rue Bertin-Poirée in die Radieschen geschickt hatte. (Ich erinnerte mich an die Stelle; das war schon 'mal was.) Als ich wenig (oder viel) später aus meinem Tran erwacht war, fragte ich mich immer noch, wie das passieren konnte. Offensichtlich hatte ich nichts Besseres zu tun gehabt... Obwohl ich halbtot war, hatte ich das Gefühl, als durchsuche man mir die Taschen...

„Was fummelst du denn da?“ fragte die Clocharde.

„Gibt vielleicht 'ne Adresse, die man benachrichtigen muß“, antwortete der Clochard.

„Stell dich nicht so blöd, Bébert. Du kannst doch gar nicht lesen. Klau dem Jungen nichts...“

Ich streckte meine Glieder aus. Es tat gut, sich recken zu können. Auch wenn es etwas weh tat und es hier unter der Brücke ungastlich war, zwar geschützt vor dem Nieselregen, aber nicht vor dem Zugwind.

Als ich zum ersten Mal wieder zu mir gekommen war, waren mir Handgelenke, Arme, Beine und Knöchel gefesselt gewesen, und es war genauso schwer, sich von diesen Stricken zu befreien, wie von meinem Finanzamt eine Fristverlängerung zu bekommen. Ich versuchte es erst gar nicht. (Beim Finanzamt schon.) Ich befand mich an einem komischen Ort. Dunkel, voller Leben. Seltsam. Überall huschende Bewegungen. Ein nicht sehr warmer Ort, an dem es nach Kleie, Mais oder ähnlichem Getreide roch. Ich weiß nicht warum, aber ich wollte pfeifen, und da merkte ich, daß ich außerdem geknebelt war. Und ich hatte wohl auch noch eine Binde vor den Augen. Ich rollte mich herum und stieß gegen irgendetwas, wodurch ich einen ohrenbetäubenden Lärm (jedenfalls erschien er mir ohrenbetäubend!) von Flügelschlagen verursachte. Nun, ein Kanarienvogel hatte die Stille durch wütendes Rollen zerrissen, und eine Ringeltaube hatte gegurrt. Ich war bei einem Vogelhändler, und der hübsche Vogel, das Täubchen, war ich, und ich war im Käfig, wie alle.

„Bring ihn mit einem Glas Roten wieder auf die Beine,“ riet die Clocharde, „aber dalli!“

„Das ist mein Kumpel“, sagte der Clochard.

Er riß ein Streichholz an.

Der Lärm, den die aufgescheuchten Vögel gemacht hatten,

hatte niemand angelockt. Erst viel später war ein Mann gekommen, ein Mann, den ich wegen meiner Augenbinde nicht gesehen, den ich nur gespürt hatte, ein nervöser, aufgeregter Mann. Er hatte wieder meine Taschen durchwühlt, mich dann hingestellt und ... und dann ... nichts mehr ... Das war der zweite Schlag des Abends gewesen. Dann hatte ich mich auf der Uferböschung wiedergefunden, aufgeschnürt, zum Fluß hinkriechend in der Gefahr, mich hineinzustürzen, aus einem Wagen geworfen, wie der Clochard sagte. Ich mußte wohl geträumt haben. Nichts von all dem reimte sich zusammen. Man hatte mich überfallen, niedergeknüppelt, gefesselt, mit Vögeln alleingelassen, dann wieder in Umlauf gebracht. Man hatte mir keine Fragen gestellt, nichts. Ich mußte geträumt haben. Und ich träumte wohl immer noch. Das reimte sich nicht zusammen. Es sei denn, man hatte mir die Brieftasche geklaut. Aber, verdammt nochmal, welch ein Aufwand, um eine Brieftasche zu klauen! Und dazu noch meine Brieftasche ...

Ein Luftzug hatte das erste Streichholz ausgeblasen. Ein zweites wurde angerissen. Eine gelbe Flamme brannte. Wohl eine Kerze. Wie durch einen Schleier hindurch sah ich, daß der Clochard meine Brieftasche schwenkte, sie seiner zerlumpten Gefährtin hinhielt.

„Sieh mal, Baronässe, du kannst doch lesen ...“

„Das ist ein Flic“, sagte die Clocharde nach kurzem Schweigen. „Ich hab dir doch gesagt, wir kriegen Schere ...“

„Flic oder nicht, das ist mein Kumpel. Hab ihm das Leben gerettet. Er wird sich dran erinnern. Und weil er ein Flic ist, wird er uns mal aus der Patsche helfen ...“

„Das ist kein richtiger Flic. Das ist ein Privatdetektiv. Weißt du, was das ist, Bébert?“

„Nein. Ist das jetzt ein Flic oder nicht?“

„Das ist ein Flic, und auch wieder nicht.“

„Ach, Scheiße! Gib mir seine Brieftasche. Ich geb sie ihm wieder.“

„Ich kenn den Mann“, sagte die Baronässe mit veränderter Stimme. „Er und sein Kumpel ...“

Der Clochard stand vor mir und verdeckte mich. Er beugte sich runter, meine Brieftasche in der Hand.

„Wir haben dir nichts geklaut, alter Kumpel. Unsereiner ist nämlich kein Dieb. Aber du wirst doch meine Gefälligkeit nicht vergessen, hm?"

Er schob die Brieftasche in meine Tasche. Das Licht ging aus. Ich hörte Flaschen gegeneinanderstoßen, dann ein vielsagendes Gluckern und Schnalzen mit der Zunge.

„He, Baronässe!" protestierte der Clochard. „Du säufst für dich allein, um diese Zeit?"

Sie spuckte ein Schimpfwort aus, dann sagte sie:

„Das wärmt." – „Gib mal rüber."

„Ich werde ihm selbst was anbieten", sagte die zittrige Stimme der Frau.

Ich spürte, wie sie näherkam.

„Mach Licht, Albert, damit ich die Visage unseres Gastes sehen kann."

„Sofort, Baronässe."

Ein Streichholz wurde angerissen.

„Trinken Sie das", sagte sie. „Das ist billiger Fusel, aber ich hab kein Geld, um etwas anderes zu kaufen. Früher, da hatte ich den Keller voll..."

Zaghaft schob ich die Flasche weg. Ich spucke nicht in Rotwein, aber im Augenblick konnte ich ihn nicht runterkriegen.

„Das ist kein Wein", sagte sie, als hätte sie meine Gedanken erraten.

„Kein Wein?" sagte der Clochard schluckend.

Vor Überraschung ließ er das Streichholz fallen.

„Was dann?"

„Rum!"

„Oh! Madame versteckt ihre Vorräte!"

„Jawohl, Monsieur."

„Zeig das Etikett."

„Gibt keins, und laß deine Kerze aus. Wir werden noch Aufsehen erregen... Trink, Herzchen", setzte sie hinzu.

Diese letzte Bemerkung war an mich gerichtet. Ich nahm einen Schluck Rum. Das tat gut.

„Geht's besser?"
„Ja."
„Das macht hundert Piepen."
„Ja."
„Du blechst, bevor du abhaust."
„Ja."
Der Clochard murrte:
„Und für mich auch hundert Piepen?"
„Hier hast du die Pulle", sagte die Alte.
„Das ist gut", stieß er hustend hervor.
„Das ist Fusel", sagte sie.
Eine Art Lumpen wurde über meine Beine gelegt. Ich blieb ausgestreckt liegen. Es war nicht so kalt unter dieser Brücke, wie ich gedacht hatte. Oder aber es war der Rum, der seine Wirkung tat. Langsam erholte ich mich. Sobald ich mich besser fühlen würde, würde ich in die Agentur sausen, mich auf ein sauberes Bett legen und meinen Schädel pflegen. Die beiden Clochards lagen zusammengerollt neben mir und unterhielten sich leise. Von Zeit zu Zeit umarmten sie die Flasche.

„Ich kenn den Mann", flüsterte die Clocharde. „Oder er sieht jemandem ähnlich. Jemandem, den ich gekannt habe, als ich reich war..."

„Als du Baronässe warst", krächzte ihr Gefährte.

„Als ich Aurélienne d'Arnetal war..."

„Du fällst uns auf den Wecker. Du bist nicht aus dem Arnetal, du bist aus Villedieu-les-Poêles."

„Blödmann. Alençon war bereits von Emilienne besetzt. Vor mir. Ich habe nur 1925 regiert..."

„Regiert!"

Er spuckte aus.

„Jawohl, Monsieur Blödmann. So nennt man das. Ich konnte mich auch nicht mehr de Villedieu-les-Poêles nennen..."

„Das wäre 'ne schöne Scheiße gewesen."

„Ich nannte mich d'Arnetal... Es waren zwei, und sie wollten beide mit mir schlafen... Zusammen, fast... Das war 'n

Ding, da konnte man schon schwach werden…"

„Nur zwei? Ich dachte, du hast sie alle aufs Kreuz gelegt, die Geldsäcke."

„Blödmann", wiederholte sie, „Du kapierst nichts. Hast du nie von Aurélienne d'Arnetal gehört?"

„Herrgott nochmal, ja! Seit ich dich kenn, gehst du mir damit auf den Geist."

„Und vorher?"

„Oh ja, vorher auch, hab von ihr gehört. Eine Kokotte. Die Königin von Paris."

„Jawohl, alter Blödmann. Ich hatte Autos, Domestiken, ein Stadthaus in der Avenue du Bois und ein Haus auf dem Lande… Das ist gar nicht so lange her, Herrgott nochmal! 1925…"

Er kicherte:

„Haus auf dem Lande… In Villedieu-les-Poêles."

„Ja und? Gib mir die Flasche…"

„Ist leer."

„Saukerl."

Sie fingen an, sich zu zanken, beruhigten sich wieder. Meinem Kopf ging es besser. Er drehte sich nicht mehr so schlimm. Also war es nicht nötig, noch länger hierzubleiben und auf eine Lungenentzündung zu warten. Ich richtete mich auf. Ja, es konnte klappen.

„Wohin, Kumpel?" fragte der Clochard.

„Ich zieh Leine", sagte ich. „Hab irgendwo ein Bett."

„Du hast Schwein", sagte die Frau.

„Jede Menge", sagte ich.

„Ich hatte auch eins, ein Federbett."

„Mit 'ner Menge Ärsche drin", bemerkte der Clochard.

Sie kicherte nur.

Ich nahm meine Brieftasche und erlebte noch eine Überraschung. Mein Geld war nicht angerührt worden. Ich fühlte unter meinen Fingern das typische Papier der Banknoten. Also wirklich, je mehr ich über diesen Überfall nachdachte, desto sinnloser erschien er mir. Ich nahm ein paar Scheine und schob sie in die erste Hand, die danach griff.

Dann ging ich schwankend fort.

* * *

Ich schwankte bis zur Rue des Petits-Champs. Die Entfernung schien mir lang. Ich begegnete einigen Nachtschwärmern, jedoch keinem Flic. Das war auch gut so. Ich hatte keine Ahnung, wie spät es sein konnte. Meine Uhr war stehengeblieben. Es war Nacht. Mehr wußte ich nicht, und mehr wollte ich auch gar nicht wissen.

Um meine zwei Etagen hinaufzusteigen, brauchte ich eine gute Viertelstunde. Bei jeder Stufe breitete sich unter meinen vor Benommenheit geschlossenen Lidern eine wahre Flut von weißer Bettwäsche aus: Frische Laken, saubere Kopfkissenbezüge, ein Federbett, ein herrliches Federbett, weich, füllig und warm, all das tanzte vor meinen Augen. Ein Federbett... So eins erwartete mich hinter der Tür, auf dessen Schild zu lesen war: *Agentur Fiat Lux. Nestor Burma, Direktor.* Diese Tür stellte das letzte Hindernis dar, allerdings ein Hindernis erster Güte. Unmöglich, meine Schlüssel zu finden. Endlich hielt ich sie in der Hand. Sie waren nicht in der Tasche, in die ich sie gewöhnlich stecke.

Ich schloß auf. Trat ins Wartezimmer, dann in Hélènes Büro... Machen Sie niemals Pläne! Im Zimmer nebenan streckte mir das Sofa die Arme entgegen, aber irgendetwas sagte mir, daß ich es nicht sofort benutzen konnte... In Hélènes Büro herrschte ein heilloses Durcheinander. Schlecht geschlossene Schubladen zeugten von einer Durchsuchung. Ordner, die aus ihren Regalen genommen worden und nicht wieder an ihren Platz zurückgestellt worden waren. So schwerfällig wie ein mittelmäßiger Detektiv begann ich, die Gründe für meinen Überfall zu ahnen. Ich öffnete die Tür zu meinem Büro, betätigte den Lichtschalter. Das Zimmer wurde von einer Deckenlampe taghell erleuchtet. Ich blieb in der Tür stehen, um das Spektakel zu genießen, das für mich bereitgehalten wurde. Gleiche Unordnung, gleiches Durcheinander, die gleichen Spuren des Einbruchs. Ob etwas mitgenommen worden war, konnte ich im Augenblick schlecht sagen. Aber eins stach ins Auge: Die Einbrecher hatten mir etwas dagelassen!

Der Schuh aus luxuriösem gelbem Leder lag nicht ganz so, wie ein anständiger Schuh liegt, wenn er leer ist. Er war auch nicht leer. Ein Fuß bewohnte ihn. Der Anfang, wenn man unten begann, eines menschlichen Körpers von normalen Ausmaßen, in guterhaltenem Zustand. Der Mann lag auf dem Boden, das Gesicht in den Falten des verrutschten Teppichs vergraben. Ich überwand meine Müdigkeit und hob vorsichtig seinen Kopf an den Haaren hoch. Um die Vierzig, etwas drüber. Jetzt würde er nicht mehr älter werden. Graue Augen, dünner Schnurrbart, schmale Lippen, starkes Kinn, krauses Haar. Monsieur Birikos. Nick Birikos. Der Grieche. Zur Hölle mit ihm!

Ich ging in das andere Zimmer, in dem das Sofa stand, übersah jedoch das einladende Möbelstück. Ich verpaßte mir ein Allheilmittel, dazu ein Aspirin, lehnte mich gegen die Wand und erholte mich langsam wieder. Als ich mich wieder stark genug fühlte, ging ich zurück zur Leiche.

Ich durchsuchte sie. In dieser Nacht wurde viel durchsucht. Außer Übelkeit brachte mir das nichts ein. Kein Paß. Ververschiedene Papiere, darunter ein Führerschein, alle auf den Namen Nicolas Birikos, den gut getroffenen Athener. Etwas Geld. Nicht viel. Genug immerhin, um die Reinigung des Teppichs zu bezahlen oder ihn sogar durch einen neuen zu ersetzen. Ich nahm mir das Geld. Abgesehen davon, nichts für Nestor. Nichts, das mich auf eine Spur geführt hätte. Nichts, wodurch ich verstehen konnte, was er in meinem Büro gesucht hatte. Gefunden hatte er den Tod, und den hatte er bestimmt nicht gesucht!

Eine Kugel hatte ihn mitten ins Herz getroffen. Tatort und bestimmte Spuren, die ich hier und da entdeckte, vor allem an seinen Handgelenken, ließen auf einen Kampf schließen.

So sehr mein Schädel auch brummte, er begann zu funktionieren.

Es waren also mindestens zwei – Nick Birikos und X... –,

„Das typische Papier . . .

die etwas in meinen Unterlagen gesucht hatten. Gut. Was? Sie hatten Glück, sie wußten es, denn ich... Um mich aus dem Weg zu räumen, hatte man mich in einen Hinterhalt gelockt (nebenbei gesagt, ich war ihnen auf den Leim gegangen wie ein blutiger Anfänger. Ich tröstete mich mit dem Gedanken, daß sie etwas anderes ausgeheckt hätten, wenn ich Lunte gerochen hätte.) ... Man hatte mich also in eine Falle gelockt, um an meine Schlüssel zu kommen und sicher zu sein, daß ich den Plan nicht stören würde.

Während der Hausdurchsuchung wurde das gesuchte Objekt (?) gefunden (aber was, verdammt nochmal?), und es folgte ein Gerangel, denn von diesem Augenblick an wollten die beiden Partner auf eigene Faust weitermachen. Der hochmütige Nick Birikos, der eine Kanone herausgeholt hatte, kam zu Fall, ein Opfer der Verletzung jenes Gesetzes, das das Tragen von Waffen verbietet.

X... ergriff die Flucht, nervös und aufgeregt (der Tod eines Mannes stand wohl nicht im Programm), beeilte sich, mir mein Schlüsselbund zurückzugeben, und warf mich, damit ich nicht beim Vogelhändler wieder zur Besinnung kam (es war besser, wenn ich nicht genau wußte, wo man mich abgelegt hatte), wie ein Paket schmutziger Wäsche auf die Uferböschung. Die Kälte würde schon den Rest der Arbeit besorgen, die er so gut begonnen hatte, aber nicht eigenhändig zu Ende führen wollte. X... war wohl kein Mörder, sonst hätte ich ebenfalls ins Gras beißen müssen. Und Birikos' Tod war ein Unfall.

Ich ging wieder ins Nebenzimmer und nahm einen Schluck Allheilmittel, dann ging ich zurück in mein Büro. Der Tote lag noch immer da, und ich sah keinen Weg, ihn loszuwerden. Das Beste war, ihn dort liegenzulassen und zuzusehen, daß er mir so wenig Ärger wie möglich machte. Ich suchte überall nach möglichen Motiven für den Einbruch, für eine plötzliche Auseinandersetzung und eine Prügelei mit tragischem Ausgang. Nichts. Offenbar war das Objekt (wenn es so etwas gab) nicht mehr da, aber ich konnte noch so genau hinschauen, mit Augen und Verstand, nichts schien zu fehlen. Nichts, abgesehen von dem Stück Papier, das Birikos verloren hatte, und seiner Visitenkarte. Beides steckte nicht mehr in der Lederecke der Schreibunterlage, in die ich es ein paar Stunden zuvor geschoben hatte. Aber das konnte doch nicht der Grund für solch ein Blutbad sein! Ich gab es auf. Da bemerkte ich in dem Hosenaufschlag der Leiche eine gelbe Feder, die Feder eines Kanarienvogels. Der Beweis, daß Birikos bei dem Vogelhändler gewesen war. Ich steckte die Feder ein. Es war wirklich nicht nötig, den Flics, die bald mein Büro stürmen würden, zu viele Indizien an die Hand zu geben. Um den Vogelhändler würde ich mich selbst kümmern. Ich kramte hinten in einem Wandschrank und fand auch, was ich suchte: eine Brechstange, die ein Schlosser irgendwann einmal bei mir vergessen hatte und die ich wie eine Trophäe aufbewahrte. Die Stange in der Hand, ging ich ins Treppenhaus. Alles schlief. Es war ein ruhiges Haus in einem ruhigen Viertel, bewohnt von ruhigen Bürgern, ruhig und hoffentlich etwas schwerhörig. Mit der Brechstange brach ich meine Tür auf, was auf das Konto meiner Besucher gehen sollte. Ich wischte das Werkzeug ab und schmiß es in eine Ecke. Dann machte ich mich aus dem Staub.

Kurz darauf, an der Place de la Madeleine, rief ich ein Taxi, das mich bald in der Nähe meiner Wohnung absetzte.

Auch da hatte man herumgewühlt, allerdings keine Leiche zurückgelassen.

Ich machte so etwas Ähnliches wie Ordnung und rief einen befreundeten Medizinmann an, der auf der anderen Straßenseite wohnt. Er schimpfte, bemühte sich aber zu mir. Ich bat ihn, mir ein starkes Medikament zu verabreichen, damit ich nach ein paar Stunden Schlaf nicht zuviel von meiner bewegten Nacht spüren würde. Er tat es, ohne Fragen zu stellen. Dann ging er wieder schlafen.

Ich schlief ebenfalls ein. Ein Schlafmittel brauchte ich nicht.

8
Kundschaft für Nestor

Ein Läuten weckte mich.

Ich kroch aus dem Bett und stellte mich aufrecht hin. Mein Kopf drehte sich nicht mehr. Ich fühlte mich sogar recht gut in Form. Ich hatte wohl eine Beule am Hinterkopf – vielleicht auch zwei –, aber sie wurden von meinen Haaren verdeckt. Ich zog meinen Morgenmantel über und sah auf den Wecker. Zehn Uhr. Nicht er läutete. Auch nicht das Telefon. Das Läuten kam von der Haustür. Jemand klemmte mit seinem Finger oder einem Nagel die Klingel ein. Um mir nichts anmerken zu lassen, nahm ich mir ein Pfeifchen aus dem Pfeifenständer und ging zur Tür, nachdem ich die Vorhänge zurückgezogen und Tageslicht in mein Zimmer gelassen hatte. Florimond Faroux trat mit müdem Gesicht ein, ohne sich die Mühe zu machen, seine Schuhe auf der Matte abzuputzen.

„Ich bin mit dem Fall beauftragt", sagte er ohne weitere Einleitung.

„Dafür werden Sie bezahlt", sagte ich. „Mit welchem Fall?"

„Sie sehen, daß ich alleine gekommen bin. Ich will Sie nicht hinterrücks überfallen."

„Das nennen Sie ‚nicht hinterrücks überfallen'? Wenn ich gerade von Martine Carol träume?"

„Lassen Sie Martine Carol in Ruhe."

„Muß ich wohl", seufzte ich. „Dort hinein."

„Großer Gott? Wie das stinkt!" rief er aus.

„Medikamente. Ich war schlecht auf dem Damm. Darum bin ich so spät noch im Bett. Wird wohl 'ne Grippe."

„Ja... Sagen Sie mal, ist Ihre Agentur auch schlecht zurecht?"

„Warum?"

„Ihre Angestellten kommen nicht rechtzeitig zur Arbeit."

„Sie haben woanders zu tun."

„Aha!" lachte er. „Vielleicht suchen sie am anderen Ende der Welt die Leichen zusammen, die für das Wohlergehen der

Agentur Fiat Lux unbedingt nötig sind. Welch ein Riecher? Gut. Wollte Ihnen nur sagen, daß Nachbarn die Sache bemerkt haben."

„Welche Sache?"

Seine Zigarette war ausgegangen. Er zündete sie wieder an:

„Bei Ihnen ist eingebrochen worden."

„Eingebr... Daß ich nicht lache."

„Ziehen Sie sich was an! Wir wollen ein wenig miteinander plaudern... und weil es vielleicht länger dauern könnte, setz ich mich..." Gesagt, getan.

„Danach kommen Sie mit. Sie müssen den Schaden feststellen."

„Nein, aber... Im Ernst?"

„Ernster als Sie glauben. Äh... Birikos, sagt Ihnen der Name 'was?"

„Larpent, sagt Ihnen der Name 'was? Birikos, sagt Ihnen der Name 'was? Sie haben Nullachtfuffzehnfragen, wenn ich das mal so sagen darf."

„Antworten Sie, anstatt den Hanswurst zu spielen."

„Ja, der Name sagt mir 'was. Birikos ist ein Grieche. Hat mich gestern besucht."

„Wo?"

„In der Agentur."

„Wann?"

„Am Nachmittag."

„Es muß ihm bei Ihnen gefallen. Er ist in der Nacht in Ihr Büro zurückgekommen und hat sich dort häuslich niedergelassen..."

Er erstattete seinen kleinen Bericht und illustrierte ihn mit Fotos, die von den Künstlern des Erkennungsdienstes am Tatort aufgenommen worden waren. Er leierte ihn mit monotoner Stimme herunter. Ich übernahm die Interpunktion, indem ich an den richtigen Stellen „Oh!" und „Ach!" sagte.

Ich erfuhr nichts, was ich nicht schon wußte. Die Schlußfolgerungen des Kommissars und des Gerichtsmediziners über das gewaltsame Ende von Birikos stimmten mit einem überein.

Der Grieche war im Laufe eines Kampfes – sozusagen durch eigene Hand – von seiner Kanone getötet worden. Die Nachbarn hatten nichts gehört, da mein Büro schalldicht isoliert ist.

„Was bedeutet das?“ fragte Faroux.

Ich hob ratlos die Schultern.

„...Jetzt sind Sie an der Reihe, Burma.“

„Was soll ich Ihnen sagen?“

„Alles, was Sie von Birikos wissen.“

„Nicht viel. Er lungerte in der Eingangshalle des Transocéan herum, als ich dort war, um mich um Geneviève Levasseur zu kümmern...“

„Moment! Haben Sie Kontakt mit ihr aufgenommen?“

„Ich habe getan, was ich konnte, um sie zu treffen, aber sie war nie da. Ich hoffe, ich habe heute mehr Glück... wenn Sie mir Zeit dazu lassen. Ich hoffe auch, daß sie sich nicht selbst überlassen ist?“

„Seien Sie unbesorgt. Sie wird unauffällig überwacht. Ich kann über sie nicht gründlich recherchieren. Ich würde beginnen und es nicht zu Ende führen können. Und es wäre Mittag, bis ich es wieder eingerenkt hätte, vor allem, wenn sie in die Sache verwickelt ist. Aus diesem Grunde sehe ich es lieber, wenn Sie das Steuer in die Hand nehmen. Sie werden die Inspektoren ablösen. Und Sie werden sich weiter vorwagen als diese. Mir wäre es lieb, wenn es schnell ginge, weil sie am Ende noch etwas merkt. Ich dachte, ich hätte mich verständlich ausgedrückt.“

„Ich habe sehr gut verstanden.“

„Gut. Nun? Birikos?“

„Nick Birikos ist mir bis zu meinem Büro gefolgt. Das war vormittags. Ich habe ihn bemerkt und wollte ihm nun hinterhergehen, aber das war nicht möglich. War übrigens nicht schlimm, weil er aus eigenem Antrieb am Nachmittag zu mir kam.“

„Warum?“

„Um mir langatmige Reden zu halten...“

Ich gab den Inhalt wieder.

„... Und dann ist er gegangen. Ich habe ihn nicht mehr wiedergesehen.“

„Sie werden ihn gleich sehen."
„Ist er immer noch bei mir?"
„Im Augenblick ist er wohl im Leichenschauhaus. Haben Sie sich von dem Mann ein Bild gemacht?"
„Ein seltsames Bild... wenn er nicht sogar Larpents Komplize ist. Er kannte Larpent vielleicht besser, als er zugegeben hat. Er wohnte im selben Hotel."
„Unseren Ermittlungen zufolge war dieser Birikos nicht vorbestraft. Aber das will nichts heißen. Haben Sie daran gedacht?"
„Nein."
„Woran dann?"
„Für mich ist das einer von diesen oft zitierten skrupellosen Kunstsammlern, von denen es mehr gibt, als man glaubt. Er hat mich für einen Komplizen von Larpent gehalten."
„Erzählen Sie."
„Nehmen wir mal an, er wartet im Transocéan, wo er abgestiegen ist... Wohnte er schon lange da?"
„Ungefähr zehn Tage."
„Gut. Nehmen wir also an, er wartet darauf, daß man ihm das gestohlene Bild aushändigt. Er kennt weder den Dieb noch die Person, die mit der Übergabe betraut ist. Und wenn er Larpent kennt, dann nur oberflächlich, weil sie in demselben Hotel wohnen; aber dessen Funktion, wenn ich so sagen darf, kennt er nicht. Als er von Larpents Tod erfährt und hört, daß dieser Larpent was mit dem begehrten Meisterwerk zu tun hat, weil er doch eine Kopie davon mit sich herumschleppte, konzentriert sich sein Interesse auf den Verstorbenen. Trauernd. Nicht um den Verstorbenen, sondern um das Bild. Er weiß, daß Mademoiselle Levasseur die Geliebte von Larpent war. Er hört, wie ich nach ihr frage. Er sieht sofort, daß ich kein Polyp bin. Instinktiv folgt er mir. Und als er meinen Beruf herausfindet..."
„... sagt er sich," ergänzte Faroux lachend, „ein Privatdetektiv kann nur der Komplize eines Bilderdiebs sein..."
„Ja, so ungefähr. Privatdetektive haben bei allen möglichen Geschäften ihre Hände im Spiel. Ich kenne welche, die sind

sogar so verkommen, daß sie Spezialaufgaben für die Polente übernehmen."

„Jetzt reicht's. Erzählen Sie weiter von Birikos."

„Er schöpft wieder Hoffnung. Er besucht mich in der Absicht, mir die Würmer aus der Nase zu ziehen. Ich enttäusche seine Erwartungen. Das ändert nichts daran, er ist davon überzeugt, daß ich das Gemälde besitze. Weil ich seine Anspielungen nicht verstehen will, greift er zum äußersten Mittel. Er kommt in der Nacht zurück und durchsucht meine Büroräume..."

„Einverstanden", sagte Faroux. „Und er findet das Bild. Das nimmt eine schlimme Wendung für Sie, das Ganze, Burma."

„Nix findet er. Wenn das Bild in meinem Besitz gewesen wäre – ich frage mich nur, durch welchen Umstand –, hätte ich es Ihnen schon gestern gegeben, um die drei Millionen Prämie zu kassieren."

„Oho! Das Bild ist mehrere hundert wert. Man kann einen verrückten Sammler finden, der... sagen wir... die Hälfte bietet. Die Hälfte von mehreren hundert Millionen, das sind immer noch mehrere hundert."

„Er findet nix, sage ich Ihnen."

„Gut. Er findet nix. Und dann, vor Wut, Zorn und Enttäuschung", höhnte Florimond Faroux mit plumper Ironie, „bringt er sich um. Oder vielmehr, er versucht es. Sein Komplize will ihn daran hindern. Vergessen wir nicht, es hat einen Kampf gegeben. Im Laufe dieses Kampfes gelingt Birikos trotzdem, sich selbst zu töten. Er jagt sich eine blaue Bohne ins Herz."

„Reden Sie keinen Quatsch."

Streng legte sich seine Stirn in Falten:

„Wenn sie kein Bild gefunden haben, um das sie sich streiten konnten, dann geben Sie mir eine andere Erklärung für das Gerangel und seinen tragischen Ausgang."

„Ich habe genausowenig eine Erklärung, wie ich das Bild habe... Es sei denn..."

„Ja?"

„Herrgott nochmal! Dieser Birikos sah doch nicht wie ein Ganove aus."

„Typ Hochstapler, mehr nicht. Jedenfalls, ich sage es Ihnen noch mal: keine Vorstrafen. Wenigstens nicht bei uns. In ein paar Tagen haben wir Nachricht aus Athen."

„Er war nicht in der Lage, alleine meine Tür aufzubrechen. Er mußte auf die Hilfe eines Ganoven zurückgreifen. Eines richtigen. Und dieser Ganove... Ha! Das ist doch der Gipfel! Man schmeißt bei mir alles durcheinander, man läßt mir eine Leiche da, die Flics schikanieren mich, und ich bin fünfzig Scheine los."

„Fünfzig Scheine?"

„Haben Sie nicht auch herumgeschnüffelt?"

„Ja."

„Kennen Sie Hélènes Büro, hm? In der obersten Schublade, lag da Geld?"

„Kein Sou lag da, wie gewöhnlich."

„Behaupten Sie nichts, was Sie nicht wissen! Und bei Birikos?"

„Auch kein Sou."

„Da haben wir den Grund für das Gerangel. Birikos suchte das Bild, aber sein Komplize wollte mir mein Geld klauen. Birikos war ehrenhaft, in seiner Art. Er wollte den anderen zwingen, die Finger davon zu lassen. Drohte ihm mit dem Revolver, den er sich aus Vorsicht verschafft hatte, eben wegen des Milieus seines Helfers. Gerangel und Tod von Birikos. Der Ganove nimmt mein Geld und das von Birikos, ohne die Kanone zu vergessen."

Faroux schwieg, dann:

„Das ist gut möglich, alles in allem. Hm... fünfzig Scheine, sagen Sie?"

„Ja."

„In der Agentur haben niemals fünfzig Scheine gelegen, das wüßte man."

„Gut. Sagen wir dreißig. Ich wollte mogeln... da die Erstattung bestimmt ziemlich lange dauern wird..."

„Sie verdammter Nestor, Sie! Sie wollten die Gelegenheit

nutzen, die Versicherung um zwanzig Scheine zu schröpfen, nicht wahr?"

Ich machte ein schuldiges, reuevolles Gesicht.

„Jedenfalls, wenn man mir eines Tages dreißig Scheinchen in die Hand drückte, dann wäre das immer noch mehr, als diese Schublade jemals enthalten hat. Auch wenn sie sich so hochmütig aufplustert, daß sie nicht mehr auf ihren Schienen laufen kann, wenn in ihrem Bauch dreihundertfünfzig Francs liegen."

Ich kam aufs Thema zurück:

„Das ist die einzige Erklärung. Außer der mit dem Bild... Ich warne Sie gleich, Faroux. Wenn Sie weiterhin daran festhalten, daß ich in diese Geschichte mit dem Bild verwickelt bin, dann können Sie es sich abschminken, daß ich für Sie hinter der schönen Geneviève Levasseur herspionieren werde."

„Schon gut", sagte er. „Ich glaube nicht, daß Sie das Bild gehabt haben. Was die Levasseur angeht, darüber habe ich inzwischen nachgedacht. Nach all dem, was Sie mir erzählt haben... Jetzt scheint sie mir doch zu sehr darin verwickelt zu sein, als daß ich sie weiterhin mit Samthandschuhen anfasse. Selbst schuld. Was sein muß, muß sein, komme, was wolle. Dieser Birikos ist Ihnen nur gefolgt, weil Sie nach Mademoiselle Levasseur gefragt haben, und deshalb meinen Sie, daß für ihn sie und Larpent gemeinsame Sache gemacht haben."

„Nicht unbedingt, aber na ja, wenn Sie meinen..."

* * *

Ich begleitete Faroux in die Agentur, wo der Arm des Gesetzes einen Wachposten hingestellt hatte, einen Flic in Uniform, der es anscheinend lustig fand, daß bei einem Privatdetektiv eingebrochen worden war. Ich stellte den Schaden fest, bestand auf dem Raub der nicht vorhandenen dreißig Scheine, und ab zum Leichenschauhaus, immer noch in Florimonds Begleitung. Ich identifizierte Nick Birikos, als wäre er mein eigenes Kind gewesen, und dann konnte ich gehn. Um vierzehn Uhr kam ich wieder in mein Büro, genau zu der Zeit also, zu der man gewöhnlich ins Büro zurückkommt. Ich rief einen Schlosser in der Nachbarschaft an, der das Schloß reparieren sollte, und inzwischen dachte ich wieder darüber nach, was die Einbrecher wohl angelockt haben konnte. Das Bild von Raffael vielleicht. Aber das hatte ich ja nie besessen, wie ich wußte. Ganz offensichtlich hatten sie etwas gefunden. Und zwar etwas Wichtiges. Aber das, was sie gefunden hatten, fand ich nicht. Ich gab meine erfolglose Sucherei auf, ließ den Schlosser und mein Büro in der Obhut der Concierge zurück und ging in die Bibliothèque Nationale, um in den verstaubten Beständen herumzuschnüffeln. Seit gestern wollte ich einen Abstecher in dieses Gebäude machen. Aber die Zeit hatte mir gefehlt. Heute hatte und vergeudete ich sie. Ich blätterte umsonst in einem Stapel Zeitungen von 1925, auf der Suche nach Informationen über die Betrügereien, die zu der Zeit von Larpent-Daumas begangen worden waren. Da ich mich bei Faroux nicht nach dem genauen Datum erkundigt hatte, forschte ich unsystematisch und fand nichts. Ich gab es auf und ging zurück ins Büro. Kaum war ich eingetreten, als mich das fröhliche Läuten des Telefons begrüßte. Im Dunkeln nahm ich ab:

„Hallo!“

„Monsieur Nestor Burma, bitte.“

Eine Frauenstimme. Eine Stimme aus Gold. Wenn Euer Gezwitscher...

„Am Apparat, Madame.“

„Mademoiselle“, verbesserte sie. „Mademoiselle Geneviève Levasseur.“ Meine Finger umklammerten den Hörer, und ich verschluckte mich, anstatt zu antworten.

„Hallo! Hallo!“ Meine schöne Gesprächspartnerin wurde ungeduldig.

„Hallo!“ sagte ich.

„Sagt Ihnen mein Name ’was, Monsieur Burma?“

Larpent, sagt Ihnen der Name ’was? Birikos, sagt Ihnen der Name ’was? Geneviève Levasseur, sagt Ihnen der Name ’was? *Ich* sollte endlich etwas sagen. Ein Wort von historischer Bedeutung...

„Äh... also...“

„Das könnte durchaus sein. Mein Name wird oft in der Presse genannt. Ich bin Mannequin bei Roldy ..."

„Ja, Mademoiselle."

„Damit Sie mich einordnen können."

„Ja, Mademoiselle. Und was kann ich für Sie tun?"

„Es ist das erste Mal, daß ich mich an einen Privatdetektiv wende. Wenn Sie auch meinen Namen nicht in der Presse gelesen haben, ich habe Ihren gelesen. Häufig. Ich wollte Sie fragen... Wenn jemand von unliebsamen Personen belästigt wird, können Sie diese von ihnen fernhalten, diskret und wirksam?"

Ich fing an zu lachen.

„Mein Gott, Mademoiselle! Sie meinen doch nicht mit dem Revolver, hoffe ich?"

Sie lachte ebenfalls. Ihr Lachen war hell, frisch, sehr angenehm fürs Ohr.

„Nein, nein, so radikale Maßnahmen habe ich nicht im Auge."

„Das beruhigt mich."

„Können Sie einen solchen Auftrag übernehmen?"

„Sicher."

„Würden Sie zu mir kommen? Ich wohne im Hotel Transocéan, Rue de Castiglione. Können Sie gleich kommen?"

„Ich komme."

„Bis gleich, Monsieur", wiederholte sie.

Ich legte auf, machte Licht, nahm den Hörer wieder ab, rief die *Tour Pointue* an und verlangte Florimond Faroux.

„Was gibt's?" fragte er.

Ich habe einen Schritt getan in den Dunstkreis von Geneviève, dem süßen Käfer."

„Lassen Sie es sein, sage ich Ihnen. Wir nehmen die Sache in die Hand."

„Unmöglich. Sie ist meine Klientin. Sie hat bemerkt, daß sie beschattet wird. Sie möchte, daß ich sie von lästigen Menschen befreie. Es kann sich nur um Ihre Männer handeln... Komisch, nicht wahr?"

Ich berichtete ihm von meinem Telefongespräch mit dem Mannequin.

„Hm...", räusperte sich Faroux. „Einerseits kommt uns das sehr gelegen, nicht wahr?... Gut... Na schön... Sie haben freie Hand, Burma."

9

Das Hühnchen und die Füchse

In natura sah sie noch besser aus als auf den Fotos. (Häufiger ist es umgekehrt.) Der Ausschnitt ihres Kleides war allerdings nicht so tief, was ich bedauerte. Spitz zulaufend, leicht auf den Schultern liegender Stoff. Für den Blick eines braven Mannes immer noch vielversprechend. Zum Beispiel, wenn sie sich bückte. Aber ich konnte keine Geldstücke auf den Teppich werfen und sie zwingen, sie aufzuheben. Ihre Arme waren nackt. Sehr schöne Arme. Auch ihre Beine sahen nicht schlecht aus. Und es waren noch eine Menge angenehmer Sachen zu sehen, die sich und mich bewegten. Ihre blonden Haare waren zurückgekämmt, wie auf dem Foto, das Faroux gezeigt hatte. Ihre fast grünen Augen waren durch das Make-up bis zu den Schläfen hochgezogen. Die schlanken Finger ihrer zarten Hände wurden durch lange, lackierte Nägel verlängert, bis auf den rechten Zeigefinger, dessen Nagel ebenfalls lackiert, aber kurz war. Er war wohl kürzlich erst abgebrochen, vielleicht als sie jemanden kratzen wollte. Das war ein Mädchen, das leicht seine Krallen zeigte. Genauso leicht, wie es streichelte.

Sie empfing mich in einem kleinen Salon, der, warm und behaglich, an ihr Schlafzimmer grenzte, kunstvoll ausgeleuchtet, dazu bestimmt, den Wert von Behälter und Inhalt hervorzuheben. Sie unterzog mich einer kurzen Prüfung und bemerkte dann mit ihrer warmen Stimme:

„Sie sehen nicht wie ein Polizist aus, Monsieur Burma."

„Ich bin Privatdetektiv, Mademoiselle."

„Ach ja… Wollen Sie sich setzen?“
Sie kuschelte sich in einen Lehnsessel. Ich legte meinen Hut auf ein Möbel und setzte mich.

„Zigarette?“ fragte sie.

Sie hielt mir ein flaches Etui hin, aus dem sie sich eine echte oder falsche Papirossa gefischt hatte, jedenfalls eines von diesen Dingern, die ewig brennen und mehr aus Pappe bestehen als aus Tabak. Ich stand auf, nahm die angebotene Zigarette, zündete beide an, schielte in den Ausschnitt, setzte mich wieder.

„Ich freue mich, daß Sie mehr einem Gentleman ähneln als diesen schrecklichen Menschen“, sagte sie. „Ich befürchte, ich habe Sie umsonst bemüht. Ich bin sehr impulsiv, und dann… seit ein paar Stunden bin ich mit den Nerven am Ende…“

Ich lächelte. Das geschäftsmäßige Lächeln eines Bürstenverkäufers, der sich beim Kunden einschmeichelt. Ich wartete.

„Ich heiße Geneviève Levasseur“, sagte sie.

„Ja, Mademoiselle.“

„Sie scheinen meinen Namen nicht zu kennen…“

„Entschuldigen Sie, aber ich bin kein eifriger Leser der *Vogue*…“

„Aber Sie lesen Zeitung?“

„Fast alle.“

„Also haben Sie dort den Namen Etienne Larpent gelesen?“

„Larpent? Ist das nicht der Mann, den man ermordet aufgefunden hat, mit einer Kopie des Raffael aus dem Louvre? Einer Kopie… oder dem Original. Wissen Sie, ich glaube nicht ohne weiteres, was die Zeitungen drucken.“

„Ja.“

Sie sah mich durch ihre langen Wimpern hindurch an:

„Das war mein Liebhaber.“

Ich sagte nichts. Ich konnte ihr weder mein Beileid noch meine Glückwünsche aussprechen.

„Ich war es nicht. Ich habe ihn nicht getötet“, fügte sie

hinzu und warf mit einer wütenden Geste ihre Zigarette neben einen Aschenbecher.

Ich stand auf, hob die Kippe auf, tat sie dorthin, wo sie hingehörte, setzte mich wieder:

„Werden Sie verdächtigt?“

„Ja.“

„Von der Polizei?“

„Die Polizei hat mich verhört. Ich habe ihnen ein... Wie nennen Sie das?“

„Ein Alibi.“

„Ein Alibi geliefert, ja. An jenem Abend sind wir nicht gemeinsam ausgegangen, Etienne und ich. Er hatte anscheinend etwas zu erledigen. Ich weiß nicht was... na ja, ich wußte es nicht, weil... jetzt... Kurz und gut, ich bin mit Freunden ausgegangen, die das bezeugt haben, und die Polizei hat dieses... dieses Alibi nicht angezweifelt. Aber dieser Mann behauptet, es gebe kein Alibi, das man nicht erschüttern könnte und...“

Sie unterbrach sich, zog ein Bein an und ließ mich das andere bewundern, das bis übers Knie zu sehen war, bis sehr weit übers Knie.

„Welcher Mann?“ fragte ich.

„Mein Alibi war nicht frei erfunden, Monsieur Burma. Ich möchte, daß Sie nicht daran zweifeln.“

„Ich zweifle nicht daran. Welcher Mann?“

„Ein Erpresser. Ein Anfänger auf diesem Gebiet. Aber das ist alles lächerlich, ich sehe es jetzt ein.“

„Erzählen Sie nur. Ich handle erst, wenn Sie mir den Auftrag dazu erteilen, Mademoiselle.“

„Ein Kerl, den ich auf einer Cocktailparty kennengelernt habe, den ich flüchtig kenne, den ich nie ermutigt habe, der sich aber nie hat entmutigen lassen, wenn Sie verstehen, was ich damit sagen will... Ein gewisser Maurice Chassard...“

„Ist das der Flegel, von dem ich Sie befreien soll?“

„Jetzt nicht mehr. Ich werde mich selbst von ihm befreien. Ich war nervös, eben, als ich Sie anrief. Das ist alles lächerlich.“

„Wie Sie wünschen", sagte ich.

In diesem Augenblick läutete das Telefon. Sie stand auf, um den Hörer abzunehmen, und durch diese Bewegung enthüllte sich mir ein Schenkel zum Anbeißen, der in mir kannibalische Triebe weckte. Als sie stand – den Hörer an ihrem rosa Ohr, mit der linken Hand über ihre Hüfte streichend –, nahm sie die Pose eines Mannequins ein. Sie runzelte die Stirn, ihr Gesicht wurde hart:

„Nein", sagte sie. „Ich bin nicht da. Nein. Ich … Oh! Einen Moment."

Sie legte die Hand auf die Muschel:

„Vielleicht haben Sie sich doch nicht umsonst herbemüht, Monsieur Burma. Es ist Maurice … Maurice Chassard. Ich habe große Lust, ihn zu empfangen und ein für allemal mit ihm abzurechnen. Ihre Anwesenheit wird mir Mut machen und ihm vielleicht Angst …"

„Ausgezeichnete Idee", pflichtete ich ihr bei.

Sie warf mir einen Blick von der Seite zu.

„Einen Moment", wiederholte sie ins Telefon.

Sie verdeckte wieder die Muschel, sah mir ins Gesicht und sagte streng:

„Ich mag Ihren Ton nicht, Monsieur Burma."

„Wirklich, Mademoiselle, ich verstehe nicht …"

„Wenn Sie auch glauben … wenn Sie glauben, daß … daß ich Etienne getötet habe … dann können Sie gleich gehen …"

Sie stampfte auf:

„Gehen Sie!"

„Ich glaube nichts dergleichen", sagte ich sanft.

Genauso schnell, wie sie aufgebraust war, beruhigte sie sich wieder.

„Entschuldigen Sie", seufzte sie. „Das sind die Nerven … Schicken Sie ihn hoch!" schrie sie fast in den Apparat.

Sie setzte sich wieder, diesmal darauf bedacht, nicht zuviel zu zeigen. Kurz darauf klopfte es an der Tür. Auf die Aufforderung der jungen Frau hin öffnete ich einem Burschen, der mich sofort mit dröhnender Stimme anfuhr:

„Guten Abend, Süße!"

„Ich nehme an, Sie meinen nicht mich", gab ich zurück.
„Oh! Pardon!" stotterte er und wich zurück.

Er roch nach Alkohol und hatte den typischen Teint von Leuten, die spät aufstehen und nicht zeitig schlafengehen. Er war gut gekleidet, mit vielleicht ein wenig fragwürdiger, aber nicht übertriebener Eleganz. Jung. Braune Augen. Darunter Ringe in der gleichen Farbe. Eine gerade, ziemlich lange Nase, an der Spitze mit einem feinen Netz von blauen Äderchen verziert. Sohn aus einer ständig angeheiterten Familie oder harmloser Halbweltganove. Ganz hübscher Junge, trotz seines hepatitischen Säuferzinkens, und genau besehen auch sympathisch. Kräftiger, als er auf den ersten Blick schien. Sieh an! Übrigens, warum nicht? Der Typ Journalist der neuen Schule, der „Okay" sagt, seine Füße auf den Tisch legt und den Hut trägt wie ein Halbstarker aus diesen amerikanischen Filmen.

„Treten Sie ein", sagte ich. „Wir werden eine Party zu dritt veranstalten."

„Was..."

„Treten Sie ein", befahl Geneviève Levasseur von ihrem Lehnsessel aus.

Er trat ohne ein weiteres Wort ein, stellte sich mitten ins Zimmer, sah das Mädchen an, dann mich.

„Darf ich Ihnen Monsieur Burma vorstellen", sagte unsere Gastgeberin.

„Nestor Burma?"

Er kratzte sich die Nasenspitze.

„Er ist Detektiv", präzisierte sie.

„Ah ja", sagte er. „Kenn ich vom Namen..." Er lachte. „...Er soll das Bild wiederfinden?"

„Welches Bild?"

„Stellen Sie sich nicht so blöd!" schimpfte er. „Ihr Liebhaber war ein Dieb. Er hat im Louvre ein Bild gestohlen. Er ist tot und..."

Seine Stimme versagte. Er sah sich nach einer Sitzgelegenheit um, fand eine und ließ sich darauf fallen. Er wischte sich die Stirn ab. Ein Unwohlsein, wahrscheinlich wegen der Hitze, die in diesem Zimmer herrschte, oder wegen des genossenen Alkohols. Geneviève, der süße Käfer, sprang wie ein Teufel aus ihrem Lehnsessel. Zitternd, mit vor Wut bebender Brust und blitzenden Augen, stand sie da. „Hören Sie es, Monsieur Burma?“ brüllte sie. „Hören Sie es? Er diffamiert mich. Dieser Dreckskerl diffamiert mich. Er...“

„Wir wollen doch nicht die Nerven verlieren“, sagte ich. „Er diffamiert Sie nicht. Er sagt nur, daß Ihr Liebhaber ein Dieb war. Es gibt gute Gründe für diese Annahme. Er sagt, daß er tot ist. Das stimmt ebenfalls.“

Sie warf mir einen vernichtenden Blick zu:

„Dann sind Sie also auch gegen mich?“

Ich zuckte mit den Achseln:

„Seien Sie still. Wenn man es genau bedenkt – falls Sie in der Lage sind nachzudenken –, haben Sie mich angestellt, um diesen Kerl rauszuschmeißen?“

„Ja!“ schrie sie. „Werfen Sie ihn vor die Tür. Schmeißen Sie ihn aus dem Fenster! Das wäre noch besser. Wir sind hier im fünften Stock.“

„Kleinigkeit für mich“, scherzte ich. „Ich bin nicht hergekommen, um mich im Gefängnis auszuschlafen. Aber man wird das doch wohl anders in Ordnung bringen können.“

Ich ging zu Chassard und hob ihn an den Revers seines Mantels hoch. In seinem verstörten Blick stand die nackte Angst.

„Ich werde Sie nicht fressen“, sagte ich.

Genauso unvermittelt ließ ich ihn wieder los. Er schnaubte, trat einen Schritt zurück.

„Ich gehe“, sagte er.

„Bleiben Sie!“

Er blieb stehen.

„Hören Sie, M'sieur Chassard“, sagte ich. „Wovon leben Sie?“

Er zögerte, dann sagte er:

„Ich schlag mich so durch.“

„Wenigstens sind Sie offen.“

„Warum sollte ich es nicht sein?“

„Wenn Sie schon so offen sind, packen Sie aus.“

„Ich habe nichts auszupacken."
„Sie sind beide verrückt."
„Beide?"
„Sie und Mademoiselle."
Geneviève Levasseur, die sich wieder hingesetzt hatte, rief mich streng zur Ordnung.
„Monsieur Burma!"
„Seien Sie still!"
Ich ging wieder auf den Blutsauger Chassard zu.
„Man schlägt sich also durch, hm? Man schläft mit reifen Damen, mit überreifen, und wenn man dann Lust hat, was Junges zu vernaschen, wagt man eine kleine Erpressung, hm? Um dem Sex-Appeal nachzuhelfen, hm?"
„Wie schrecklich!" rief Geneviève aus.
„Jetzt hören Sie mal zu, Mademoiselle. Wenn Sie Angst um Ihre niedlichen Öhrchen haben, dann ziehen Sie sich in Ihr Schlafgemach zurück."
Sie stampfte mit dem Fuß auf:
„Nein! Ich bleibe. Schließlich bin ich hier zu Hause."
„Wie es Ihnen gefällt. Aber unterbrechen Sie mich nicht immer."
Ich setzte mich neben sie, um sie, wenn nötig, zu bändigen.
„Ich fahre fort, mein lieber Chassard. Sie beschuldigen Mademoiselle, ihren Liebhaber getötet zu haben?"
„Ja."
„Das ist alles lächerlich", sagte das Mädchen.
Ihre Finger suchten meine Hand, ergriffen sie und hielten sie umklammert. Sie zitterte, und ich spürte ihre Brust an meinem rechten Arm beben. Chassard sah uns voller Haß und Angst an.
„Und warum sollte sie ihn getötet haben?"
„Um ... um an das Bild zu kommen."
„Sie sind ein Esel. Ich habe schon viel zuviel Zeit mit Ihnen vergeudet, Chassard ..."
Geneviève zog ihre Hand zurück.
„Ich rate Ihnen, Ihre Einschüchterungsmasche aufzugeben. Sie zieht nicht. Mademoiselle Levasseur hat vielleicht einen

Mann geliebt, der ein Dieb war. Einverstanden. Aber sie hat ihn nicht getötet. Ich will weder auf Einzelheiten eingehen noch eine Rede halten. Ich sage Ihnen nur dies: Ich arbeite für Mademoiselle Levasseur, und wenn Sie ihr auf die Füße treten, tun mir die Hühneraugen weh. Also, nehmen Sie sich in acht. Und versuchen Sie nicht, Ihre Klatschgeschichten an Revolverblätter zu verscheuern. Es könnte Ihnen leid tun. Kapiert?“

Er zuckte mit den Schultern.

„Schon gut“, sagte er erleichtert.

Er war wohl auf einen Tritt in den Hintern gefaßt gewesen und war ganz glücklich, daß er nicht sofort einen bekam. Bei genauerem Hinsehen war er doch nicht so sympathisch.

„Jetzt können Sie verduften“, sagte ich.

„Ich bin ein Esel“, knurrte er.

„Wie ich schon sagte. Auf Wiedersehen, Chassard.“

Der Hasenfuß machte sich dünne. Ich schloß hinter ihm die Tür.

„So“, sagte ich, als ich wieder zu Geneviève zurückging. „Zufrieden?“

Während Chassard im Raum war, hatte sie sich nicht besonders bemüht, aber jetzt, da er die Flucht ergriffen hatte, nahm sie wieder eine intimere Haltung in ihrem Lehnsessel ein.

„Danke, Monsieur Burma“, gurrte sie. „Ich... ich habe Etienne wirklich nicht getötet, verstehen Sie?“

„Sprechen wir nicht mehr davon.“

„Sie haben recht. Ich .... äh .... es fällt mir schwer... ich wollte sagen... wegen des Honorars...“

„Sie können später bezahlen. Wenn die Sache endgültig erledigt ist.“

„Aber ich dachte...“

„Bei diesen Kerlen weiß man nie so genau. Es ist besser, wenn er mich noch ein paar Tage in Ihrer Nähe sieht. Selbstverständlich nur, wenn Sie es erlauben.“

Sie vertiefte sich in die Betrachtung ihres Schuhs, innerlich mit einem Problem beschäftigt. Sie dachte wohl daran, daß sich nun solche Kerle bei ihr die Klinke in die Hand geben würden. Schließlich sagte sie:

„Aber selbstverständlich, Monsieur Burma."

„Ich werde versuchen, mich so unauffällig wie möglich im Hintergrund zu halten", lächelte ich.

Sie lächelte zurück:

„Dann wird Chassard keine große Angst haben."

„So meinte ich das nicht."

„Ich habe verstanden. Danke, Monsieur Burma. Und guten Abend."

Sie reichte mir mit herausfordernder Anmut ihre Hand. Ich küßte sie ihr. In solchen Förmlichkeiten habe ich nicht viel Übung, aber ich tat mein Bestes. Ich zog mich recht gut aus der Affäre. Als ich meinen Hut von dem Tischchen nahm, fiel eine gelbe Karte auf den Boden. Ich hob sie auf. Beinahe ungewollt warf ich einen Blick drauf. Es war eine Einladung für diesen Abend zur Eröffnung eines neuen Cabarets in der Avenue de l'Opéra: der „Grille".

„Entschuldigen Sie bitte", sagte ich.

„Das macht nichts."

Im Fahrstuhl hatte ich immer noch ihr Parfüm in der Nase.

* * *

Als ich aus dem Fahrstuhl trat, kam ein Mann, der davor auf einer Bank gesessen hatte, direkt auf mich zu. Es war Chassard, von Natur aus anhänglich. Er sah wieder mutiger aus.

„Ich bin Ihnen nicht böse", sagte er.

„Ich Ihnen auch nicht", antwortete ich.

„Also, alles in Ordnung."

„Wohnen Sie hier?"

„Wo denken Sie hin? Nicht das nötige Kleingeld. Ich wohne in einem kleinen Hotel in der Rue Saint-Roch."

„Ich habe Sie nicht nach Einzelheiten gefragt."

„Aber ich gebe Ihnen welche. Sie sind Detektiv, nicht wahr? Ich wollte Sie zu einem Glas einladen. Paßt es Ihnen?"

„Es paßt. Haben Sie Arsen bei sich?"

„Nicht weit von hier gibt es eine Apotheke."

„Ausgezeichnet."

Es hätte nicht viel gefehlt, und wir hätten das Transocéan Arm in Arm verlassen. Wir gingen in eine kleine verschwiegene Bar in der Rue Cambon, um uns einen hinter die Binde zu gießen.

„Sie müssen mich für ein Schwein halten, hm?" sagte Chassard.

„Jedenfalls für nicht viel besser!"

„Ach, Scheiße!... Haben Sie gesehen, wie sie gebaut ist, diese Jany? Was wollen Sie, das macht mich scharf. Ich habe sie schon seit langem im Auge, aber zum Teufel mit ihr... Nun ja, als ich erfuhr, daß ihr Johnny ein Gangster war..."

„Woher haben Sie es erfahren? In den Zeitungen steht nichts darüber."

„Die Zeitungen sind mir scheißegal. Hier in der Ecke weiß es jeder. Also, ich sage Ihnen, als ich erfuhr, daß ihr Johnny ein Gangster war und sich hat umlegen lassen, habe ich mein Glück versucht."

„Versuchen Sie es nicht mehr."

„Schon gut. Trotzdem...ich habe das nur so dahergesagt, aber... im Grunde könnte sie ihn doch gut abgemurkst haben. Meinen Sie nicht?"

„Den Zeitungen zufolge verdächtigen die Polypen sie nicht."

„Die Zeitungen sind mir scheißegal. Glauben Sie denn diesen Käseblättern?"

„Nein."

„Also?"

„Sie ist meine Klientin."

„Übrigens, ist sie oder war sie?"

„Sie ist. Sie verstehen doch, was das heißt, oder? Fangen Sie nicht wieder mit Ihren Geschichtchen an!"

„Jaja, schon gut. Ich werde versuchen, eine in der Rue Caumartin aufzugabeln, die ihr ähnlich sieht. Wenn ich genug

Moos habe... Gut. Sie ist Ihre Klientin. Ich will sie ja nicht schlechtmachen, aber...da ist trotzdem was faul, an dieser Geschichte mit dem Bild."

„Kannten Sie Larpent?"

„Nein. Flüchtig gesehen. Von weitem. Das ist alles. Großer Gott! Etwas aus dem Museum klauen... Verkauft sich das, solche Malerei?"

„Sicher."

„An wen?"

„An Sammler."

„Teuer?"

„Mehrere Millionen."

„Scheinen sich gut auszukennen!"

„Steht in den Zeitungen."

„Zeitungen sind mir scheißegal... He! Garçon!..."

Er ließ noch mal das Gleiche kommen. Er trank sein Glas in einem Zug aus.

„Die Zeitungen sind mir scheißegal", wiederholte er nochmal. „Aber diese Mieze ist mir nicht scheißegal."

Versteckt warf er mir einen finsteren Blick zu. Er hatte schon getrunken, bevor er zu Geneviève Levasseur heraufgekommen war. Jetzt war er dabei, sich zu besaufen.

„Sie wird Ihnen scheißegal sein müssen", sagte ich. „Zumindest müssen Sie Ihre Verführungsmethoden ändern."

Er verzog das Gesicht, war anscheinend nahe daran zu weinen.

„Sie werden mit ihr schlafen", sagte er. „Sie sind älter als ich, aber Sie werden mit ihr schlafen."

Also wirklich, alle wollten, daß ich mit ihr schliefe. Gut, gut. Es wäre ein Versuch wert. Ich bin kein Kostverächter.

„Ich bin jünger als Sie", fuhr er fort, „aber ich rieche alt, ich rieche nach alter Haut. Jaja, Sie lagen nicht falsch. Damit halt ich mich am Kacken. Mit Alten. Mit alten Schachteln, mit widerlichen alten Schachteln, ganz runzelig, zum Kotzen, die braucht man nicht erst in Fahrt zu bringen, die kommen von überallher angeschissen, bleiben hängen wie Stecknadeln, Klebstoff, Salbe, Schönheitscrème. Ach, Scheiße! Schönheitscrème! Häßlichkeitscrème, jawohl! Ich war bekannt, hier in der Gegend. Ist noch gar nicht so lange her. Ich hab sie aufs Kreuz gelegt, alte Schnepfen, Herzoginnen, Marquisen. Alte Kühe, die für meine Kleidung sorgten, bei denen ich wohnte und aß, aber die mit keinem Sou rausrückten oder nur selten. Und kein Geld, um was Junges zu vernaschen. Sie riechen mich von weitem, die Jungen. Ich stinke nach altem Fleisch. Sogar noch mit Zaster. Aber ohne... Ich weiß nicht, aber ich täte alles, um mir Geld zu verschaffen."

Ich würde ihm nicht den Rat geben zu arbeiten. Ich sagte:

„Machen Sie einen Bruch."

„Ich hab zuviel Schiß", sagte er mit ehrlicher Naivität. „Und weil ich eben immer Schiß gehabt habe, riech ich nach alten Frauen und Männern..."

„Männern?"

„Hm..."

Er bedachte mich mit einem finsteren Blick.

„Schon gut. Ich rede Unsinn."

„Könnte man sagen."

„Hören Sie, Sie sollten mich einstellen. Das würde mich ändern."

„Unmöglich. Sie haben Schiß. Das haben Sie selbst zugegeben."

„Ja und? Ist das nicht scheißegal? Um einer Concierge Fragen zu stellen oder einem Mann zu folgen, braucht man kein Artignan zu sein. Detektiv, Scheiße! Worin besteht denn seine Arbeit? Scheidungen, Auskünfte, Mittelsmann vielleicht, aber wobei schon? Nicht sehr gefährlich, das alles. Sie wollen mir doch nicht erzählen, daß man eine Kanone mit sich herumschleppen muß..."

„Manchmal."

„Wie die Leibwächter von Al Capone?"

„Warum nicht?"

„Stellen Sie viele von diesen Leibwächtern?"

„Von Zeit zu Zeit."

„Also nichts für mich dabei?"

„Auf den ersten Blick nicht."

„Schade. Aber ich gebe die Hoffnung nicht auf. Wenn sich eines Tages was ergibt... Und jetzt werd ich mich verkrümeln. Ich muß an die frische Luft. Lassen Sie."

Eine Höflichkeitsfloskel, vielleicht ein Trick. Aber ich machte keine Anstalten, die Rechnung zu bezahlen. Er nahm etwas Geld aus seiner Brieftasche, in der ich eine gelbe Karte erspähte, eine Einladung in dieses neue Cabaret.

„Gehen Sie nicht hin", sagte ich.

„Wohin?"

„Zu dieser Eröffnung. Mademoiselle Levasseur wird vielleicht auch dort sein."

„Ja und? Überall, wo sie ihren Hintern bewegt, darf ich nicht hin?"

„Im Augenblick nicht."

„Frechheit!... Ach, na ja, Scheiße! Hier haben Sie die Karte. So werde ich Papi bestimmt gehorchen."

Ich steckte die Karte ein. Er zahlte, und wir gingen hinaus. Auf dem Bürgersteig trennten wir uns. Ich sah, wie er in ein anderes Bistro ging. Ich eilte zur Agentur. Hélène erwartete mich.

„Endlich!" rief sie. „Wo waren Sie?"

„Bei Mademoiselle Geneviève Levasseur."

„Aha! Lassen Sie sehen!"

„Was denn?"

„Ihre Lippen."

Sie begutachtete sie.

„... Keine Spuren?"

„So weit sind wir noch nicht."

„Aber auf dem besten Wege?"

„Vielleicht."

Sie schmollte:

„Na ja... Sie sind volljährig. Scherz beiseite. Was berichten die Zeitungen? Hier hat es dicke Luft gegeben?"

„Schreiben die Zeitungen darüber?"

„Und wie... Seit ich hier bin, steht das Telefon nicht still. Marc Covet hängt dauernd an der Strippe."

„Lassen Sie ihn hängen. Haben Sie sein Käseblatt hier?"

Sie schob mir den *Crépuscule* hin. Der Fall Birikos wurde auf der Titelseite breit ausgewalzt:

EINBRUCH BEI PRIVATDETEKTIV
EINBRECHER FINDET HELDENTOD AUF DEM SCHLACHTFELD

Titel und Untertitel waren fettgedruckt, der Artikel dünn. Ich verstand, daß Marc Covet ausführlichere Informationen haben wollte. Hélène brannte ebenfalls darauf. Ich erzählte ihr zum Teil den Fall Birikos. Wärenddessen rief Marc Covet erneut an.

„Monsieur Burma ist noch nicht da", antwortete Hélène auf meine Anweisung.

„Ich werde jede Viertelstunde anrufen", brüllte der Journalist. „Ich werde ihn schon noch erwischen."

„Wie Sie wünschen."

„Wissen Sie denn nichts?"

„Absolut nichts."

Sie wußte wirklich nicht viel, und ich berichtete ihr zu Ende.

„Scherz beiseite", sagte sie wieder. Ein seltsamer Nachruf auf den Griechen! „Ich trete zum Appell an. Appell ist das richtige Wort... Sagen Sie mal, ich werde das hier aufgeben und in einem Hotel anfangen. Das ist ein einträglicheres Geschäft als Sekretärin bei einem überdrehten Detektiv zu sein. Dieser Albert hat Geld wie Heu. Bin ihm heute auf die Rennbahn gefolgt. Was der verspielt hat! Damit könnten Sie alle Ihre Schulden begleichen."

„So viel? Das ist interessant."

„Vor allem fand ich interessant, daß er anscheinend noch nicht lange über dieses Geld verfügt... Ich weiß nicht, warum Sie mich diesen Burschen überwachen lassen, jedenfalls hab ich's bemerkt... Er hat auf so gut wie alle Gäule gesetzt und so viele Federn gelassen, daß es ihm ganz schön kalt werden wird. Er hat Freunde getroffen, die offensichtlich überrascht waren, daß er so im Geld schwimmt. Ich habe gesehen, wie er einem oder zweien Geld gab, anscheinend alte Schulden."

„Wunderbar", sagte ich. „Ich werde mir das aus der Nähe ansehen. Gehen Sie wieder zurück."

„Für lange?"

„Ich glaube nicht."

„Ach! Ich hab 'was vergessen... Ich habe mit fünfhundert Francs gesetzt. Ein Pferd namens Nestor... Es stimmt wirklich, Ehrenwort. Ich konnte mich nicht dagegen wehren. Er sich übrigens auch nicht. Ist als Letzter angekommen."

„Das, meine liebe Hélène, kümmert mich einen Dreck. Sie können dem Burschen sehr gut auf die Rennbahn folgen, ohne selbst zu spielen."

„Ist das Ihre Ansicht?"

„Meine gesicherte Überzeugung."

„Nun... er hat gewonnen."

„Die Nestors gewinnen immer... Oh, aber das ändert alles. Fünfzig Prozent für die Agentur."

Sie zeigte mir eine lange Nase und ging laut lachend hinaus.

„Scherz beiseite", sagte jetzt ich.

Ich schnappte mir das Telefon und rief Faroux an:

„Ich habe nur die Gunst von Mademoiselle Levasseur erschlichen."

„Ach! Und?"

„Sie ist nicht von Ihren Spitzeln belästigt worden, sondern von einer Art Gigolo, der die Nase voll hatte von zähem, leicht verdorbenem Fleisch und mal ganz gerne in frisches beißen wollte. Da seine sexuelle Anziehungskraft nicht unwiderstehlich ist, drohte er unserem hübschen Käfer damit, überall herumzuerzählen, daß sie Larpents Mörderin ist."

„Und weiter?"

„Und nichts weiter. Ich habe den Kerl rausgeschmissen. Mit dem Mädchen stehe ich bestens. Ich stehe sogar mit dem Kerl recht gut. Er ist nicht nachtragend."

„Vielleicht müssen wir dem nachgehen."

„Wem?"

„Wir werden ihre Alibis noch einmal überprüfen."

„Wenn Sie nichts Besseres zu tun haben... Aber wenn sie

schuldig wäre, hätte sie mich nicht zu Hilfe gerufen. Es wäre für sie leichter gewesen, dem Gigolo nachzugeben."

„Es gibt so viele Verrückte..."

„Wie Sie wünschen..."

Ich legte lachend auf. Diese Hornochsen bildeten sich ein, Geneviève Levasseur hätte ihren Liebhaber umgelegt! Verflixt nochmal! Was sollte ohne den lieben Nestor aus dieser ganzen Bande werden, was sollte bloß aus ihnen werden?

* * *

Als ich in dem Hotel in der Rue de Valois ankam, stand Albert hinter seiner Theke, schweigend wie Baptiste in dem Film „Kinder des Olymps", den Finger in einer Rennzeitung auf den Pferden, die am nächsten Tag wahrscheinlich an den Start gingen, lahmen Gäulen, die ihm sein Heu wegfressen würden. Er war allein, wie immer. Dies war ein ruhiges Hotel, provinziell, ohne das Hin- und Hergelaufe, das Staub aufgewirbelt hätte, unter dem die grünen Topfpflanzen allmählich grau würden.

Als der Junge mich sah, runzelte er die Stirn.

„Salut", sagte ich.

„'n Abend, M'sieur. Haben Sie... Nachrichten von M'sieur Lheureux?"

„Ja."

„Gute?"

„Ja."

„Gott sei Dank, M'sieur."

„Ja. Ich möchte mit Ihnen reden."

„Bitte."

„An einem ruhigen Ort."

„Wie nennen Sie denn das hier?"

„Wir könnten gestört werden. Ich würde gerne mit Ihnen reden, ohne befürchten zu müssen, daß uns jemand stört."

„Was ist passiert?"

„Nichts. Soll etwas passieren?"

„Weiß nicht. Sie sehen so komisch aus."

„Ich habe beim Pferderennen verloren."

„Sind nicht der einzige."

„Ja, aber ich, ich habe kein Geld dafür."

„Niemand hat's, und alle verlieren sie."

„Stecken Sie sich Ihre Philosophie an den Hut. Also los, wo ist der ruhige Ort?"

Er stand auf, sah mich verstohlen an, zuckte mit den Achseln, kam hinter seiner Theke vor und schob mich in einen kleinen Salon, der seit dem Besuch von Alphonse III. nicht mehr gelüftet worden war.

„Machen Sie schon", sagte er. „Hab nicht viel Zeit."

„Es wird nicht lange dauern. Du hast Lheureux was geklaut, nicht wahr, Kleiner?"

Er muckte träge auf:

„Hören Sie mal..."

„Ich hab's eilig..."

Ich packte ihn im Nacken und schüttelte ihn:

„Komm mit aufs Revier. Es ist nicht weit, gleich da hinten."

„Sie würden das tun, M'sieur..."

„Wenn's sein muß."

„Hören Sie, M'sieur... Scheiße! Schütteln Sie mich nicht so. Ich hab grad gegessen."

Ich ließ ihn los.

„Raus mit der Sprache."

Er senkte die Stimme:

„Also gut, ja, ich hab Geld genommen, hab's ihm weggenommen... An meiner Stelle hätten Sie es genauso gemacht... Er hat vor Geld gestunken. So ein Stinker, knickrig wie kein zweiter, ganz genau abgezähltes Trinkgeld, ein Jammer, wieviel Moos der hatte... verdammt! In seinem Kaff ist er ein dikker Pfeffersack, der Kerl... Was macht er den ganzen Tag? Hier trägt er sich als Privatier ein..."

„Kümmer dich nicht darum, was er macht. Erzähl! Erzähl mir alle Einzelheiten."

„Ach, Sie! Wollen alles ganz genau wissen!"

„Kümmer dich nicht drum, sag ich dir."

„Gut. Als er von der Karre über den Haufen gefahren

wurde, hat sich sein Koffer geöffnet, und unter dem ganzen Kram war auch die Brieftasche."

„Die Brieftasche?"

„Na klar, die Brieftasche. Er hatte sein Moos nicht in der Tasche. Hatte zuviel davon. Es hätte nicht hineingepaßt. Also, außer der Brieftasche, die er bei sich hatte, war noch eine im Koffer. Als ich sie aufmachte, diese Brieftasche... ach Gott!... Eigentlich kann ich Ihnen auch alles sagen, nicht wahr? Ich hatte ein wenig aus der Kasse hier rausgenommen. Wegen Pferderennen. Nun, da hab ich was aus der Brieftasche genommen. Oh, sehr geschickt hab ich das gemacht, das kann man wohl sagen, als ich diese ganzen Sachen eingeräumt hab, Hemden, Socken, Unterhosen, den ganzen Plunder!"

„Ist das alles?"

„Scheiße! Was wollen Sie noch? Und jetzt können Sie die Polente rufen, rufen Sie sie..."

„Jetzt langt's", unterbrach ich.

Ich sah ihm fest in die Augen. Er hatte Schiß, nichts anderes als Schiß. Schiß vor den Flics, weil er in die Brieftasche von Lheureux gegriffen hatte.

„Äh... Sie sehen nicht zufrieden aus", sagte er.

Er versuchte, seine Angst durch Ironie zu kaschieren.

„Ich wußte nicht, daß Sie so auf Moral rumreiten. Scheiße! Ein Privatschnüffler! Bei dem Leichen gefunden werden! Na ja... das steht in den Zeitungen."

Ich ging zur Tür:

„Ich kümmere mich einen Dreck um Zeitungen und Moral."

Er sah mich verblüfft an, dann fing er an, nervös zu lachen. Er konnte es gar nicht fassen, daß er so glimpflich davongekommen war.

* * *

Von der Telefonkabine des Bistros an der Ecke gegenüber den *Magasins du Louvre* rief ich mit verstellter Stimme das Hotel an und ließ mich mit Hélène verbinden.

„Hallo!" sagte Hélène.

„Hier Ubu. Sie können aufhören."

„Haben Sie erreicht, was Sie wollten?"

„Nein. Aber hören Sie trotzdem auf. Ich habe mich vergaloppiert. Sie können zum Schlafen nach Hause gehen. Und den Trott im Büro wiederaufnehmen, ab morgen."

„Mein Lieber, ich habe für eine Woche im voraus bezahlt. Das werde ich abwohnen. Es liegt zentral, und ich brauch mein Bett nicht zu machen."

„Wie Sie wünschen."

Draußen kaufte ich die neuesten Ausgaben der Abendzeitungen, die ich lesen wollte, während ich eine Kleinigkeit aß. Ich kümmere mich nämlich mehr als einen Dreck um Zeitungen. Ich erfuhr aus ihnen, daß das Auto von Birikos in der Gegend des Trocadéro gefunden worden war. Man hoffte, Fingerabdrücke zu entdecken. Das war alles. Sehr gut.

Ich ging in meine Wohnung, um mich für die Eröffnung der „Grille" feinzumachen, wobei ich mir wünschte, daß Larpents undurchsichtige Witwe (vielleicht seine rechte Hand?) sich durch ihre Trauer nicht davon abhalten lassen würde, diese Gesellschaft von Künstlern mit ihrer Anwesenheit zu beehren.

Ich rasierte mich, als sich eine andere Grille meldete. Das Telefon. Ich ließ es klingeln. Das war bestimmt Marc Covet mit seinem Informationsdurst. Im Augenblick brauchte ich den Journalisten nicht, und ich hatte ihm auch nichts zu erzählen.

Ich brachte ein wenig Ordnung in meine Brieftasche, was mich an die von Louis Lheureux erinnerte. Dieser Aufgabe widme ich mich ungefähr alle zwei Jahre, wenn ich die kleine Aufräumungs- und Säuberungsaktion nicht länger aufschieben kann. Ich behielt nur das Allernotwendigste: meine Ausweispapiere und etwas Geld. Eine elegante, extra flache Brieftasche. Aber ich kannte mich; es würde nicht mehr lange dauern, und sie würde wieder angefüllt sein mit einer ganzen Sammlung von Kleinigkeiten: Prospekten, Zeitungsausschnitten, hingekritzelten Notizen auf Zeitungsrändern usw. Ich stopfte den ganzen Papierkram in eine Schublade: Mahnungen vom Finanzamt, politische Flugblätter und Reklamezettel, Adressen von Straßenfotografen. Auch zwei Fotos.

Eins von mir, das andere von Hélène, Meisterwerke anläßlich eines Ausflugs aufs Land.

Ein kleines, durchsichtiges Papiertütchen, in dem wohl ebenfalls ein Foto gewesen war, enthielt nichts als Staub. Ich wollte es gerade wegwerfen, da kam mir der Gedanke, das dazu passende Foto zu suchen. Es stimmte nicht mit dem Format der ländlichen Schnappschüsse überein... Auch nicht mit dem eines anderen Bildes.

Plötzlich fiel es mir ein. Genauer gesagt, es fiel mir ein, als ich in einer Ecke des Tütchens, mit Bleistift geschrieben und deutlich ausradiert, die Initialen L.L. entdeckte. Dieses Tütchen hatte das Foto von Louis Lheureux enthalten, das mir von seiner Frau zugeschickt worden war und mir ermöglichen sollte, den herumstrolchenden Dorf-Casanova erkennen zu können. Was hatte ich wohl mit dem Foto gemacht? Ich hatte es nicht zurückgeschickt, dessen war ich sicher. Und es war nicht mehr in meiner Brieftasche.

Ich zog mich an, um zu meiner Abendgesellschaft zu gehen. Da ich noch genug Zeit hatte, ging ich noch einmal in der Agentur vorbei. Auch dort läutete das Telefon. Ich nahm nicht ab. Mit Sicherheit immer noch Marc Covet. Nach kurzer Zeit hatte mein hartnäckiger Anrufer die Nase voll, sich selbst auf den Wecker zu gehen. Inzwischen sah ich die Akte Lheureux durch.

Das fragliche Foto war nicht eingeheftet worden, oder aber es war aus der Akte verschwunden. Hatten sich meine Einbrecher um das Foto von Lheureux so mörderisch gestritten? Kaum wahrscheinlich. Soweit ich mich erinnern konnte, war dieser Ordner nicht vom Regal heruntergenommen worden. Aber sie hatten es mir vielleicht aus meiner Brieftasche geklaut, in die ich es wahrscheinlich nach Erhalten des ersten Briefes von Madame Lheureux gelegt hatte.

„Noch ein Geheimnis, hm?“ sagte ich zum Telefon, das wieder in Schwingungen versetzt wurde.

Es war zu spät, um das Geheimnis zu lüften. Ich räumte den ganzen Krempel weg und verdrückte mich; das Telefon ließ ich läuten. Das belebte den Raum.

10

Die Grille und die Heuschrecke

Die „Grille“, war ganz in der Nähe von Gilles’ Cabaret, und am Abend der Eröffnung machte sie ihm starke Konkurrenz. Beinahe alle Autos, die entlang der Avenue de L’Opéra und in den anliegenden Straßen geparkt waren, gehörten den Gästen des neuen Lokals. Ich wirkte ganz wie ein Bauer, wie ich da zu Fuß in dem gräßlich eisigen, feinen Nieselregen aufkreuzte. Meine einzige Entschuldigung war, daß ich aus der Nachbarschaft kam. Unter dem unzureichenden Schutz des schmalen Vordachs eines nahen Geschäftes mit heruntergelassenem Eisengitter rauchte ein Mann melancholisch eine Zigarette. Als ich neben ihm war, grinste er und löste sich von der Wand. Ich erkannte Chassard.

„Bedauern Sie es?“ fragte ich.

„Was?“

„Das mit der Karte.“

„Ich pfeif auf die Karte. Ich beobachte das Treiben hier. Das macht mir Spaß.“

„Viel alte Schachteln da drin?“

„Scheren Sie sich zum Teufel!“

„Ich brauch noch eine Adresse, mein Lieber.“

Er wurde blaß. Sein Gesicht war wutverzerrt. Dann hatte er sich wieder in der Gewalt, ein böses Grinsen verkrampfte seine Lippen. Er zuckte die Achseln, schlug den Mantelkragen hoch und ging weiter, leise vor sich hinpfeifend.

Ich betrat das Cabaret, gab meine Garderobe ab und ging hinunter in den Saal, wo eine glänzende, luxuriöse Atmosphäre herrschte. Es roch nach hellem Tabak, Alkohol und teurem Parfüm. Vielleicht auch ein wenig nach Haut. Eine winzige Bühne erhob sich im hinteren Teil, und das Publikum drängte sich um eine winzige Tanzfläche. Nur die Gläser, aus denen getrunken wurde, waren nicht winzig. Es war prachtvoll. Mir gelang es, mich in eine Ecke zu drücken, und ich hörte eine Möchtegern-Damia *Feuilles d'automne* singen und dann *La complainte de Jack l'Eventreur*, Musik von Christiane Verger:

... Catins, il n'est pas de meilleure
façon de quitter le métier
lorsque rôde dans le quartier
le miché de la dernière heure.

Voici que passe le fantôme.
La brume descend en nos coeurs.
Voici que passe le fantôme
le fantôme de Jack l'Eventreur.

Die Sängerin verbeugte sich unter dem tosenden Beifall und schien, da ihr Busen ein wenig zu üppig war, sich nicht mehr aufrichten zu können. Schließlich klappte es. Ein Mann im Smoking trat an den Platz des Opfers des Londoner Sadisten und kündigte an, daß jetzt, *Mesdames et Messieurs*, ein wenig getanzt würde, zur Musik des Or-ches-ters Pas-cal Pas-cal, ein Doppelname, zwei Wörter, vier Silben. Die Musiker stürmten auf die Bühne und fingen an, Krach zu machen.

Die Darbietungen waren von geschickten Lichteffekten begleitet gewesen, mit deren Hilfe ich Geneviève Levasseur mit den Augen gesucht hatte. Durch den Tabakrauch hindurch entdeckte ich sie in Begleitung von Freunden an einem Tisch, der sehr weit von meinem entfernt war. Sie schien sich nicht gerade wahnsinnig zu amüsieren. Wie eine Witwe, die aufgrund ihres Berufes dazu gezwungen ist, um jeden Preis Eindruck zu machen, also: Lachen beim Bauchaufschlitzen und dem ganzen Zeug. Ich wühlte mich zu ihr durch, blieb vor ihrem Tisch stehen. Sie hob den Blick und sah mich mit ihren grünlichen, mandelförmigen Augen an. Ihre Augen funkelten, aber sie warf mir ein trauriges Lächeln zu:

„Oh! Sie hier? Welch ein Zufall!"

Ich lächelte zurück:

„Na ja, ich bin eine Pariser Berühmtheit."

„O ja, das kann man wohl sagen ...“

Sie entschuldigte sich bei ihren Tischnachbarn und kam zu mir:

„Mein Gott! Was sind Sie für ein schrecklicher Mensch“, kokettierte sie.

Ihr Abendkleid stand ihr traumhaft. Das Gegenteil hätte mich überrascht. Mannequin. Sie zeigte mehr Fleisch als ein paar Stunden zuvor, und unter ihrer schwarzen Hülle hatte sie sicher nur wenig an. Diese schulterfreien Kleider sind sehr hübsch, aber sie täuschen. Die Schultern, die Arme und ein beachtlicher Teil des Rückens sind entblößt, und dennoch stützt ein winziges Korsett mit Stangen, ich weiß nicht, wie man das nennt, diesen Teil des Kleides, der den Busen verdeckt ... also, das ist Bauernfängerei. Das klebt an der Haut, das haftet daran; die Frau, die das trägt, kann sich vorbeugen, kann sich nah an einen Mann drängen, ohne befürchten zu müssen, mehr zu zeigen, als erlaubt ist. Eine richtige Hochstapelei, wenn Sie meine Meinung hören wollen.

„Schrecklich?“ fragte ich. „Warum?“

„Nur so. Fordern Sie mich zum Tanzen auf?“

Sie legte ihre Hand auf meinen Arm. Ihr Parfüm überdeckte alle anderen und kitzelte mich in der Nase.

„Entschuldigen Sie“, stammelte ich. „Ich kann es nicht.“

„Wirklich?“

„Wirklich.“

„Sie müssen es lernen.“

„Das ist eine gute Idee. Sobald ich Zeit habe ...“

„Ja ...“

Ihr Blick verschleierte sich, und sie erschauerte:

„... wenn Ihre Leichen Ihnen ein wenig Muße lassen.“

„Ach! Sie haben es erfahren? Stimmt. Die Zeitungen. Haben sie mich deswegen einen ‚schrecklichen Menschen‘ genannt? Wissen Sie, ich kann nichts dazu, zu dem Ganzen.“

„Da Sie ja nicht tanzen, laden Sie mich doch zu einem Glas Champagner an der Bar ein“, sagte sie unvermittelt.

Die Bar war in einem angrenzenden Raum eingerichtet, von wo aus man durch einen Spitzbogen hindurch den Saal und die Bühne im Auge behalten konnte. Wir nahmen an einem Ende der Theke Platz.

„Und ich habe Sie angerufen, um in Ruhe gelassen zu werden", seufzte Geneviève. „Habe Sie für einen ruhigen Menschen gehalten. Und dann werden in Ihrem Büro Tote gefunden..."

„Ruhe gibt es nicht. Sehen Sie, Ihr Hotel ist bekannt und anständig, nicht wahr? Na ja..."

Sie unterbrach mich:

„Ja, ich weiß... Etienne wohnte dort und...und dieser... dieser Birikos auch..."

„Der Direktor ist wohl wütend?"

„Er zeigt es nicht, aber er ist es bestimmt."

„Hören Sie, Geneviève... Ich darf Sie doch Geneviève nennen?... Wenn es Ihnen mißfällt, rächen Sie sich bitte nicht und nennen mich nicht Nestor, wenigstens nicht laut... Darf ich?"

Sie erlaubte es mir mit einem Lächeln.

„Also, Geneviève...suchen Sie die Schuld nicht bei anderen; Sie haben schließlich das Gespräch darauf gebracht... Ich würde gerne mit Ihnen über diesen Birikos sprechen."

„Nicht hier, wenn Sie nichts dagegen haben."

„Sagen Sie mir nur, ob Sie ihn kannten."

Ein Dritter kam dazu und hinderte sie zu antworten. Ein unangenehmer Kerl, der mir auf die Schultern klopfte und mit dröhnender Stimme brüllte:

„Verdammter Nestor!"

Ich drehte mich um und sah in das vergnügte Gesicht, in die wässrigen Augen von Marc Covet, dem Redakteur des *Crépuscule*.

„Man versteckt sich also", warf er mir vor. „Man geht nicht mehr ans Telefon, man ist überall und nirgends, und seine Freunde läßt man auf dem Trocknen sitzen?"

„Auf dem Trocknen? Klingt komisch aus Ihrem Mund."

„Sehr witzig!"

„Entschuldigen Sie mich", sagte Geneviève. „Ich komme gleich wieder."

Der Journalist sah sie interessiert an.

„Hübsche Puppe", sagte er, als sie sich entfernt hatte.

„Sie haben sie verscheucht."

„Sie hat versprochen zurückzukommen. Gut. Ich freue mich sehr, Sie am Wickel zu haben. Was ist das für eine Sache mit diesem Birikos?"

„Lesen Sie denn keine Zeitungen?"

„Ich mach sie, verdammt nochmal, und das ist nicht immer leicht. Es ist sogar sehr schwierig, weil ich rieche, Sie wollen mir nichts sagen, nicht wahr?"

„Sie haben eine gute Nase."

Er runzelte die Stirn und lächelte gleichzeitig.

„Schon gut. Ich werde auch so klarkommen."

„Das sollten Sie auch besser. Sie gehen mir auf den Wecker."

Während ich redete, suchten meine Augen die Bar ab. Trotz des gedämpften Lichts, das viele Ecken im Dunkeln ließ, bemerkte ich Geneviève. Sie war am anderen Ende der Theke mit einem alten Beau in ein Gespräch vertieft. Oder vielmehr in das Ende eines Gesprächs, denn sie waren gerade dabei, sich zu trennen. Geneviève verschwand in der Toilette; den alten Beau verlor ich aus den Augen.

„Ich hau ab", sagte Covet. „Ich versuche, mir woanders Tips zu holen."

Geneviève kam zurück. Ich sah, wie der Journalist sie anquatschte und ein paar Worte mit ihr wechselte. Dann verlor er sich in der Menge.

„Ich war doch nicht zu lange weg?" fragte Geneviève und stieg auf den Hocker neben mir.

Sie schien müde und angewidert. Wenn das die ganze Wirkung war, die der Redakteur des *Crépu* bei ihr hinterließ... Ich machte ihr ein galantes Kompliment, dann sagte ich:

„Hat der Kerl versucht, Sie auszuquetschen?"

„Welcher Kerl?"

„Dieser blöde Reporter, mein Freund."

„Äh...vielleicht...jedenfalls habe ich ihm nicht viel erzählt."

Sie trank aus.

„Bleiben Sie noch, Monsieur Burma?"

„Ich weiß nicht."

„Ich gehe. Ich habe genug von diesem ganzen Krach. Begleiten Sie mich. Sozusagen als Leibwächter."

„Dabei fällt mir ein, daß Chassard sich hier in der Ecke herumtreibt."

„Sehen Sie! Ich brauche Sie..."

Sie zuckte die Achseln:

„Der arme Chassard! Man kann eher Mitleid mit ihm haben als ihm böse sein."

„Ich sollte ihn aus dem Fenster Ihrer Wohnung werfen!"

„Ja, das war keine schlechte Idee."

Jetzt zuckte ich mit den Achseln.

„Gehen Sie schon mal voraus", sagte sie. „Ich verabschiede mich noch von meinen Freunden."

Ich zahlte, holte meine Klamotten und wartete in der Nähe der Garderobe auf sie. Sie kam bald und holte sich ihr Pelzcape. Dann verließen wir die „Grille". Ihr Auto stand in der Rue des Pyramides, nur ein paar Schritte von dem Cabaret entfernt. Ein elegantes kleines Kabriolett.

„Fahren Sie, ja, Monsieur Burma?"

Ich setzte mich ans Steuer.

„Wohin fahren wir?"

„Also... Wohin möchten Sie?"

„Ich weiß nicht."

„Zu Ihnen vielleicht, Sie Filou?"

„Nein, da liegt zuviel Staub."

„Das dachte ich mir. Hotel Transocéan, Chauffeur. Und zwar schnell. Ich habe Durst."

„Wir können an einem Bistro halten oder in die ‚Grille' zurückfahren."

„Ich möchte aber zu mir."

„Gut, Mademoiselle..."

„Was machen wir mit dem Wagen?" fragte ich, als ich vor dem Hotel hielt.

„Hier kümmern sich die Angestellten um alles", sagte sie und stieg aus. „Aber vielleicht... Wohnen Sie weit weg?"

Ich saß immer noch am Steuer.

„Ziemlich weit."
„Wollen Sie es nehmen?"
„Also eigentlich..."
„Sie werden zu Hause erwartet?"
„Wahrscheinlich."
„Sie sind sich nicht sicher?"
„Doch, ich bin mir sicher. Sie erwartet mich."
„Wie heißt sie?"
„Rechnung."
Sie lachte nervös.
„Sie sind unbezahlbar."
„Leider!..."
Ich stieg aus und schlug die Tür zu. Es war ein sehr hübsches Kabriolett.
„Sie hätten solch ein Gespräch nicht beginnen dürfen. Das hat mich ebenfalls durstig gemacht... Darf ich... Sie begleiten?"
Sie sah mich wortlos an und drehte sich dann auf dem Absatz um. Ich tauchte in ihr Parfüm ein. Als sie an der Rezeption vorbeiging, bestellte sie erfrischende Getränke in ihre Wohnung. Im Salon oben warf sie ihr Pelzcape schwungvoll auf einen Stuhl und ließ sich in den Lehnstuhl fallen.
„Ich bin wie gerädert", sagte sie. „Entschuldigen Sie bitte, Monsieur Burma, aber... ich möchte Sie bitten, nicht zu lange zu bleiben... Legen Sie trotzdem Ihren Mantel ab... hier erstickt man ja."
Ich legte Mantel und Hut auf das Pelzcape.
„Zigarette?"
Ich nahm die Filterzigarette und gab uns beiden Feuer.
„Kannten Sie diesen Birikos?" fragte ich.
Ich hatte keine Chance mit dieser Frage. Kaum hatte ich sie gestellt, als es an die Tür klopfte. Ein schläfriger Hotelangestellter brachte die bestellten Getränke. Als er hinausgegangen war, um sich wieder schlafenzulegen, fragte ich:
„Kannten Sie diesen Birikos?"
Sie sah mich über ihr Glas hinweg an.
„Sie sind ein richtiger Detektiv. Keine Zeit zum Luftholen.

Immer Fragen. Das muß ein aufregender Beruf sein, wenn Sie mit soviel Hartnäckigkeit dabei sind! Sie müssen mir von Ihren Fällen erzählen."

„Ich werde Ihre krankhaften Neigungen nicht befriedigen."

„Das sind keine krankhaften Neigungen."

„Doch. Warum müssen Sie andere Dramen kennenlernen? Genügt Ihnen das nicht, in das Sie verwickelt sind?"

„Sehr gut", sagte sie, mit gezwungenem Lächeln. „Diese Lektion habe ich verdient."

„Sind Sie mir böse?"

„Nein. Ich bin eine dumme Gans."

„Sie sind bezaubernd. Und ich werde Ihnen Räubergeschichten erzählen, aber ein andermal. Heute würde das zu lange dauern, und es würde nicht mehr genug Zeit für meine Frage bleiben: Kannten Sie Nick Birikos?"

„Sie sind ein entsetzlicher Mensch."

„Entsetzlich oder schrecklich?"

„Machen Sie sich nur über mich lustig. Nein, ich kannte ihn nicht. Ich weiß, daß er hier wohnte, das ist alles. Ich bin ihm wohl auf dem Flur begegnet, und er hat mich wohl gegrüßt, so wie jeder mich grüßt... Immer weniger übrigens..." Sie seufzte. „Das ist alles... Und jetzt, Monsieur Burma", fügte sie in plötzlich spöttischem Tonfall hinzu, „gestatten Sie mir eine Frage? Sie fragen mich, ob ich Birikos kannte, weil er in demselben Hotel wohnte wie ich. Das ist fast so, als fragten Sie einen Einwohner von Rambouillet, ob er den Präsidenten der Republik kennt, oder nicht?"

„Ist das Ihre Frage?"

„Nein. Meine Frage ist folgende: Kannten Sie Birikos, und was machte er in Ihrem Büro? Denn schließlich hat man nicht in meinem Schlafzimmer seine... ist er... nicht in meinem Schlafzimmer gestorben, nicht wahr?"

„Ich kannte Birikos nicht; und ich weiß nicht, warum er bei mir eingebrochen ist. Ich weiß auch nicht, warum er gestorben ist. Aber ich habe allen Grund zu glauben, daß er Ihren Liebhaber kannte."

„In diesem Fall kann ich Ihnen überhaupt nicht weiterhelfen!“ erwiderte sie schroff. „Ich habe mich nicht um Etiennes Geschäfte gekümmert, und ich wußte nicht, welcher... Art sie waren. Die Polizei weiß besser darüber Bescheid.“

„Da sehen Sie, wie Sie sind“, protestierte ich. „Wir sitzen hier gemütlich beieinander, und Sie sprechen von der Polizei. Das ist wirklich unpassend.“

„Sie haben recht. Sprechen wir von etwas anderem...“

Ich sah auf die Uhr.

„Es ist spät.“

„Auf eine halbe Stunde kommt es doch nicht an. Sie können mein Auto haben. Bis dahin trinken Sie ihr Glas aus...“

Ich trank es aus, und sie füllte es wieder.

Da sie gerade stand, legte sie eine Langspielplatte auf den Plattenteller. Eine schmalzige Tanzmelodie, so dünn wie ihr Alibi, zog durch den Raum.

Sie ging wieder an ihren Platz zurück und kuschelte sich, ihr Glas in der Hand, in den Sessel, wobei ihr Fuß den Takt klopfte.

„Wie kann ein Mann wie Sie nicht tanzen können?“ sagte sie. „Das will mir nicht in den Kopf.“

Ich nahm mein Glas und leerte es.

„Tanzen lernt man mit sechzehn oder siebzehn Jahren“, sagte ich. „In diesem Alter hatte ich andere Kämpfe zu bestehen.“

Sie streifte ihren linken Schuh ab und fing an, sich den Fuß, dann den Knöchel zu massieren. „Nämlich?“

„Um offen zu sein, ich habe etwas zu essen aus den Auslagen gestohlen.“

„Mein Gott! Nestor Burma, der Verteidiger des Gesetzes, stiehlt aus den Auslagen!“

Sie beugte sich nach hinten und stieß ein lang anhaltendes, kehliges Lachen aus.

„Ich bin kein Verteidiger des Gesetzes“, sagte ich. „Im allgemeinen sind die Gesetze schlecht gemacht. Ich tu, was ich kann, das ist alles.“

Sie stand auf und kam, wegen des fehlenden Schuhs, humpelnd zu mir.

„Sie werden bissig. Trinken Sie etwas. Das wird Sie versöhnlich stimmen."

Unsere Finger berührten sich, als ich ihr das Glas aus der Hand nahm. Die Musik zog immer noch durch den Raum.

„Und jetzt werde ich Ihnen das Tanzen beibringen", rief sie fröhlich wie ein kleines Mädchen und zog ihren hochhackigen Schuh wieder an. „Man kann doch einer so hübschen Melodie nicht widerstehen."

„Ziehen Sie sich besser Stiefel an", riet ich ihr lachend. „Ich werde Ihnen die Zehen plattreten."

„Ich riskier's."

Sie legte ihren Arm um meinen Hals, und wir machten ein paar zögernde Schritte. Nicht berühmt. Der Kopf drehte sich mir. Zusammen mit dem, was ich getrunken hatte, machte mich ihr Parfüm vollends trunken. Ich spürte ihr Herz heftig und unregelmäßig gegen meine Brust schlagen. Ich blieb stehen, umfing mit meinen Armen ihre nackten Schultern und drückte sie an mich, daß sie beinahe erstickte.

„Monsieur Burma!" flüsterte sie vorwurfsvoll.

„Laß den Monsieur weg", sagte ich mit heiserer Stimme.

„Lassen Sie besser die Frau los. Sie tun ihr weh."

Ich antwortete nicht.

Ich drückte sie noch heftiger an mich, verschmelzte sie mit mir, preßte meine Lippen auf ihren Mund, der nach Himbeeren schmeckte. Sie erwiderte meinen Kuß nicht. Ich spürte, wie sie sich steif machte, wie von Abscheu erfüllt.

Ich ließ sie los.

„Entschuldigen Sie", sagte ich. „Das ist Ihre Schuld."

Sie ging schwankend zu ihrem Sessel und brach dort schluchzend zusammen, den Kopf auf ihre Arme gelegt. Ich beobachtete sie einen Augenblick schweigend, dann schnappte ich mir meinen Mantel, zog ihn über, nahm meinen Hut.

„Gute Nacht", sagte ich. „Gute Nacht... Geneviève."

Sie hob mir ihr tränenüberströmtes Gesicht entgegen,

tupfte sich mit einem von irgendwoher geangelten Taschentuch die Nasenspitze, warf mir einen verängstigten Blick zu.

An der Tür holte sie mich wieder ein. Jetzt war sie es, die mich mit ihren duftenden Armen umklammerte, und wenn sie eben meinen Kuß nicht erwidert hatte, so gab sie mir jetzt einen, der doppelt zählte. Die Musik zog immer noch durch den Raum, sanft, einschmeichelnd, aufreizend. Mir schien es, als hielte ich alle Fotos der *Vogue* gegen meinen erschauernden Körper.

* * *

Ich wachte mit einem leichten Kater auf. In einem Bett, das mir fremd vorkam. Ich kenne meine Koje. Sie hat hier und da Buckel. Diese hier hatte überhaupt keine. Durch die Spalten eines schlecht zugezogenen Vorhangs drang fahles Tageslicht ein und erhellte ein wohlriechendes Schlafzimmer, das nicht das meine war. Ich spürte einen warmen Körper neben mir- ... Geneviève ... Sie gab ein leises Gemurmel von sich, bewegte sich ein wenig, wachte aber nicht auf. Nun, da hatten wir's! Sie hatten gewonnen, Faroux, Chassard, all diese Hellseher! Faroux! Er hatte sich aber doch in einem Punkt geirrt, der liebe Florimond. Dreißig Jahre, hatte er gesagt. Vielleicht. Aber einige davon zählten doppelt. Sie war immer noch schön, aber ohne die Hilfe von Make-up und günstigem Licht zeigte das Gesicht ... sein wahres Gesicht. Und der Busen hatte viel von seinem Stolz eingebüßt. Ich schimpfte mit mir. Was sollte diese kritische Ader in einer derartigen Situation? Ah ja! Monsieur Nestor Burma, Detektiv. Ein schöner Saukerl, wenn er so weitermachte. Ich stieg aus dem Bett, zog meine Hose an und ging in den kleinen Salon. Ich machte Licht, und aus einem Spiegel schaute mir mein Bild entgegen. Monsieur Nestor Burma, Detektiv. Jaja. Geräuschlos und geschmeidig fing ich an, systematisch überall herumzuschnüffeln. Den Salon, das Schlafzimmer, das Badezimmer, eine Kleiderkammer, die Kleider, ich schaute mir alles an. Ich wußte nicht genau, was ich suchte, und ich fand auch nichts, aber ich erledigte meine beschissene Arbeit. Wenn mich das trösten konnte: ich war nicht der einzige. Ich bemerkte an bestimmten Einzelheiten, die, außer für ein geübtes Auge, nicht wahrnehmbar sind, daß noch andere Schnüffler in den vergangenen Tagen hiergewesen waren. Vielleicht die Flics. Vielleicht andere. Ich war wieder im Salon. Geneviève rief nach mir. Ich ging zu ihr.

„Wünschen Mademoiselle, daß ich die Vorhänge aufziehe und für Mademoiselle die Tuilerien näher heranholen lasse?" fragte ich.

„Mein Gott!" gurrte sie. „Wieviel Poesie für einen ... einen Detektiv! Nein, mon Chéri, fass' vor allem die Vorhänge nicht an. Ich sehe schrecklich aus, wenn ich aufwache."

Sie schien das nicht zu sagen, um sich interessant zu machen. Der Gedanke mußte sie wohl tatsächlich plagen.

Ich ging in den Salon. Ich zog die Vorhänge auf, öffnete die Fenster und wagte mich auf den Balkon. Die Luft war eisig. Ein gelblicher Nebel stand über Paris. Aber bald würde er sich gelichtet haben. Hinter dem Louvre ging die Sonne auf.

11

Die Vögel

Um zehn Uhr betrat ich mein Büro. Hélène saß vor ihrer Schreibmaschine und überflog die Zeitungen. Sie schnupperte.

„Woher kommen Sie denn, Chef?", fragte sie.

„Aus dem Bett. So ungefähr jedenfalls."

„Ich dachte, Sie wären in einen Topf von Chanel gefallen."

„Ach!"

„Wir werden Ihren Anzug desinfizieren lassen müssen."

„Ja, vielleicht ..."

Ich zeigte auf die Zeitungen:

„Was Neues da drin, mein Schatz?"
„Kommen Sie wieder zu Vernunft. Sie sind hier in der Agentur Fiat Lux. Nicht im Bett Ihres Schatzes."
„Gibt's trotzdem was Neues?"
„Nichts weiter. Reboul hat angerufen."
„Und?"
„Nichts weiter."
„Und Zavatter?"
„Auch nichts von Zavatter."
„Wir werden ihm heute nachmittag einen kleinen Besuch abstatten. Das wird uns auf andere Gedanken bringen."
„Sie sollten sich besser ausruhen."
„Covet?"
„Nichts von Covet. Er hat gestern wohl die Fernsprechanlage seiner Redaktion kaputtgemacht."
„Faroux?"
„Nichts von Faroux."
Ich stopfte mir eine Pfeife und zündete sie in aller Ruhe an. Dann rief ich den Kommissar an.
„Keine besonderen Vorkommnisse", meldete ich.
Heute war der Tag der kurzen Mitteilungen, kurz und abschlägig.
„Bleiben Sie auf Fühlung?"
„Das ist das richtige Wort", lachte ich.
Er schnappte nach Luft.
„Was? Was? Nein! Also wirklich! Also wirklich! Ich hatte das aus Spaß gesagt."
„Mit solchen Sachen soll man nie spaßen."
„Na, so was! Also, nichts?"
„Im Augenblick nicht. Und bei Ihnen?"
„Unsere Maler von Montparnasse sind verschwunden."
„Und der Fall Birikos?"
„Macht kaum Fortschritte. Wir haben noch nichts von den Flics aus seinem Land bekommen. Man hat sein Auto wiedergefunden, herrenlos..."
„Ich hab's in der Zeitung gelesen."
„Wir werden es untersuchen. Nach Fingerabdrücken und

dem ganzen Kram. In seinem Gepäck haben wir ein Adreßbuch gefunden. Es wird unter die Lupe genommen. Das bringt nicht viel. Verstorbene Leute, oder in Luft aufgelöst. Von den Lebenden sind einige schon aussortiert worden. Vor allem ein seriöser Geschäftsmann vom Quai de la Mégisserie namens Peltier. Das ist keiner von ihren Einbrechern, und demnach auch nicht der Mörder von Birikos. Hat die verhängnisvolle Nacht bei Freunden verbracht. Ein Geburtstagsdiner, an dem auch ein Polizeiinspektor teilgenommen hat. Wir haben es trotzdem überprüft. Birikos kannte Peltier aus der Besatzungszeit. Hat ihm vor ein paar Jahren einen großen Gefallen getan, bestimmt finanziell geholfen. Peltier selbst hat es uns erzählt. Nun, wir haben uns gesagt: ein Gefallen, dann noch einer…"

„Am Ende tötet der Schuldner seinen Wohltäter?"

„Ganz genau. Aber wir haben uns geirrt. Peltier pflegte seit langem keinen regelmäßigen Umgang mehr mit Birikos, und er hat uns nicht viel über dessen Person erzählt. Für ihn war Birikos ein reicher Athener, ein Sonderling, der ihm hin und wieder Vögel abkaufte. Allerdings hatte er ihm schon lange keine mehr abgekauft. Deshalb erzähle ich Ihnen das.

Sollten wir von der griechischen Polizei bald erfahren, daß Birikos Sammler war, wie Sie vermutet haben, so würde mich das nicht wundern. Sammler. Ein Sonderling. Käme Ihnen etwa in den Kopf, Vögel zu kaufen?"

„Nein."

„Ich mißtraue poetischen Menschen."

„Sie haben recht. Übrigens, Mademoiselle Levasseur kannte Birikos nicht."

„Und wir haben nichts herausgefunden, das vermuten läßt, daß er Larpent kannte…"

Wir tauschten noch einige bedeutungslose Worte, dann legte Faroux auf. Ich zündete meine Pfeife wieder an.

„Peltier", murmelte ich. „Quai de la Mégisserie … Hélène, es ist gleich Mittag. Es ist nicht sehr kalt. Mitunter ist es sogar schön. Kommen Sie. Wir gehen an den Quais spazieren."

„Wie zwei Verliebte?"

„Auf jeden Fall werde ich Ihnen ein erstklassiges Schauspiel bieten."

* * *

Stellenweise war es immer noch neblig. Die Sonne hatte ihr Versprechen vom Morgen nicht ganz eingehalten. Aber von Zeit zu Zeit schob sich ein träger Sonnenstrahl vor, der alles freundlicher aussehen ließ, auch wenn er sehr schwach war. Die Quais boten das übliche Schauspiel. Friedliche Bürger stöberten in den Bücherkisten. Die Händler von Sämereien und Ackergeräten sowie die Vogelhändler verstopften mit ihren bunten und lärmenden Waren den Bürgersteig. Es war leicht für mich, das Geschäft von Peltier ausfindig zu machen, umso leichter, da sein Name in großen grünen Buchstaben über seiner Tür prankte. Ich gab Hélène die Tüte Bonbons, die wir unterwegs gekauft hatten.

„Heute ist Kinderstunde", sagte ich. „Trommeln Sie alle Gören zusammen, Jungen und Mädchen, alle, die Sie hier finden können. Reiche, arme, gutgekleidete oder zerlumpte. Trommeln Sie sie hier zusammen, neben den Bücherkisten, gegenüber dem Geschäft von Peltier."

„Was haben Sie vor, Chef?"

„Haben Sie mir nicht geraten, mich auszuruhen? Also gut, ich werde mich entspannen. Ein Privatdetektiv kann nicht immer mit Leichen jonglieren. Er braucht manchmal eine poetische Zerstreuung."

Hélène ging auf die Jagd nach den Kindern. Ich näherte mich dem Geschäft. Drinnen machte ein Mann in nicht mehr ganz weißem Kittel einem Kunden die Ware schmackhaft. Einen Augenblick später hörte ich auf der gegenüberliegenden Straßenseite ein lautes Geschrei. Hélène hatte also eine ansehnliche Gruppe von jungen Zuschauern um sich versammelt. Gut fünfzehn Gören schrien herum, den Mund voller Bonbons. Ich machte Hélène ein Zeichen und ging in das Geschäft. Der Vogelhändler begleitete gerade seinen Kunden zur Tür. Er warf einen verdutzten Blick auf die Ansammlung von Kindern, kam dann auf mich zu:

„Sie wünschen, Monsieur?"
„Sind Sie Peltier?" fragte ich.
„Ja, Monsieur."
„Mein Name ist Burma. Nestor Burma. Bei mir ist Birikos gestorben. Sie kannten Birikos, nicht wahr?"
„Ja, Monsieur, aber..."
„Er hat Ihnen einen Gefallen getan, ja?"
„Ich verstehe nicht..."
„Und Sie haben ihm auch einen getan."
„Hören Sie, M'sieur..."
„Sie werden mir zuhören, Peltier. Birikos mußte bei mir 'rumschnüffeln, in meiner Abwesenheit. Konnte mich weder töten noch in seinem Nobelhotel einsperren. Also dachte er, bei Ihnen sei ich bestens aufgehoben. Er hat Sie bestimmt nicht über seine Absichten aufgeklärt, aber das bleibt sich gleich. Er hat Sie gebeten, ihm Ihren Laden oder das Hinterzimmer, ich weiß nicht welchen Teil Ihrer Räumlichkeiten, zur Verfügung zu stellen, um mich dort ablegen zu können. Wissen Sie, mein Lieber, so was mag ich nicht." Er wurde blaß. Zwischen der Hautfarbe seines Gesichts und der seines schmierigen Kittels gab es keinen Unterschied. Dieselbe schmuddelige Farbe.
„Hören Sie", stöhnte er. „Ja, er brauchte mein Hinterzimmer. Ich konnte es ihm nicht abschlagen. Ich wußte nicht... Ich hab ihn nicht gefragt, warum. Ich habe ihm die Schlüssel gegeben. Und hinterher steckten sie in der Tür. Man hätte bei mir einbrechen können. Aber ich wußte nichts... Ich wußte nichts, M'sieur Burma, ich schwöre es Ihnen..."
„Trotzdem mag ich so was nicht", sagte ich. „Birikos war ein Schuft. Jedenfalls hat er sich mir gegenüber wie ein Schuft benommen. Vielleicht bist du auch einer? Wer weiß? Die Flics wären vielleicht ganz glücklich zu erfahren, daß du Birikos deine Räume überlassen hast, damit er einen gefesselten und geknebelten Privatdetektiv einsperren konnte. Was meinst du, Vogelhändler? Piept's bei dir?"
„Sie... Sie werden... die... den... die... Polizei rufen?" stammelte er.

„Schmeckt dir nicht besonders, ins Kittchen zu gehen, hm? Und deinen Vögeln, hast du die nach ihrer Meinung gefragt? Beruhige dich, Alter, ich werde die Polente nicht holen. Das ist nicht meine Art. Du hast Birikos nicht bei seiner Durchsuchung geholfen, und du hast den Griechen nicht getötet. Du bist nur die Gepäckaufbewahrung. Die Flics haben dabei nichts zu suchen. Das ist 'ne Sache zwischen uns beiden, alter Geier. Wenn die Flics hier aufkreuzen, dann hast du sie gerufen, nicht ich. Aber wenn du sie rufst, werde ich auspakken..."

Ich zeigte auf eine große Voliere:

„Was sind das für Tiere?"

„Distelfinken, M'sieur. Aber..."

Plötzlich verstand er. Er wollte sich auf mich stürzen. Ich stieß ihn zur Seite.

„Ruf die Flics, Peltier... wenn du den Mumm hast!"

Ich öffnete alle Käfige, einen nach dem andern. Der Laden war vom Rauschen der Flügel erfüllt. Vögel aller Größen flogen in alle Richtungen, stießen gegeneinander, piepten um die Wette, bestimmt mehr erschrocken als alles andere; aber es ging für sie um eine neue Erfahrung: Freiheit! Vorwärts, Herrgott nochmal! Keine Gitterstäbe mehr, keine winzigen Stangen, keine Blödmänner, die euch etwas vorflöten oder euch mit ihren dreckigen Fingern ärgern. Ich öffnete die Ladentür sperrangelweit und wedelte mit den Armen. Seht her! Seht her! Wie beim Fotografen! Die Vögel stürzten in einer langen bunten Schlange nach draußen, während die Gören um Hélène auf der anderen Straßenseite vor Freude mit den Füßen trampelten. Ihre Freudenschreie und Bravorufe vermischten sich mit dem Geträller der Tiere, die die frische Luft begrüßten. Peltier stöhnte auf, raufte sich die Haare, dachte aber keinen Augenblick daran, die Flics zu alarmieren. Die Vögel stoben in den Himmel von Paris, durch den ein Sonnenstrahl wie ein Lichtpfeil drang. Peltier stöhnte. In den leeren Käfigen bewegten sich die Schaukeln noch leicht hin und her, und wer sich die Finger verbrannt hatte, konnte sie jetzt in die

Schälchen mit dem kalten Wasser tauchen, in denen Körnerhülsen schwammen.

Ich ging wieder zu Hélène.

Vor Vergnügen hatte sie Tränen in ihren schönen grauen Augen.

Aber man durfte sich keine Illusionen machen. Das hübsche Intermezzo war beendet, und ein dumpfes Vorgefühl sagte mir, daß die Scheiße bald wieder anfangen würde.

12

Die Elster

Wir aßen ganz in der Nähe zu Mittag, und danach gingen wir an den Quais spazieren. Ich hatte mehr oder weniger die Absicht, Hélène mit auf Corbignys Jacht zu nehmen.

Aber es sollte anders kommen. Beim Anblick der Clochards, die sich unter dem Pont-Neuf mit Hilfe von Kisten eine Art Hütte bauten, erinnerte ich mich wieder an die, die mich vor dem Ladenlokal des Vogelhändlers aufgelesen hatten, keuchend und halbtot. Und mir kamen Bruchstücke des Monologs der Bettlerin und ihres Gesprächs mit Bébert wieder in den Sinn. „Ich kenne den Mann", hatte sie immer wieder gesagt. Dieser Mann war nicht ich. Wenn ich nicht geträumt hatte, war der Mann derjenige, den die Fotografie darstellte, die Bébert in meiner Brieftasche gefunden hatte (also wirklich, diese Béberts oder Alberts stecken gerne ihre Finger in die Brieftaschen anderer Leute!), die Fotografie von Louis Lheureux, die also nicht von Birikos und Co. geklaut, sondern von der sentimentalen Clocharde aufbewahrt worden war. Und diese Clocharde, dessen war ich sicher, hatte Lheureux im vergangenen Jahr, als wir zusammen bei den Hallen herumgestrolcht waren, angeherrscht. Was hatte sie noch gesagt, Aurélienne d'Arnetal, weil das ja während ihrer Glanzzeit ihr Pseudonym in der Pariser Lebewelt gewesen war? Sie hatte gesagt…

„Aurélienne d'Arnetal, sagt Ihnen der Name was?" fragte ich Hélène, die sich auf das Geländer der unter Henri IV. erbauten Brücke stützte und das graue Wasser betrachtete.

Sieh an! Ich hatte jetzt auch schon Faroux' Marotte angenommen.

„Nein. Tier, Mineral oder Pflanze?"

„Tier? Sie muß wohl eins gewesen sein, ein rassiges. Mineral? Sie hatte bestimmt Diamanten im Überfluß. Jetzt übrigens nicht mehr. Heute vegetiert sie dahin. Clocharde. In der Zweiten Belle Epoque – 1920 – ist sie für die Lianes de Pougy und Emilienne d'Alençon eingesprungen..."

„Sie sind ja unheimlich im Bilde über diese Damen."

„Ja, ziemlich. Diese Aurélienne d'Arnetal verdiente es, ebenso bekannt zu sein wie die Bibliothèque Nationale."

„Ach ja?"

„Gestern hab ich in der Rue de Richelieu ohne Erfolg ein Dokument gesucht, das diese Clocharde mir im Delirium weggenommen hat, ohne es zu wollen. Übrigens hatte ich ihre Worte vergessen, die ich mehr mit hängenden Ohren gehört hatte."

„Und ist es wichtig?"

„Es ist mir zwar nicht von großem Nutzen, aber es bestätigt eine Vermutung, und es lüftet einen Schleier. Darüberhinaus verstehe ich jetzt, warum Birikos und Co. so sicher waren, daß ich in die Affäre mit dem Bild von Raffael verwickelt war. Kommen Sie. Ich werde versuchen, Ihnen Aurélienne d'Arnetal vorzustellen."

Wir gingen zur Uferböschung hinunter, aber nirgendwo entdeckte ich die gestürzte Königin des Paris der Nachkriegszeit.

Wieder auf dem oberen Quai, kaufte ich die erste Ausgabe des *Crépuscule* – schon die sechste oder siebte. Ich fuhr hoch.

Auf der Titelseite prangte, Außen- oder Innenpolitik verdrängend, das Bild von Geneviève, einer Geneviève, deren Sex-Appeal aus allen Poren der großzügig dargebotenen Haut drang.

* * *

Marc Covet empfing mich in seinem Büro beim *Crépu*, ohne daß ich mir diesmal die Beine in den Bauch stehen mußte. Ein spöttisches Lächeln huschte über sein Gesicht.

„Was ist das denn da?“ sagte ich, indem ich ihm das Exemplar auf das Exemplar seines Käseblättchens zeigend.

Sofort nachdem ich die Ausgaben auf den Quais gesehen hatte, hatte ich Hélène dort stehengelassen, und Corbigny, meinem zweiten „ganz ruhigen“ Kunden, hatte ich sowieso nichts zu sagen. In einem Taxi hatte ich mich zur Zeitung meines blutsaugerischen Freundes fahren lassen, weil ich mit ihm zu reden hatte. Der Artikel, der Geneviève gewidmet war, trug die fettgedruckte Überschrift:

Der Abenteuerroman von Jeny,
Mannequin in Paris,
schöner als die Bilder des Louvre…

Eine schlecht gewählte Überschrift… ungleichmäßige Syntax, aber zugkräftig. Der Text auf der zweiten Seite, von Marc Covet unterzeichnet, ebenfalls fettgedruckt, nahm die halbe Seite ein. Dort schrieb Marc Covet von Genevièves Anfängen, von ihrem Gastspiel beim Film, von ihren Liebhabern, mit oder ohne Namen. Er erzählte wahre und auch falsche, aber immer pikante Anekdoten. Von allen ihren Liebhabern spielte Etienne Larpent die Hauptrolle. Covet wiederholte im Zusammenhang mit ihm mehr als sechsmal den Namen Arsène Lupin. Er erinnerte an Larpents tragisches Ende und an seine eventuelle Beteiligung an dem Diebstahl des Raffael. Mit Raffael schaltete er wieder um auf die entsprechenden Jungfrauen, um wieder auf Geneviève zurückzukommen, so als bestünde ein Zusammenhang. Die Arbeit eines Sensationsjournalisten amerikanischen Stils. Wie auf einer Perlenschnur aufgereihte Sätze. Mit vielen Perlen.

„Was ist das denn da?“

„Der *Crépu*“, antwortete Marc Covet. „Die größte Tageszei…“

„Was ist das hier für ein Artikel?"

„Ein *close-up*. Eine Großaufnahme, mit der ich sehr zufrieden bin."

„Ich nicht."

„Warum denn nicht, Burma! Ach! Ich verstehe..."

Er brach in lautes Gelächter aus.

„Wie alle anderen! Sie wußten nicht, daß dieses entzükkende Geschöpf die Geliebte von Larpent war, dem Bilderdieb. Nur, wenn auch alle andern dieses Detail ohne weiteres übersehen können, bei Ihnen ist das was anderes. Sie kennen doch die betreffende Frau. Mein Lieber, wenn Sie gestern abend netter zu mir gewesen wären, als ich Sie um Tips über Birikos bat, dann hätte ich Sie eingeweiht."

„Schon gut. Sie laufen Gefahr, Scherereien zu bekommen mit diesem *close-up*, wie Sie es nennen."

Mit einer Handbewegung widersprach er: „Keine Scherereien... Außer einigen Anekdoten, die ich von Maurice Leblanc entliehen habe, Heldentaten von Arsène Lupin, die ich Larpent angedichtet habe... Ich befürchte keine..."

Er unterbrach sich plötzlich und fluchte:

„Herrgott noch mal, Burma! Sie kennen Sie vielleicht besser als ich. Sogar ganz bestimmt. Ist sie ein falsches Luder?"

„Nein."

„Gott sei dank! Da gibt es nämlich welche, die einem eine Menge Zeugs erzählen, einen drängen, daß man das druckt, und dann hängen sie einem einen Prozeß an den Hals."

„Wenn ich richtig verstehe, haben Sie das hier verfaßt..."

„...mit Zustimmung der Betroffenen, ja."

„Sie hat Ihnen also die Sache vorgeschlagen?"

„Ich habe sie gesehen. Verhandelt hab ich aber mit einem Kerl. Der wollte hinter ihrem Rücken ein wenig Moos machen, wie mir schien. Aber, na ja, so was ist normal."

„Ein Kerl..."

Ich beschrieb Maurice Chassard.

„Der war's", pflichtete Covet bei.

Ich sagte den Namen.

„Aber Sie kennen ja die ganze Familie", lachte er.

„Er versteckt sich nicht", bemerkte ich laut, aber mehr zu mir selbst.

„Warum sollte er sich verstecken?"

„Ja, in der Tat... Es ist wohl überflüssig, Sie um weitere Tips zu bitten, nicht wahr?"

„Überflüssig", lächelte er. „Wo ich es doch endlich mal bin, der Sie auf dem Trocknen sitzen lassen kann..."

„Übrigens, auf Ihre Tips pfeif ich..."

„Na gut, um so besser."

„Kann ich mal das Telefon benutzen? Dann bin ich nicht ganz umsonst gekommen."

„Nur zu. Ist ja nicht mein Geld."

Ich nahm das Telefon und rief das Hotel Transocéan an. Geneviève war nicht da. Ich suchte im Telefonbuch die Nummer von Roldy, Haute Couture, Place Vendôme, und verlangte sie. Bald darauf hatte ich die junge Frau an der Strippe.

„Hier Nestor Burma."

„Guten Tag, Chéri."

„Ich möchte dich sehen."

„Aber sicher ... Chéri..." Sie gurrte. „Ich wollte gerade nach Hause gehen... Ich bin so müde..." Sie gab ein leises, verführerisches Lachen von sich. „...so müde..."

„Ich bin auch müde. Ich komme sofort zu dir."

„Bis gleich, Chéri. Küß mich."

„Ich küsse dich, Chérie."

Marc Covet stotterte:

„Wie... Wieso?"

„Jawohl, Monsieur", sagte ich.

Seine wäßrigen Augen traten ihm beinahe aus den Höhlen.

„Ach du Scheiße!"

„Genau das dachte ich auch gerade."

* * *

Sie trug ein duftiges Négligé, das mich erst mal vom Hocker holte, umfing mich mit ihren parfümierten Armen, bot mir ihre roten Lippen.

„Mon Chéri“, flüsterte sie. „So ungeduldig, mich wiederzusehen?“

„Sehr ungeduldig“, sagte ich und machte mich los. „Der *Crépu* ... Verlangen Sie den *Crépu*, neueste Ausgabe ... sensationell...“ Ich schwenkte die Zeitung vor ihrer Nase.

„Was soll der Scheiß hier?“

„Du solltest heiraten“, sagte sie. „Du benimmst dich genauso wie ein Ehemann.“

„Was ist das denn hier?“

„Werbung“, sagte sie, plötzlich ernst.

„Scheiße ist das.“

„Werde nicht ausfallend.“

„Was sollen diese Enthüllungen? Ich weiß, daß du sie genehmigt hast. Kein einziges Blatt hat dich in diesen Skandal hineingezogen, sogar die Flics schienen dich aus der Sache rauszuhalten...“

„Natürlich haben die mich da rausgehalten. Das hätte auch noch gefehlt. Ich habe mit dieser Sache nichts zu tun. Etienne ist der Schuldige. Schuldig woran? Selbst das weiß man nicht. Aber schließlich ist er tot aufgefunden worden, und zufällig war ich die Geliebte des Toten. Nun...“

„Nun was?“

„Der Skandal verjüngt.“

„Was?“

„Verstehst du denn nicht? Ich fühle, daß...“

Ihre Gesichtszüge unter dem gekonnten Make-up schienen müde.

„... Ich fühle, daß ich alt werde. Wenig beachtet ... Vergessen... Ich habe nicht mehr denselben Erfolg wie früher. Wie noch vor kurzem. Na ja, gut. Ich dachte, ich könnte von dieser Geschichte profitieren, von dem Aufsehen, das um Etienne gemacht wird. Meine erste Reaktion war, mich an dem Spiel nicht zu beteiligen, aber dann hab ich nachgedacht ... Schon zu lange ist in der Presse nicht mehr von mir gesprochen worden. Das war eine unerwartete Gelegenheit...“

„Wenn ich mir überlege, daß manche bezahlen, damit man schweigt...“

„Aber wo ich doch nichts zu befürchten habe! Ich bin unschuldig. Der Skandal... das ist nicht mal ein Skandal, das ist pikant... das kann für mich nur vorteilhaft sein."

Ich zuckte die Achseln.

„Na ja, mich kümmert's 'n Dreck... Das kann mich völlig kaltlassen."

„Was meinst du, mon Chéri?"

„Nichts."

Sie sah mich kleinlaut an.

„Vielleicht hab ich was falsch gemacht... Na ja..", fügte sie seufzend hinzu, „was geschehen ist, ist geschehen, nicht wahr?"

„War das eine Idee von Chassard oder von dir? Tu nicht so erstaunt. Ich weiß, daß Chassard mit dem Journalisten verhandelt hat, der das Meisterwerk vollbracht hat."

„Ich tu nicht erstaunt. Die Idee stammt von mir, aber Chassard hat sich um alles gekümmert."

„Glücklicherweise hab ich ihn nicht aus dem Fenster geschmissen, wie du mir gesagt hast."

„Sieh mal, mein Liebling. Maurice ist nicht bösartig. Im ersten Moment hatte ich Angst bekommen vor seinem Erpressungsversuch, aber du weißt doch noch, was ich dir gestern gesagt habe, als du auf meinen Anruf hin gekommen bist... Ich sah keinen Grund mehr zur Sorge..."

„Du weißt nicht so recht, was du willst, hm? Wirklich, ein richtiges Spatzenhirn. Weißt du wenigstens noch, daß du letzte Nacht mit mir geschlafen hast?"

Sie wurde wütend und sah mich erbost und traurig an.

„Willst du mir das zum Vorwurf machen?"

„Ich glaubte, du hättest es vergessen. Keinerlei Anspielung auf unsere Hochzeitsnacht in dem Artikel von Marc Covet."

„Der ist vorher geschrieben worden. Ich..."

Das Telefon unterbrach sie. Sie ging hin und nahm ab.

„Es ist für dich", sagte sie und reichte mir den Hörer. „Eine Frau."

„Hallo!" sagte ich.

„Guten Tag, Chef", sagte Hélènes Stimme.

„Ein richtiger Detektiv", scherzte ich.

„Man tut, was man kann. Ich habe Marc Covet angerufen, der mich zu Mademoiselle Levasseur im Hotel Transocéan umgeleitet hat. Hol ich Sie aus dem Bett?"

„Mir ist nicht zum Lachen zumute."

„Faroux auch nicht. Sie sollen sofort zu ihm kommen oder ihn anrufen. Er scheint auf Hundert zu sein."

„Gut. Ich ruf ihn vom Büro aus an. Komme sofort."

„Lassen Sie sich Zeit, und ziehen Sie sich ordentlich an."

Ich legte auf.

„Ich darf über den Eheszenen nicht meine Angelegenheiten vergessen", sagte ich zu Geneviève. „Ich flitze schnell in mein Büro. Dort wartet Arbeit auf mich."

Sie umarmte mich:

„Auf Wiedersehen, Chéri. Böse?"

„Nein."

„Bis heute abend ... vielleicht?"

„Bestimmt."

Wir machten Uhrzeit und Ort des Rendezvous' aus. Dann verließ ich sie.

Auf der Place Vendôme erblickte ich Chassard. Er überquerte den Platz vor den parkenden Autos, und ich stand auf dem Bürgersteig. Ich war drauf und dran, ihn anzusprechen, ließ es dann aber sein. Ich begnügte mich damit, ihm zu folgen. Er ging zum Transocéan. Unter den Arkaden blieb er stehen und überwachte von dort aus den Eingang des Hotels. Ich grinste. Vielleicht machte er Fortschritte? Mit einem widerlichen Geschmack im Mund setzte ich meinen Weg zur Agentur fort. Armer, alter Nestor! Man darf nicht das Unmögliche verlangen. Ein Négligé wie das, was sie trug, luxuriös, teuer und alles, das mußte doch zu etwas nützlich sein!

* * *

Ich überraschte Hélène, die gerade telefonierte.

„Ah! Da ist er", sagte sie in den Apparat.

Sie reichte mir den Hörer.

„Faroux…"

„Hallo!" sagte ich.

„Wischen Sie sich den Lippenstift weg", sagte Hélène.

„Ich hab keinen Lippenstift."

„Ich pfeif auf Ihren Lippenstift!" dröhnte der Kommissar. „Entschuldigen Sie, Florimond. Das galt nicht Ihnen."

„Gut. Haben Sie den *Crépu* gelesen?"

„Ja."

„Was bedeutet das?"

„Daß diese Geneviève Levasseur übergeschnappt ist…"

Und ich erklärte ihm, warum sie die Veröffentlichung des Artikels genehmigt hatte.

„Gut", sagte Faroux. „Ich frag mich so langsam…na ja, da schont man dieses Weibstück, und dann peng!… Die Leser werden sich fragen, warum wir nie von ihr gesprochen haben."

„Die Leser glauben kein Wort von dem, was die Zeitungen drucken."

„Jaja. Ein Artikel, von Covet unterzeichnet…hm …ich habe angenommen, daß Sie sich einen persönlichen Scherz erlauben wollten."

„Das ist nicht meine Art, wissen Sie."

„Deswegen machte ich mir ja Sorgen", witzelte er unbeholfen. „Ich sagte mir: Es ist nicht Nestor Burmas Art, sich einen persönlichen Scherz zu erlauben. Nestor Burma würde sich keinen persönlichen Scherz erlauben. Aber besser, ihn daran zu erinnern, daß es nicht seine Art ist, sich einen persönlichen Scherz zu erlauben. Kapiert?"

„Sie ist übergeschnappt. Ich kann nichts dafür."

„Und vor allem: sie nicht wieder zurückschnappen lassen. Sie müssen ein schönes Paar abgeben… Um Gottes Willen! Machen Sie keine Kinder. Na ja… Ich mach jetzt Schluß. Trotzdem einen Rat: keine Scheiße, Burma."

„Das Wort wird heute sehr häufig benutzt."

„Vielleicht ist das eine Delikatesse, die in aller Munde ist."

Er legte auf. Ich rief beim berühmten Redakteur *Crépuscule* aus an.

„Ich bin's noch mal", sagte ich.

„Wegen des Falls Birikos?" spöttelte der Journalist.

„Nein, wegen Geneviève Levasseur."

„Dazu wollen Sie bitte unsere Sonderausgabe hinzuziehen."

„Seien Sie doch endlich mal still! Hatten Sie den Text seit ein paar Tagen?"

„Vielleicht."

„Haben Sie etwa gestern abend in der ‚Grille' mit Geneviève darüber gesprochen?"

„Möglich..."

„Zum Teufel mit Ihnen!"

„Pfui, so ein böser Junge!"

Ich pfefferte den Hörer auf die Gabel.

„Liebeskummer?" erkundigte sich Hélène spöttisch.

„Alle übergeschnappt", sagte ich.

„A propos, hier ist ein Brief von Roger Zavatter..."

Sie reichte ihn mir. Ich las ihn. Noch immer dasselbe luxuriöse Briefpapier mit dem Wasserzeichen des Eigentümers und dem Briefkopf „Die rote Blume von Tahiti". Zavatter schrieb:

Bericht Nr. ... Wirklich, Chef, ich hab's vergessen. Na ja, welche Nummer der Bericht auch hat, er bleibt derselbe. Nichts, keine besonderen Vorkommnisse, im Westen nichts Neues. Aber trotzdem muß ich wohl einen Bericht schreiben, weil das ja zum Beruf gehört. Immer noch keine Feinde am Horizont. Der Kunde immer noch genauso bekloppt, bei unserer Ankunft in Paris etwas gereizt, hat sich anscheinend ein wenig abgeruhigt... geregt... kurz, es geht ihm besser. Vielleicht wegen der Medaille oder des Ordens, den er heute nachmittag gekauft hat. Ein Talismann oder Glücksbringer, ich weiß es nicht, hab vor dem Laden auf ihn gewartet. Es hat sich folgendermaßen abgespielt: Kurz nach Mittag sagt der Kunde zu mir: Kommen Sie mit. Man hätte meinen können, er nähme mich mit zum Morden. Wir gehen zum Palais-Royal, und er betritt einen Laden für Antiquitäten, Medaillen,

Orden usw. Warten Sie draußen auf mich, sagt er, und bewachen Sie mich durch die Scheibe. In der üblichen bescheuerten Art. Ich brauchte niemand zu töten, niemand hat mich getötet, und niemand hat niemand getötet. Der Kunde kam ganz munter wieder raus. Gut. Und jetzt ist die Seite voll. Das scheint mir für einen nichtssagenden Bericht zu reichen.

Herzliche Grüße
Ihr
Roger

„Quatsch", sagte ich. „Schmeißen Sie das doch bitte in den Ordner dieses Corbigny, Hélène."

„Gut, Chef. Alle diese Briefe und Berichte sind unwichtig, aber ich, ich liebe die Ordnung. Haben Sie den andern?"

„Welchen andern?"

„Den anderen Brief, den Sie vor ein paar Tagen von Zavatter bekommen haben."

„Ich habe ihn in diese Schublade geworfen."

„Dort ist er nicht", sagte Hélène.

„Aber ja doch, schauen Sie richtig nach. Das ist nicht der Schmuck einer Begum. Man würde nicht im Traum daran denken, ihn uns zu klauen, diesen ... Herrgott nochmal!"

Ich fing an, die Schublade zu durchwühlen. Diese Schublade stand neulich sperrangelweit offen, in der Nacht, als ich die Leiche von Birikos gefunden hatte. Zavatters Brief war nicht da. Zusammen mit Hélène suchte ich überall. Unauffindbar ..."

„Unauffindbar", sagte Hélène.

„Unauffindbar, weil einer meiner Einbrecher ihn mitgenommen hat. Um diesen Fetzen Papier haben sie sich gestritten, und wegen dieses uninteressanten Briefes ist Birikos gestorben. Nicht ganz uninteressant. Er ist der Anfang einer Spur. Hélène, halten Sie das in Ihrem hübschen kleinen Kopf fest: Birikos und X... bilden sich ein, ich hätte meine Finger bei dieser Bildgeschichte im Spiel. Birikos und X... kommen zu der Gewißheit, daß ich meine Finger im Spiel habe. Sie kommen hierher, um nach Indizien zu suchen. X... findet diesen Brief. Das bringt ihn auf die Spur. Er will seinen Fund für sich behalten, aber Birikos bemerkt, daß er etwas einsteckt. Er holt die Kanone raus und befiehlt dem andern, das Indiz rauszurücken. Gerangel und Tod von Nick Birikos."

„Aber das ergibt doch keinen Sinn."

„Nicht weniger, als wenn sich ein fetter Geldsack mit philosophischen Ambitionen in der Gesellschaft von Dichtern gefällt."

Daraufhin nahm ich meinen Hut und ging hinaus. Ein Taxi brachte mich im Eiltempo zu dem Quai, wo die „Sonnenblume" festgemacht hatte, eine hübsche, sehr saubere Jacht, die auf den Wellen schaukelte.

Der Süßwassermatrose stand immer noch an Deck, den Blick in Richtung Îles Sous-le-Vent gerichtet, eingezwängt in seinen Pullover, die Seemannsmütze schräg auf dem Kopf, die Stummelpfeife zwischen den Zähnen. Ich kletterte an Bord, schob den Kirmesmatrosen zur Seite und öffnete die Tür zur Kajüte. Drinnen waren der Alte, Corbigny, leicht euphorisch, wie mir schien, und Zavatter, der aufsprang und mit der rechten Hand unter die Achsel langte, weil er mich bestimmt für einen der im Arbeitsvertrag vorgesehenen Feinde hielt. Auf dem Tisch lagen Zeitungen neben einer Flasche mit Gläsern.

„Monsieur Burma!" rief Corbigny aus. „Welch freudige Überraschung! Seien Sie willkommen. Welch günstiger Wind treibt Sie in unsere Gewässer?"

„Ich wollte Ihnen eine Kostprobe meines Könnens geben", sagte ich. „Es könnte ja sein, daß Sie eines Tages ein kniffliges Rätsel zu lösen haben; dann können Sie sich ohne Scheu an mich wenden."

„Sehr gut, sehr gut. Monsieur Zavatter, würden Sie uns bitte etwas zu trinken eingießen?"

„Also", sagte ich. „Sie sind reich, sehr reich. Sie besitzen zwei Schiffe. Das eine heißt ‚Die rote Blume von Tahiti', das andere ‚Sonnenblume'..."

Corbigny nickte zustimmend.

„Das erste", fuhr ich fort, „ist eine Hommage an Gauguin, der in Tahiti, neben anderen Bildern, ‚Brüste mit roten Blumen' gemalt hat. Das zweite ist eine Hommage an van Gogh. Ich verrate Ihnen nicht weshalb. Sie sind in der Kunstgeschichte sehr bewandert und kennen besser als ich die Bedeutung der Sonne im Werk dieses Malers. Sie sind reich, haben einen ausgesuchten Geschmack, sind ein bißchen zynisch und wahrscheinlich Kunstsammler. Einer von diesen Sammlern, bei denen die Leidenschaft für die Kunst die Skrupel verscheucht hat. Sie haben Ihre Schlösser in der Normandie verlassen und sind nach Paris gekommen, um irgendetwas in Empfang zu nehmen. Irgendetwas sehr Teures, was Sie nicht per Scheck bezahlen konnten. Und zwar von Leuten, die logischerweise ebenfalls skrupellos sind und dazu gefährlicher als ein besessener Sammler. Also brauchten Sie einen Leibwächter, der das hübsche Paket mit den Millionen in bar beschützte, das Sie mit sich herumschleppen, und der Sie selbst beschützt, wenn Sie die Millionen gegen den Raffael aus dem Louvre aushändigen. Soweit richtig?"

13

Das Palais-Royal ist ein gutes Viertel...

Roger Zavatter stieß einen lauten, langanhaltenden Fluch aus. Monsieur Pierre Corbigny wurde nicht verlegen. Bedächtig nahm er einen Schluck, dann brach es aus ihm heraus:

„Genial! Wie haben Sie das herausgefunden?"

„Durch einen Fehler. Einen Fehler, den andere begangen haben. Einen richtigen Fehler, wie man so sagt."

„Kauderwelsch", protestierte er. „Eben haben Sie sich noch verständlicher ausgedrückt."

Ich nahm ebenfalls einen Schluck.

„Ein Mann namens Birikos und ein Unbekannter", sagte ich, „wahrscheinlich Komplizen des lieben Larpent, dessen Ableben Ihnen wohl einigen Kummer bereitet hat, cher Monsieur..."

„Zugegeben", sagte Corbigny. „Ich kannte diesen Menschen nicht, aber ich begriff, daß sein Tod das Unternehmen erschweren würde."

„Ein Mann namens Birikos also hat mich wegen meines Berufs, der als etwas Besonderes gilt, für den Mittelsmann zwischen Dieb und Käufer gehalten. Er hat versucht, mir die Würmer aus der Nase zu ziehen, aber ohne Erfolg. Und das aus gutem Grund. Also hat er in der Nacht bei mir herumgeschnüffelt, zusammen mit einem Komplizen. Der hat in meinen Akten einen Bericht von Monsieur Zavatter gefunden, den dieser auf ein Blatt Ihres Briefpapiers geschrieben hat, auf dem oben links die Silhouette eines so hübschen Schiffes abgebildet ist. Dieser Mann wußte nichts über den etwaigen Käufer des Bildes, weder Namen noch Aussehen noch Beruf, außer vielleicht einigen Details: daß er eine kleine Privatflotte besitzt und daß er nicht in Paris wohnt. Der Bericht kam von einem Leibwächter. Er hat kombiniert: Schwerreicher Mann kommt nach Paris genau zu der Zeit, als der Käufer erwartet wird; er reist zu Wasser, besitzt also eine Jacht (wie der Käufer); wird von einem Leibwächter begleitet, bestimmt weil er eine sehr große Geldsumme bei sich hat (wie der Käufer)."

Corbigny steckte sich eine Zigarre an.

„Aber wie kommt es, daß dieser Mann mich noch nicht besucht hat?"

Er schien es zu bedauern.

„Weil Sie sich an Bord der ‚Sonnenblume' befinden und weil das benutzte Briefpapier von der ‚Roten Blume' stammt. Unser Mann ist sicherlich kunstgeschichtlich nicht so bewandert, daß ihn diese Namen auf die richtige Spur führen. Das ist ein Ganove, ein einfacher Ganove."

„Er kann von Schiff zu Schiff gehen und nach Monsieur Corbigny fragen."

„Nein, denn Monsieur Zavatter hat nur von ‚dem Kunden' gesprochen, ohne den Namen zu nennen. Eine Vorsichtsmaßnahme. Normalerweise hätte er nicht einmal Ihr Briefpapier benutzen dürfen..."

Zavatter kratzte sich das Kinn.

„... Aber in diesem Fall will ich ihm den Fehler nicht zum Vorwurf machen."

„Aber ich werfe ihm vor, meinen Namen nicht ausdrücklich erwähnt zu haben!" kreischte Corbigny. „Meinen Namen, mein Alter, meine Taillenweite und die Tage, an denen ich Besuch empfange. Der Mann wäre schon da."

„Das liegt nicht in Ihrem Interesse", sagte ich.

Er blickte mich durchdringend an.

„Hören Sie, Burma. Wenn ich die Absicht habe, dieses Bild zu kaufen, dann werden Sie mich nicht davon abhalten. Sie sind kein richtiger Flic. Wenn dieser Mann das Bild besitzt..."

„Dieser Mann besitzt das Bild nicht. Ich weiß, was ich weiß. Larpent hatte Komplizen, hielt aber die Fäden alleine in der Hand. Seine Komplizen kannten weder den Käufer noch den Mittelsmann. Unser Mann hat das Bild nicht, aber Sie, Monsieur Corbigny, Sie haben in Ihrer Reichweite beachtlich viele Millionen in bar. Das wird seine Geldgier wecken, und da es auf eine Leiche mehr oder weniger nicht mehr ankommt, wird er Sie um so leichter umbringen, je schwerer das Paket mit den Scheinen ist."

Corbigny fühlte sich immer unbehaglicher.

„Sie... Sie glauben, daß..."

„Ja."

„Glücklicherweise ist Monsieur Zavatter da."

„Monsieur Zavatter ist nicht verpflichtet, Sie weiterhin zu beschützen. Kommen Sie, Monsieur, schreiben Sie das Bild in den Wind. Verstehen Sie mich richtig: Ihr Leben ist in Gefahr. Der Kerl sucht Sie, und er wird Sie finden..."

Jetzt, da Corbigny gewarnt war, war das nicht mehr sicher; aber es war besser, ihm das weiszumachen.

„Wenn Zavatter nicht mehr da ist, sind Sie reif. Ich dagegen will das Bild wiederfinden. Der Mittelsmann kann mich vielleicht auf eine Spur führen..."

„Der Mittelsmann ist genauso ratlos wie ich", sagte Corbigny. „Na ja, er war es..."

„Haben Sie ihn gesehen?"

„Ja."

„Wann?"

„Gestern."

„Palais-Royal, hm?"

Er antwortete nicht.

„Sein Name?"

„Das geht Sie nichts an, Burma."

„Sehr gut. Zavatter kennt den Laden. Er wird ihn mir zeigen. Meinen Angestellten nehme ich nämlich mit. Und wenn Sie ihn wiedersehen möchten, dann müssen Sie schon gute Augen haben. Los, Zavatter, wir hauen ab."

„He, Sie!" schrie Corbigny. „Gehen Sie nicht einfach so weg. Wenn dieser Kerl..."

„Ich dachte, Sie sehnten seinen Besuch herbei?"

Seine Augen blitzten böse auf. „Nun, ich sehe das jetzt in einem anderen Licht; aber auf der anderen Seite möchte ich nicht, daß Sie meinem Mittelsmann in den Arm fallen. Der ist nämlich noch der letzte Hoffnungsschimmer für mich..."

„Seit gestern?"

„Ja."

„Was für ein Hoffnungsschimmer?"

„Ich muß warten, scheint es, aber das Geschäft wird gemacht. Der Mittelsmann hat diesbezüglich beruhigende Zusicherungen erhalten. Anscheinend ist Larpents Tod zwar unangenehm, ändert aber nichts an der Situation."

„Das überrascht mich nicht."

„Ich frage mich, was Sie wohl überraschen kann", seufzte er.

„Daß Sie sich weigern, mir den Namen Ihres Mittelsmanns zu nennen."

Resigniert hob er die Schultern.

„Miret. Octave Miret. Antiquitätenhändler, Ehren- und Ordenzeichen. Palais-Royal, wie Sie bereits wissen... Galerie Montpensier. Nummer ..."

Er gab sie mir, ohne weiter zu murren. Ich ließ Zavatter auf den Kies an Bord aufpassen und sauste los, um dem Trödler die Zähne zu zeigen.

* * *

Das Palais-Royal lag wie üblich trostlos da, provinziell still wie ein Friedhof in der Kälte. Der Garten war geschlossen. Die Dunkelheit erfaßte schon die Bogengänge, auf deren Fliesen meine Absätze widerhallten. Die mächtigen schmiedeeisernen Laternen verbreiteten ein klägliches gelbes Licht. Einige wenige Läden waren erleuchtet. Durch die schmalen Passagen fegte ein eisiger Wind. Ich frage mich, was die Leute in diese Gegend zieht. Wenn ich mir überlege, daß Colette und Cocteau, Schriftsteller, Bürger, die als gebildet und intelligent gelten, dort wohnen und stolz darauf sind! Na ja, jeder nach seinem Geschmack. Ich jedenfalls würde mich umbringen, wenn ich dort wohnen müßte. Das macht melancholisch. Und sogar die Erinnerungen, die man in dem Viertel heraufbeschwören kann, sind nicht sehr lustig. Zunächst einmal, weil es Erinnerungen sind. Dann, weil es merkwürdige Erinnerungen sind. Spieler. Prostituierte. Da kommt Monsieur Lacenaire aus dem Spielcasino, wo ihn der Neffe von Benjamin Constant des Betruges überführt hat. In der Tasche seines Gehrocks umklammert er das schwungvolle Kruzifix, mit dem er den jungen Mann niederschlagen, und die Feile, mit der er den schamlosen Körper von Tante Madeleine in der Lasterhöhle Cheval-Rouge durchbohren wird. Nach solchen Überlegungen vergeht mir die Lust. Das Beste an diesem Palais-Royal sind noch die blutigen, wollüstigen, schäbigen Erinnerungen, die damit verknüpft sind.

Nun gut. Damit hatte ich aber noch nicht Monsieur Oct. M's Laden gefunden. Schließlich sah ich ihn. Er war nicht beleuchtet, weshalb ich um ein Haar an ihm vorübergegangen wäre, ohne ihn zu bemerken. Im Schaufenster prangten in dichten Reihen Medaillen, Orden, Lametta, Sterne usw. Man konnte den nächsten Krieg getrost verlieren. Hier lag genug, um alle Generäle zu dekorieren. War der Zivilist hier, oder mußte ich wiederkommen? Ich drückte die Türklinke runter und betrat den Laden. Ein leises Glockenspiel wurde ausgelöst. Das plötzliche Licht blendete mich. Vor mir tauchte ein Mann aus dem Hinterzimmer auf, vor dessen Vorhang eine Rüstung Wache stand. Der Mann war ziemlich groß, hatte grobe Gesichtszüge, weißgepuderte Haare, das übliche Aussehen eines alten Beau. Bei dieser Angelegenheit traf man nicht viele junge Leute, angefangen bei dem Bild von Raffael.

„Monsieur Miret?“ fragte ich.

„Der bin ich.“

„Sacha Guitry sagt das besser.“

„Was?“

„Nichts. Mein Name ist Nestor Burma.“

„Angenehm.“

„Vielleicht nicht so sehr, aber das macht nichts. Sind Sie alleine?“

„Ja.“

„Erwarten Sie Kunden?“

„Monsieur! Was soll das heißen?“

„Wenn Sie auf Kunden warten, werden die eben warten müssen. Ich möchte in Ruhe mit Ihnen sprechen. Fünf Minuten. Nicht länger.“

Ich ging zur Tür, zog schnell die Klinke raus und ließ einen dicken Stoffvorhang hinter der Schaufensterscheibe runter. So würde man uns von draußen nicht zusehen können bei unserer netten Plauderei ...mit dem Revolver in der Hand.

„Cher Monsieur“, begann ich, „Sie sitzen in der Falle wie eine Ratte. Sie werden Ihren ganzen Blechkram wegschmeißen und verschwinden müssen. Es sei denn, Sie nehmen Vernunft an. Zur Sache. Bringt das was ein, dieser Handel mit den glorreichen Symbolen?“

„Geht Sie das was an?“

„Das bringt Ihnen keinen Pfifferling ein! Ihre Haupteinnahmequelle ist der Handel mit gestohlenen Objekten, mit Bildern, zum Beispiel, und anderem Firlefanz. Sie sind ein ehrenwerter Antiquitätenhändler, auf gutem Fuß mit ehrenwerten Sammlern und ehrenwerten Ganoven.“

„Ich glaube, ich werde jetzt die Polizei rufen“, sagte er frostig.

„Das ist eine Idee. Warum ist sie mir nicht vor Ihnen gekommen? Ja, das ist sogar eine gute Idee. Rufen Sie die Polizei, und ich werde ihr erzählen, daß Sie von Larpent beauftragt waren... Ich weiß nicht, ob dieser Name Sie an etwas erinnert... von Larpent... oder vielmehr, nein, ich muß anders anfangen..."

„Sie erfinden erst noch den Anfang?", lachte Miret säuerlich.

„Genau. Wollen Sie nicht die Polizei rufen? Rufen Sie sie. Bevor sie kommt, werde ich mir eine hübsche Geschichte zurechtlegen. Etwa so: Ein reicher Sammler, ein Besessener namens Pierre Corbigny, zur Zeit an Bord seiner Jacht ‚Sonnenblume' im Port du Louvre... immer dieser Louvre... sagt eines schönen Tages zu Monsieur Miret, der ihm wohl schon in der Vergangenheit Kunstgegenstände von abenteuerlicher Herkunft verkauft hat:
‚Es gibt da einen Raffael, der gut in meine Sammlung passen würde.' Dieser Monsieur Miret, der alle möglichen Artikel führt, begrüßt diesen Wunsch. Das ist ein Coup von mehreren hundert Millionen. Für ihn als Mittelsmann werden ein paar davon abfallen. Denn dieser Monsieur Miret ist nur Mittelsmann. Er gibt nur den Auftrag weiter und liefert die Ware. Er wendet sich also an Larpent, der den Coup vorbereitet. Ich glaube nicht, daß Larpent selbst das Bildchen geklaut hat. Er hat es wohl von einem andern klauen lassen, einem Fachmann. Aber das ist unwichtig."

„Sie wissen viel, Monsieur Burma!", knirschte Miret.

„Nicht übermäßig", sagte ich bescheiden, „nicht übermäßig."

„Was fehlt Ihnen denn noch?"

„Das Bild."

„Wie bitte?"

„Mir fehlt das Bild."

„Sie wissen nicht, wo es ist?"

„Im Augenblick nicht. In ein paar Tagen werd ich's wissen, aber ich bin ungeduldig. Ich könnte es sofort erfahren, wenn ich den Flics etwas erzähle, was ich denen verschwiegen habe. Das paßt mir aber nicht. Außerdem wäre ich vielleicht der Lackierte. Ich würde es lieber selbst finden und es diesen Herren auf einem Tablett servieren. Das wäre günstiger. Für die Prämie. Es gibt nämlich eine Prämie. Verstehen Sie? Eine Frage der Eitelkeit und gleichzeitig des Sinns für Realitäten, klar? Also habe ich mir gesagt, Sie könnten mir vielleicht dabei helfen..."

„Hören Sie, cher Monsieur", brachte er hervor, „wir vergeuden beide unsere Zeit. Es ist so, wie Sie gesagt haben. Einverstanden. Ich will keinen Ärger mit Ihnen. Aber Sie müssen mir glauben, ich weiß nicht, wo dieses verdammte Bild ist!... Und ich bedaure es ebenso tief wie Sie."

„Wirklich? Ich..."

Ich hielt inne und machte einen Satz nach vorn. Im Hinterzimmer hatte ich ein verdächtiges Geräusch gehört. Ich stieß den Krieger aus dem Mittelalter um. Er flog der Länge nach hin, wie bei einem Turnier in der guten alten Zeit. Ich zog den Vorhang ganz zur Seite und drang in eine wahre Rumpelkammer ein. Das Zimmer war nicht beleuchtet, aber von dem Geschäft fiel Licht hinein, so daß man genug sehen konnte: Ein Mann wollte gerade über eine Treppe verduften, ich weiß nicht wohin. Ich fiel über ihn her. Entweder war er behindert oder ein Waschlappen. Jedenfalls konnte ich ihn mühelos pakken. Aber er machte sich los und stieß mich mit Händen und Füßen zurück. Ich setzte mich unsanft auf einen antiken Stuhl, der das Gewicht eines Bürgers aus dem 20. Jahrhundert nicht aushielt. Ich dachte, der Kerl würde seinen Vorteil nutzen, um endgültig zu fliehen. Er tat nichts dergleichen. Unbeweglich stand er an der Treppe und sah mir ins Gesicht.

„Messieurs, Messieurs", jammerte Miret. „Ich bitte Sie, nicht hier, man kann miteinander reden, man kann sich einigen..."

Er machte Licht. Der Mann, den ich überrascht hatte, hielt mich mit einer dicken Kanone in Schach.

„Hoch damit", sagte er.

„Ach du lieber Gott!" rief ich aus. „Unser lieber Gigolo-Romeo, die alte Schwuchtel Chassard."

„Halt die Schnauze und heb sie hoch!" knurrte er.

Ich gehorchte. Inzwischen hatte ich mich aus den Trümmern des Stilmöbels befreit.

„Schon gut, Zuckerpuppe. Ich will dich nicht in Rage bringen. Je schneller du das Schießeisen da wegsteckst, desto besser. Du hältst das Ding wie einen Pinsel. Paß auf, daß du dich nicht selbst damit umbringst!"

„Schnauze", wiederholte er.

„Messieurs, Messieurs", japste Miret.

Sein glattrasiertes rosiges Gesicht, das Gesicht eines alternden Beau, verfärbte sich grau. Die Gesellschaft der alten Bilder machte sich langsam bemerkbar.

„Schnauze", sagte Chassard, jetzt zu ihm.

„Entscheide dich schnell, Kollege", sagte ich. „Willst du mich kaltmachen?"

Unmerklich hatte ich mich, so gut es das Gerümpel zuließ, an der Wand entlang auf eine Ecke zubewegt, wo es mir mühelos gelingen würde, einen Gegenstand zu angeln und ihn dem Burschen vor die Rübe zu werfen. Dieser Trottel kam mir nicht auf die Schliche. Die Kanone in seiner Hand beeindruckte ihn wohl sehr. Sie verhinderte ihn, sozusagen. Das ist genau das richtige Wort dafür.

„Und warum sollte ich dich nicht kaltmachen?" zischte er. „Du wärst nicht der erste."

„Bluff. Gib mir die Sektionsnummer des Friedhofs, auf dem sich sein Grab befindet. Oder sind's mehrere? Sonst glaube ich dir nicht."

Ich hatte noch ein paar Zentimeter gewonnen. Jetzt rührte ich mich nicht mehr.

„Der Kerl, den ich umgelegt habe, ist noch nicht unter der Erde. Er liegt im Leichenschauhaus. Das war dieser gemeine Hund, dieser dreckige Hurensohn Nicki Birikos."

„Oh! Scheiße!" sagte ich.

„Nein! Nein!" brüllte Octave Miret.

Nein, nein, Monsieur Miret? Und warum nicht? Aber ja doch, ja, im Gegenteil. Es ist jemand hinter mir, nicht wahr? Ich spüre, daß er da ist, aber zu spät. Man darf nicht schreien, nicht den Kopf verlieren. Davon wird Chassard noch einen Herzanfall kriegen. Begreifen Sie ein für allemal: Wenn hinter

Burma jemand steht, dann gibt es immer auch einen gezielten Schlag mit dem Knüppel, dem Hackenstiel, dem Bügeleisen oder einem anderen stumpfen Gerät für Nestors Köpfchen. Alle, die sich für Kriminalromane interessieren, werden Ihnen das bestätigen. Also, lassen Sie es geschehen. Ich bin es gewohnt, die Hucke vollzukriegen. Heute krieg ich auch noch eins auf die Nase. Das ist eine Zugabe. Gute Nacht, Chassard. Gute Nacht, Miret. Gute Nacht, gute Nacht...

14

Schnaps für Raffael

Schwarze Nacht, völlig schwarz. Dabei hatte ich Rot gesehen, aber jetzt segelte ich durchs Schwarze. Wellen von Schmerz gingen von meinem Hals aus, rutschten die Wirbelsäule wie auf einem Treppengeländer runter. In der Lendengegend angekommen, verteilten sie sich auf beide Beine. Großer Gott, wie dunkel! ‚Öffne die Augen', sagte ich mir. Das war eine Idee. Eine gute Idee. Eine richtige Idee à la Nestor Burma. Eine von den Ideen, die nicht jedem kommen. Ich öffnete die Augen. Mit Mühe. Sah Schwarz. Nicht ganz Schwarz. Und in diesem nicht ganz schwarzen Schwarz leuchtete ein Glühwürmchen. Ich selbst mußte ebenfalls schwarz sein. Ich war verraten und verkauft. Mir war nicht heiß. Der Kopf glühte mir, aber nicht die Füße. Ich beobachtete das Glühwürmchen, versuchte, es zu fangen. Ich war mit einem Haufen Plunder bedeckt, der bei meinen Bewegungen klirrend hinunterfiel. Plötzlich schwebte das Glühwürmchen vor meiner Nase. Es war meine Uhr. Sieben Uhr. Morgens oder abends? Eher abends. Ich kniete mich hin und pfefferte noch ein paar Konservenbüchsen in die Ecke. Vielleicht waren das gar keine Konservenbüchsen. Es gelang mir, mich hinzustellen. Und rund ging das Pferdekarussell; Nägel piekten mir in den Holzkopf, als würde ein Sarg zugenagelt. Etwas mehr

Licht, bitte! Die Agentur Fiat Lux wäre sehr zu Dank verpflichtet. Ich suchte den Schalter, fand ihn, nachdem ich noch mehr Krimskrams umgeschmissen hatte, und drehte ihn. Schnell nahm ich meinen Hut, der nicht weit weg von mir lag, und schützte damit meine Augen. Dann sah ich meine Füße. Meinen Füßen ging es sehr gut. Sie könnten mir vielleicht dabei helfen, mich aus dem Staub zu machen? Der Fußboden war übersät mit Medaillen, Orden und 'ner Menge Krimskrams. Kriegsverdienstkreuz, Kreuz der Ehrenlegion, Kreuz hierfür, Kreuz dafür. War alles während einer verfluchten Prügelei durcheinandergepurzelt. Holzkreuz. Kein Holzkreuz? Schade. Zwei Holzkreuze, zwei. Ich stieg über Miret hinweg, dann über Chassard, schaute nach, ob es eine Küche oder so 'was Ähnliches gab in diesem Herrgottswinkel. Ich fand zwar keine Küche, aber in einer Ecke fand ich etwas Schnaps. Ich gurgelte damit, und es ging mir schon besser. Ich trank den Rest, und es ging mir wieder sehr gut. Fast. Ich ging in das Hinterzimmer, dann in den Laden. Dann wieder in das Hinterzimmer. Octave Miret würde keine heiße Ware mehr verschieben. Chassard Maurice würde nicht mehr für sein tägliches Brot verlogene Liebe runterschmalzen müssen auf Körpern, deren Haut Elisabeth Arden nicht mehr aufmöbeln konnte. Er würde sich auch nicht mehr den Launen schmieriger Griechen aussetzen müssen. Zwei blaue Bohnen für jeden von ihnen, und ein Haufen Probleme war gelöst.

Ein Brief sah aus Mirets Tasche. Ich nahm ihn. Gewöhnlicher Umschlag. Gewöhnliches Briefpapier. Gewöhnlicher Text:

Monsieur,
entschuldigen Sie die Verzögerung, die uns gewisse Umstände, die nicht in unserer Macht stehen, bei der Lieferung unserer Ware aufnötigen. Trotz der Ereignisse versichern wir Ihnen, daß die Ware geliefert wird. Mit vorzüglicher usw.

Unterschrift unleserlich. Gewöhnlich in der Form, aber ganz und gar nicht alltäglich. Dieser Brief hier sollte aller

Wahrscheinlichkeit nach dafür sorgen, daß Miret und Corbigny nicht ungeduldig wurden. Mit der Maschine geschrieben. Mit einem Finger. Haufenweise Tippfehler. Ich steckte den Brief ein. Dann sah ich mir noch mal meine beiden Helden an, Miret und Chassard, so als wäre das eine gelungene Theatervorstellung. Seht ihr, Freunde? Wer nicht hören will, muß fühlen. Nur ehrenwerte Leute werden nicht getötet. Zum Beispiel Nestor Burma. Burma, den... Plötzlich bekam ich Angst. Verflixt nochmal! Was tat ich hier? Man hatte mich geschont, aber man hatte mir damit einen Bärendienst erwiesen. Möglicherweise hatte man die Polizei angerufen. In dieser Geschichte wurde die Polizei oft angerufen. Hau ab, Nestor. Und zwar schnell. Ich betrachtete mich im Spiegel und fand mich gar nicht schön. Ich hatte Blut auf dem Hemdkragen, auf den Revers des Mantels, auch im Gesicht. Hatte mich wohl vollgeschmiert bei dem Versuch, wieder auf die Beine zu kommen. Keine Zeit, auch nur so 'was Ähnliches wie Toilette zu machen. Hau ab. Und zwar schnell. In einem Wandschrank fand ich einen weiten Dufflecoat, den ich über meine Klamotten zog. Ich schlug die Kapuze über meine Augen, löschte alle Lichter und trat auf die Galerie Montpensier hinaus. Das Palais-Royal lag immer noch in qualvoller Stille da.

Ich kam nicht weit. An der Place du Théâtre-Français verließen mich meine Kräfte. Ich lehnte mich an einen Stützpfeiler unter dem Medaillon de Mounet-Sully. Wenige Meter weiter herrschte lärmender Verkehr. Das Hupen der Autos dröhnte schmerzhaft in mir. Das Hämmern der Absätze hallte in meinem Schädel wider wie auf einem Trommelfell. Das Tohuwabohu überflutete mich, bald nah, bald weiter weg, schrecklich unangenehm, schwankend. In meinen Ohren rauschte es. Mein Blick verschleierte sich. Mir ging es genauso dreckig wie Musset am anderen Ende des Säulengangs, ich war zerschlagen, schlapp, erschöpft wie er; aber er ist in Stein gehauen, und er hat seine Muse, die ihm beisteht, seine Muse, in starrer Haltung, wie die Krankenschwester auf der wohlbekannten Reklame für Aspirin. Seine Muse... Aspirin... Hélène. Verdammt nochmal! Ich durfte nicht aus den Latschen kippen.

Nicht jetzt. Und nicht hier. Ich wollte nicht in die Agentur gehen. Dort könnte Faroux sein, in der Agentur. Wußte ich's? Ich wollte kein Taxi nehmen. Ich wollte nicht... Verflixt nochmal! Alle diese Passanten! Am Ende würden sie noch meinen schlimmen Zustand bemerkenund die Flics rufen, diese mitfühlenden Seelen. Ich riß mich zusammen. Hundert Meter, Nestor. Das ist keine Marathonstrecke! Geh noch hundert Meter. Ich ging an den Start für meine hundert Meter im Schneckentempo!

Rue de Valois. Das Hotel von Albert, das Hotel von Lheureux, dem Glücklichen. Oh, ich Unglücklicher! Zweimal setzte ich an, um durch die Tür zu kommen, und dann stieß ich beim Hineingehen gegen den Pfosten. Ich klammerte mich an die Theke, hinter der Albert mich mit offenem Mund anglotzte. Vor meine Augen legte sich ein roter Schleier.

„Hélène Chatelain", röchelte ich.

„Sieh an! Sie schon wieder, M'sieur Burma?"

Seine Stimme war weit weg, drang mit Mühe durch fünfzehn Kilometer dicke Watte.

„Schnauze. Hélène Chatelain."

„Oh! Was ist denn los?"

„Hélène Chatelain, Herrgott nochmal! Das Zimmer von Hélène Chatelain."

Sehr weit weg begann ein sarkastisches Lachen, rollte heran und explodierte in meinen Ohren, wobei mir fast das Trommelfell platzte.

„Was ist Ihnen passiert? Man hat Sie übel zugerichtet, könnte man meinen, hm? Man trifft nicht immer auf Schlappschwänze wie mich, hm? Wo hat man Ihnen diese Tracht Prügel verabreicht, Monsieur Herkules?"

Ich nahm alle meine Kraft zusammen und versetzte ihm einen Faustschlag. Da er nicht darauf gefaßt gewesen war, kriegte er eins mitten auf die Nase. Er blutete.

„Scheiße!" sagte er.

„Schnauze, Arschloch."

So verteufelt vornehm, wie ich im Moment aussah, mußte ich keine Reden halten.

„Ruf die Flics oder Hélène Chatelain."

„Sie ist nicht da.“
„Ihren Schlüssel.“
„Hier.“
Er reichte einen Schlüssel, aber nicht mir. Jemandem, der soeben hereingekommen war. Jemandem, in dessen Arme ich sanft sank.
„Hélène“, sagte ich.
„Ja, ich bin's, Chef.“
„In Ihr Zimmer.“
„Ja.“
Ich schloß die Augen. Ich hörte, wie sie zu Albert sagte: „Helfen Sie mir, Sie altes Rindvieh.“
Die vornehme Art. Sehr ansteckend. Bricht unter dramatischen Umständen immer wieder hervor.

* * *

„Geht's besser?“ fragte Hélène über mir.
„Ja. Sie sind ein tolles Mädchen, Hélène.“
„Ich bin eine recht gute Krankenschwester. Diesmal sind Sie aber anständig vermöbelt worden.“
„Nicht mehr als sonst. Der übliche Satz. Aber ich hatte mich noch von der letzten Vorstellung kaum erholt.“
„Bestimmt. Wie ist das passiert?“
„Erzähl ich Ihnen später.“
„Jaja. Ruhen Sie sich aus.“
Sie setzte sich auf einen Stuhl und nahm ein Buch. Ich betrachtete die Decke, dann die Wände, den blöden Druck, der dort hing, den Spiegel über dem Kamin.
„Wieder mal Schwein gehabt, daß Sie dieses Zimmer behalten haben“, sagte ich nach einer Weile.
Sie lächelte: „Wahrscheinlich kriminalistische Intuition.“
„Es ist hübsch. Na ja, nicht schlecht, für ein Hotelzimmer. Man spürt Ihre Gegenwart.“
„Ruhen Sie sich jetzt aus.“
„Komisch. Mir ist so, als hätte ich es schon mal gesehen.“
„Alle Hotelzimmer gleichen sich.“

„Trotzdem, ich..."
„Chef, bitte! Ihr Kopf braucht Ruhe. Lassen Sie ihn nicht arbeiten."
„Das ist für mich kein Arbeiten."
„Für mich auch nicht. Ich hab dafür ein unanständiges Wort, aber ich sag es nicht."
„Herrgott nochmal!" rief ich. „Ich kenne dieses Zimmer."
„Sie haben sicher eine von Ihren Miezen hierhergeschleppt."
„Für meine Eskapaden wähle ich Hotels einer höheren Kategorie."
„Das Transocéan zum Beispiel."
„Hélène! Meine liebe Hélène."
„Entschuldigen Sie", murmelte sie.
Ich fing an zu lachen.
„Ich bin ein Idiot. Hab glatt vergessen, daß ich im Hotel in der Rue de Valois bin, dem Hotel, in dem Lheureux abstieg. Jaja, ich kenne dieses Zimmer, das hat Lheureux bewohnt. Nachdem er ausgezogen war, war es das einzig freie, und Sie haben es bekommen. Nicht gerade schwierig. Und deshalb zerbrech ich mir den Kopf!"
„A propos Lheureux...", begann Hélène.
„Ja?"
„Äh... Reboul hat angerufen."
„Und?"
„Immer noch das gleiche."
„Sehr gut, sehr gut. Der verdammte Lheureux..."
Ich schloß die Augen und lullte mich mit meinen eigenen Worten ein:
„Er hatte Geld bei sich. Viel Geld. Sie können Albert fragen, den Blödmann unten. Er hat Lheureux Geld geklaut. Lheureux hatte zwei Brieftaschen. Eine bei sich. Eine im Koffer. Der Koffer ist aufgegangen. Brieftasche, Unterhosen..."
„Ruhen Sie sich aus. Sie phantasieren."
Ich hielt die Klappe, dann fing ich leise wieder an:
„Der Koffer ist aufgegangen. Der Inhalt ist rausgeflogen.

Brieftasche, Unterhosen, Hemden, Socken, Taschentücher... Die Flics haben den Koffer mitgenommen. Haben ihn wohl nochmal geöffnet. Flics sind Schnüffler. Geld, viel Geld, Unterhosen, Socken... Hélène!"

„Ja."

„Es klappt nicht."

„Mit dem Kopf?"

„Mit meinen Gedanken. Trotzdem, ich spüre, daß es klappen wird. Er ist zäh. Das ist kein Typ, der..."

„Ruhen Sie sich aus. Ich werde Ihnen eine Beruhigungstablette geben."

„Keine Tablette. Er trank Schnaps, hat mir keinen angeboten. Ich fall ihm auf den Wecker... Er stand da, vor dem Spiegel..."

Ich betrachtete den Spiegel.

Lheureux trat aus dem Spiegel und fing an, seinen Koffer zu packen, der geöffnet auf dem Bett lag. Er trug ein tadelloses dunkles Jackett und die gestreifte Hose eines Abteilungsleiters. Sein Hut schützte seine Augen vor der immerhin nicht sehr grellen Helligkeit der Glühbirne an der Decke. Der Duft einer Havanna hing im Raum. Zwischen den Lippen hatte er noch den erloschenen Zigarrenstummel.

„Na?" sagte ich. „Haut man ab? Fährt man nach Hause?"

„Wie Se seh'n", gab er mit einer weitausholenden Bewegung zurück, wobei er das ie auf e verkürzte.

„Emilie wird sich freuen."

„Hmjaa..."

Er packte die Kleidungsstücke in den Koffer... Hemden... Socken...

„Sie haben ein komisches Spiel mit mir gespielt, eben."

Er lachte leise.

„Das macht nichts", fuhr ich großzügig fort. „Ich werde alles auf die Rechnung Ihrer Frau schlagen."

„Gewiß doch", brummte er.

Dann fing er wieder an zu lachen. Der Zigarrenstummel

hüpfte in seinem Mund. Ich gähnte und beendete das Gespräch:

„Also, salut, Lheureux. Ich werde bezahlt, damit ich Sie in den Zug setze. Ich werde Ihre Abreise nicht verzögern."

„Salut", erwiderte er.

Er drehte mir den Rücken zu und goß sich Schnaps ins Glas, ohne mir etwas anzubieten.

Dann trat er wieder in den Spiegel zurück, um sich später umfahren zu lassen. Der Koffer mit den Socken, den Hemden und einer gutgefüllten Brieftasche, in die Albert gegriffen hatte, blieb noch ein paar Sekunden auf dem Bett liegen, dann verblaßte auch er und verschwand.

Alkoholismus oder Fieber, jedenfalls bewegten sich meine Füße automatisch.

„Das ist doch sonnenklar", sagte ich laut.

„Na, fangen Sie wieder an?" sagte Hélène. „Sie sind fünf Minuten ruhig gewesen. Das konnte nicht so bleiben. Ich glaube, ich sollte besser den Onkel Doktor rufen... einen von Ihren Freunden..."

„Keinen Doktor", sagte ich. „'n bißchen Schnaps, Hélène."

„Ich werde Ihnen eine Tablette geben. Ich habe keinen Schnaps. Ich habe denaturierten Alkohol; aber ich gebe Ihnen eine Tablette."

Sie fing an, ihr teuflisches Gebräu zu mischen.

„Hélène, was ist das für ein Bild?"

„Welches Bild?"

„Dieser blöde Druck, der etwas schief hängt."

„Ein blöder Druck, wie Sie sagen. Nicht mehr."

„Zufällig nicht von Raffael signiert?"

„Lassen Sie Raffael in Ruhe."

„Möchte ich ja gerne, aber er läßt mich nicht."

„Trinken Sie."

Sie hob das Schmerzmittel an meine Lippen. Ich schob es weg.

„Erst, wenn Sie in den Spiegel gesehen haben. Sehen Sie in den Spiegel, Hélène."

„Man soll Kranken nie widersprechen. So, ich sehe in den Spiegel."

„Sie finden sich schön. Aber Sie wären noch schöner, wenn... Wie ist der Spiegel festgemacht?"

„Mit einem Bindfaden an einem Haken, da oben. Also wirklich, so hübsch ist das Zimmer auch wieder nicht. So hängt ein Schmierfink ein Bild auf."

„Schmierfink? Jetzt übertreiben Sie. Steigen Sie auf einen Stuhl und untersuchen Sie dieses Schmierfinksystem."

„Und währenddessen starren Sie auf meine Beine? Also wirklich, es geht Ihnen besser, nicht wahr?"

„Ja. Auf beide Fragen, Mademoiselle Chatelain."

Sie stieg auf einen Stuhl.

„Staub?"

„Viel. Also wirklich..."

„Sagen Sie nicht immer ‚also wirklich'. Und hören Sie auf, dieses Zimmer schlechtzumachen. Das ist ein Zimmer für 'ne Prinzessin. Mehr oder weniger. Neu, der Bindfaden?"

„Nein. Aber die Enden sind sehr lang."

„Weil man vor kurzem den Spiegel näher an die Wand gezogen hat."

„Möglich."

„Danke. Steigen Sie von Ihrem Stuhl, und heben Sie dabei den Rock etwas hoch, damit ich was seh für mein Geld."

Natürlich stieg sie so keusch wie möglich runter. Es gibt Mädchen, die werden's nie begreifen. Ich stand auf. Trotz ihrer Proteste kletterte ich jetzt auf den Stuhl. Sah prima aus, mit Slip und wehendem Hemd. Ich machte den Knoten des Bindfadens auf, nahm den Spiegel von der Wand und faßte dahinter. Ich holte etwas hervor, das so aussah wie dicke Leinwand. Auf der einen Seite war es rauh. Auf der anderen auch, mehr oder weniger, aber hübsch anzusehen, ganz bunt. Hübsch und nicht unhandlich. Fünfzig mal fünfundzwanzig Zentimeter.

„Mein Gott!" entfuhr es Hélène.

„Holen Sie diesen denaturierten Alkohol. Ich werd mir den halben Liter reinschütten."

Ganz in Gedanken reichte sie mir das Fläschchen. Ich hob es an meine Lippen.

„Auf dein Wohl, Raffael", sagte ich, zitternd wie Espenlaub.

15

Der erste Tote ... Folge zwei

„Dieser verflixte Lheureux!" lachte ich.

Ich hatte wieder die liegende Haltung eingenommen. Hélène stand an meinem Kopfende, fertig angezogen zum Ausgehen, mit Hut, ein Paket unterm Arm.

„Mein Gott!" wiederholte sie zum hundertsten Mal. „Also, dieser Lheureux, dieser harmlose Lheureux..."

„Ich werde es Ihnen später erklären. Aber ich will Ihnen zwei Dinge sagen: In dieser Straße befindet sich das Sekretariat der Beaux-Arts, und weiter oberhalb steht das Haus, in dem Robert Houdin sein Theater eingerichtet hatte. Beaux-Arts und Zauberkunst. Das ist alles. Ich finde das lustig. Sagen Sie, was ich da hinter dem Spiegel hervorgezaubert habe, das ist besser als ein Kaninchen, hm? Drei Millionen, Hélène, wenn Florimond Faroux Wort hält. Wenn nicht, verscheuer ich das Ding an Corbigny..."

Mit einem Mal fröstelte ich. Ich war mit meinen Gedanken weit fort und hatte vergessen, daß inzwischen vielleicht... unter Umständen...?

„Corbigny... wenn er noch lebt. Nichts Neues von Zavatter im Laufe des Nachmittags?"

„Nein."

„Gut. Verdammt! Ich müßte mich eigentlich auf die Socken machen!"

„Sie haben für heute Ihren Teil weg. Nehmen Sie dieses Beruhigungsmittel."

„Gleich. Also, haben Sie alles verstanden?"

„Ja. Ich fahre zu meiner Mutter und versteck das hier in dem Schrank, den sie nur alle Jubeljahre einmal öffnet."

„Großartig. Wir sehen uns morgen."

„A propos Lheureux..."

„Später. Ich werde es Ihnen später erklären."

„Ich werde Ihnen jetzt etwas erklären. Eben hielt ich es nicht für angebracht, Sie darüber zu informieren. Sie waren doch so krank! Reboul hat heute nachmittag im Büro angerufen. Aber nicht, um zu sagen, daß alles in Ordnung ist. Sondern um Ihnen Bescheid zu geben, daß Lheureux heute nachmittag aus dem Krankenhaus ausgerissen ist."

* * *

Zehn Minuten, nachdem Hélène fortgegangen war, verließ ich das Hotel der Überraschungen, eingemummt in den Dufflecoat von Octave Miret. Ich war zwar noch nicht in der Lage, auf den Putz zu hauen, aber ich konnte ohne Schwierigkeit aufrecht gehen, und mein Kopf war schon wieder fast in Ordnung. Wenn ich auf meine Schuhe sah, hatte ich nicht mehr das Gefühl, als käme mir der Bürgersteig entgegen. Mit Zielwasser im Bauch und einer Kanone unterm Arm konnte ich schon wieder Staub aufwirbeln. Zuerst ging ich in die Agentur. Kein Flic auf der Straße. Kein verdächtiges Individuum vor der Tür. Keine dunkle Gestalt im Treppenhaus. Kein Kerl im Büro. Ich genehmigte mir das fällige Hausmittel, wechselte das Hemd, bewaffnete mich mit meiner Artillerie, behielt den Dufflecoat an und ging in die stille und kalte Nacht hinaus, in Richtung Transocéan.

Ich hastete an der Rezeption vorbei, grüßte den Angestellten herablassend und eilte zu den Fahrstühlen. Bevor der Zerberus mir Fragen stellen konnte, war ich schon in der vierten Etage. Ich verließ den Fahrstuhl und stieg zu Fuß in die fünfte. Die Flure, nur erhellt von der Nachtbeleuchtung an der Wand, lagen in tiefem Schlaf. Als ich an den Zimmern vorbeiging, hörte ich jemanden schnarchen. Ich kam zu Genevièves Tür, bückte mich, legte mein Ohr ans Schlüsselloch. Gedämpft drangen Stimmen zu mir. Ich holte das kleine Gerät aus der Tasche, mit dem ich meine Pfeife reinige und noch andere Dinge tue. Dünne Nickelstifte für zerstreute Leute, die ihre Schlüssel verlieren. Wie ein leichtes Mädchen gab das Schloß bald nach, allerdings geräuschloser. Vor dem Salon befand sich ein winziger Vorraum, der als Windfang diente und die Geräusche dämpfte. Normalerweise war die Tür dieses Vorraums geschlossen oder angelehnt. Da ich meinen Glückstag hatte, war sie es heute nicht, und das Paar im Salon sah mich hereinkommen.

Geneviève räkelte sich in ihrem Lehnsessel, in einem Kleid, das ich noch nicht kannte und das sie mehr entkleidete als alles andere, tiefdekolletiert, enganliegend und alles. Jede Menge Sex-Appeal. Aber Geneviève sah schlecht aus. Sie war ungekämmt, schlecht geschminkt, ihre Augen waren vom Weinen gerötet.

Der Kerl dagegen hatte in einem Sessel gesessen, aber wohlerzogen, wie er war, hatte er sich erhoben, um mich zu begrüßen. Ein Mann im reifen Alter – in den Fünfzigern – mit etwas dicklichen und harten Gesichtszügen. Schlecht rasiertes Kinn, dicker, schwarzer Schnurrbart, ziemlich dichtes, silbergraues Haar. Er trug ein korrektes, dunkles, fast schwarzes Jackett, eine ebensolche Weste und gestreifte Abteilungsleiterhosen. Er sah ein wenig linkisch aus in diesen Kleidern. Allerdings kam mir das vielleicht nur so vor, weil ich wußte, daß es nicht seine waren. Er hatte offensichtlich Schmerzen an einem Bein. Es stand ihm sozusagen nicht zur Verfügung. Mit der linken Hand stützte er sich auf einen dicken Stock. In der rechten Hand hielt er einen schweren automatischen Revolver aus glänzendem Stahl, auf dem das Licht manchmal romantisch blau schimmerte.

Es war mein Glückstag. Ich hätte mein Schießeisen herausholen sollen, bevor ich am Schloß herummachte. Jetzt war es zu spät. Besser den Witzbold spielen. Der Preis war derselbe. Ich ging in den Salon.

„Salut, Larpent“, sagte ich.

* * *

„Komm mir nicht zu nahe, Nestor Burma“, riet er mir. „Mach’s dir da in der Ecke bequem und rühr dich nicht. Und leg die Hände hinter den Nacken, wenn es dir nichts ausmacht...“

Es machte mir was aus. Es tat mir weh. Aber ich sagte nichts und legte meine Hände auf meinen Nacken.

„Ich bin noch nicht ganz wiederhergestellt“, fuhr der Mann fort. „Ich bin sogar überhaupt noch nicht wiederhergestellt...“

Er ging rückwärts nach hinten, bewegte sich mühevoll wegen seines Hinkebeins; dann lehnte er sich mit dem Rücken gegen die Wand, verminderte so seine Schmerzen. Uns, Geneviève und mich, hielt er mit seinem Schießeisen in Schach. Solange er mit der Frau allein gewesen war, hatte er gesessen. Da meine Wenigkeit auf der Bildfläche erschienen war, änderte sich das. Er wollte auf alles gefaßt sein.

„Nein, nicht wiederhergestellt. Wenn ich dieses Schwein erwische, das mich mit seiner Karre umgefahren hat...“

„Das ist aber komisch“, sagte ich.

„Was denn?“

„Nenn einen Preis, und ich find dir deinen Rabauken. Ich bin Detektiv...“

„Nicht mehr lange.“

Ich hob die Schultern und lächelte Geneviève zu.

„Guten Abend, Chérie.“

Sie sah mich verstört an, vergrub den Kopf zwischen ihre Arme und brach in Schluchzen aus. Sie zuckte, als würde sie jeden Moment einen Nervenzusammenbruch kriegen. Ihre Strümpfe waren oben spitzenbesetzt und wurden mit einer buntglänzenden Spange am Strumpfband festgehalten.

Larpent stieß eine Beleidigung aus, eine schmutzige Beleidigung, niederträchtig und gemein, an die Adresse seiner Geliebten.

„Schnauze“, sagte ich.

„Armer Irrer“, grinste er.

Nach und nach beruhigte sich Geneviève. Sie hob ihr verwundertes, tränenüberströmtes Gesicht. Mit einer schmerzhaften Kopfbewegung, wies ich auf die Ausgabe des *Crépuscule,* die offen auf dem Tisch lag und die riesige Großaufnahme von Geneviève zeigte.

„Ich hab's dir ja gesagt, Chérie. Das war Scheiße. Das hat den Eifersüchtigen hierhin getrieben. Als er im Krankenhaus diesen Artikel gelesen hat, hat er sich gefragt, was das sollte. Vielleicht hat er sich auch falsche Vorstellungen gemacht, jedenfalls wollte er sich Gewißheit verschaffen. Also ist er entwischt, so ramponiert, wie er noch ist. Hat sich eine Kanone besorgt und diesen Schnurrbart, um von den Leuten im Hotel nicht wiedererkannt zu werden, falls ihm welche begegnen sollten. Ein Geist, das hätte Aufsehen erregt. Und aus noch mehr Vorsicht hat er sich wohl durch den Lieferanteneingang hier reingeschlichen. Stimmt's Larpent?"

„Das geht dich 'n Dreck an."

Plötzlich stand Geneviève auf. Der Mann richtete den bläulichen Lauf seiner Pistole auf sie.

„Ich möchte gehen", jammerte sie. „Laßt mich raus. Ich möchte gehen."

„Setz dich hin!" knurrte Larpent.

„Sag mal, Robert Houdin", bemerkte ich. „Was willst du von uns? Wirst du uns lange hier festhalten?"

„Ich?"

Er hob verächtlich die Schultern.

„Ich werde abhauen. Nachdem ich euch eins verpaßt habe. Meine Verletzungen erlauben es mir nicht, euch den Rücken zu kehren. Ich werde das bestens einfädeln. Die tragischen Liebenden. Gemeinsamer Selbstmord. Bestens, sage ich euch."

„Gut. Du machst uns kalt und haust ab. Und danach?"

„Was ich danach mache, geht dich einen Dreck an."

„Danach wirst du dein Bild abholen, es verkaufen und weggehen, um woanders zu leben."

„Genau."

„Nein, Monsieur."

„Was?"

„Ich sagte: Nein. Ich fügte irrtümlich ‚Monsieur' hinzu.

Das Bild ist nicht mehr hinter dem Spiegel, Larpent." Ich glaubte, er könnte sich nicht mehr beherrschen. Die dicke Automatic zitterte in seiner Hand, die sich verkrampfte, so daß ich das Schlimmste befürchtete.

„Verdammte Scheiße, Burma! Sag das noch mal!"

„Das Bild ist nicht mehr hinter dem Spiegel."

Er setzte sich wieder, was ihn übermenschliche Anstrengung kostete.

„Und wo ist es?"

„Wenn du das wissen willst, mein Bester, mußt du uns friedlich gehen lassen, Geneviève und mich. Aber ich warne dich: Ich hab das Gefühl, daß dieses Bild seit ein paar Tagen viel von seinem Wert verloren hat. Es hängen so viele Tote dran! Wird schwierig sein, einen Interessenten zu finden. Von vier Leichen aufwärts wird es riskant. Aber gut, für mein Leben und das von Geneviève trete ich dir den Raffael ab. Ich geb einen Dreck um Raffael. Ich bin ein Freund von Frédéric Delanglade und Oscar Dominguez. Und dann Raffael, stell dir das vor!"

„Du erzählst Märchen."

„Du bist ganz schön abgebrüht, hm, Larpent? Ein pfiffiges Bürschchen? Läßt dich nicht reinlegen, hm? Du hast recht. Das sind Märchen. Ich habe gesagt: Das Bild ist nicht mehr hinter dem Spiegel. Genauso hätte ich sagen können: Das Pfarrhaus..."

„Hör auf mit dem Pfarrhaus."

„Gern. Ich bin Atheist. Also, das war ein Märchen. Noch ein Märchen: Es waren einmal Zwillinge, die sich sehr ähnelten, was vielleicht nicht erstaunlich ist, aber dazu geeignet, jemanden hinters Licht zu führen, der sie nicht gut kannte und sie nicht zusammen sah. Möchtest du noch ein paar Märchen von der Sorte hören?"

Er hob eine Augenbraue, wie ein Clown.

„Und ich habe dich für einen Trottel gehalten! Erzähl alles, was du weißt, Burma. Ich werde ja sehen, ob du bluffst oder ob ich deiner Geschichte mit dem Spiegel glauben kann."

„Du kannst ihr sofort Glauben schenken. Das weißt du

sehr gut."

„Erzähl trotzdem..."

„Schön. Ich mache sehr gerne Eindruck. Vor allem bei den Damen..."

Ich lächelte Geneviève traurig und sanft zu.

„... Also, unsere beiden Brüder begingen Betrügereien. Da sie aus einem Kaff stammten, das der Erste Weltkrieg ausradiert hatte, gab es kein verräterisches Standesamt mehr, nichts. Nur noch Brennesseln. Wenn die Flics den Betrüger Daumas in der einen Ecke vermuteten, tauchte er woanders auf. Irrlicht. Du warst damals schon gerissener als dein Bruder, denn der hat sich schnappen lassen, nicht du. Aber dein Bruder lag vielleicht in Sachen Herz vorne. Ihr habt beide einer gewissen Aurélienne den Hof gemacht. Und wenn einer von euch mit ihr geschlafen hat, dann nicht du. Kann sein, daß ich die Geschichte erfinde. Aber ich brauche von irgendwoher eine Rivalität zwischen euch beiden, um deine Tat von neulich zu erklären. Denn – du erlaubst, daß ich dir das in aller Freundschaft sage – du wärst ein Oberarschloch, wenn du deinen Bruder einfach so umgelegt hättest, ohne wenigstens eine Entschuldigung zu haben: dein Haß, wenn der Grund dafür auch nebensächlich war und weit zurücklag. Gut. Also, eines Tages trennen sich die beiden Brüder. Du lebst, nehme ich an, weiterhin von größeren Diebstählen und hast dabei ganz schön Schwein, und dein Zwillingsbruder verzieht sich unter dem Namen Lheureux in die Provinz. Geheimnisumwittertes Leben... Na ja, egal... Eines Tages rückt er aus. Er fährt hoch nach Paris. Seine behinderte Frau beauftragt mich, ihn zu frankieren und zurückzuschicken. Ich finde ihn, und wir werden Freunde. Er lacht oft, wenn er mich ansieht, er scheint sich meine Visage was kosten zu lassen. Gezwungenermaßen, ein Vorbestrafter, vielleicht immer noch aktiv, von einem Detektiv beschützt! Er findet das lustig. So lustig, daß er mich im Jahr darauf freiwillig benachrichtigt. Wir laufen zusammen rum. Und jetzt 1954. Ungewöhnlicher Ausflug... im Januar. Seine Jahreszeit war der Sommer. Und diesmal ruft er mich nicht an, um mir seine

Eskapade anzukündigen. Warum nicht? Ich vermute...“

Larpent seufzte:

„Du vermutest viel.“

„Das ist mein Beruf, mein Lieber. Also, ich vermute, daß du wieder Kontakt mit ihm aufgenommen hast, wobei ich annehme... Siehst du, ich nehme auch an... Ich vermute und nehme an... Wobei ich also annehme, daß ihr den Kontakt nie abgebrochen habt... Und ich vermute, daß du ihm vorgeschlagen hast, mit dir zusammen ein Ding zu drehen. Zum dritten Mal von der Ehefrau auf die Suche geschickt, gabel ich meinen Lheureux im Riche-Bourriche auf. Er scheint nicht entzückt, mich zu treffen, und entwischt mir. Er hat mit dir bei den Hallen eine Verabredung wegen dieser berühmten Geschichte. Eine ganz ruhige Geschichte, eine Geschichte, die sich in die Länge zieht. Ihr geht in diesen Keller, den du wohl kennst, und hopp! Kein Lheureux mehr! Eine oder mehrere Kugeln haben ihn getötet und teilweise unkenntlich gemacht. Du brauchtest einen ruhigen Ort, wo wenig los war, um in Ruhe die Kleider tauschen zu können. Aber sobald das geschehen war, läufst du zum Telefon... meine Herren von der *Tour Pointue*, bitte... Warum? Weil die Leiche schnell entdeckt werden mußte. Und dazu, wie eine Flanellweste, der falsche Raffael, der die Dinge verkomplizieren und verwirren sollte. Es mußte sehr rasch bekannt werden, daß Monsieur Larpent tot war. Um so schlechter oder vielmehr um so besser, wenn er verdächtigt wurde, bei dem Diebstahl des Raffael seine Finger im Spiel zu haben. Und wer wurde bei dem Coup aufs Kreuz gelegt? Deine Komplizen, die du schon seit langem fallenlassen wolltest, vielleicht weil du nicht immer ganz korrekt mit ihnen warst, vermute ich...“

„Immer deine Vermutungen.“

„Ach! Hör auf. Das sind alles nur Vermutungen. Es gab aber keine bessere Möglichkeit zu verschwinden, als für tot zu gelten, und das ist keine Vermutung. Es ist auch keine Vermutung, daß du das Bild hattest; daß du vorhattest, in Deckung zu gehen, bis daß der Käufer auftauchte, den Octave Miret geködert hatte, und zu verschwinden, sobald du die hundert und ’n paar Millionen eingestrichen hättest. Denn es ging um hundert Lappen, vielleicht um mehr. Wenn du die Zahl nicht kanntest, jetzt kennst du sie.“

Larpent grinste.

„Nur keine Sorge, Papi! Wieviel Lappen das auch sein mögen, ich werde sie mir nicht durch die Lappen gehen lassen, sei ganz unbesorgt!“

„Tatsache ist, daß du dir im Kittchen mit dem ganzen Moos ’ne Menge kaufen kannst. Na gut. Ich fahre fort. Nach dem Coup rennst du in das Hotel von Lheureux, Rue de Valois. Erlaube mir zu vermuten, daß du deinen Bruder so ausgequetscht hast, um über unsere Beziehung Bescheid zu wissen. Und daß dieser arme Trottel dir ein paar Minuten vor seinem Tod von unserem Zusammentreffen im Riche-Bourriche erzählt hat. Du tust also, als würdest du mich seit langem kennen, ohne jedoch viel zu reden, als ich dich in Lheureux’ Bude beim Kofferpacken überrasche. Du schmeißt mich schnell raus, aber mein Besuch beunruhigt dich. Instinktiv entschließt du dich, nichts zu riskieren, nicht mit dem echten Raffael rauszugehen. Du versteckst ihn hinter dem Spiegel, den du näher an die Wand ziehst. Niemand wird ihn dort suchen, außer dir, zu gegebener Zeit. Und gleich auf der Straße, wenn du zufällig – man kann nie wissen – in schlechte Gesellschaft gerätst... nichts im Koffer, nichts in den Taschen. Nicht mal die Kanone, mit der du Lheureux abgeknallt hast und von der du dich wohlweislich getrennt hast. Du gerätst nicht in schlechte Gesellschaft, aber als du aus dem Hotel kommst, fährt dich ein wildgewordenes Auto um wie einen Kegel... Alter Freund, wenn die Flics das Bild in deinem Koffer gefunden hätten, wärst du zwar auch reif fürs Krankenhaus gewesen, aber für die bewachte Abteilung... Du hast noch Glück im Unglück gehabt.“

Larpent knirschte mit den Zähnen.

„Trotzdem ist alles rausgeflogen... Wenn ich den Scheißkerl erwische...“

„Aber ja doch, ja. Hör mal, gib mir tausend Francs, und ich geb dir ’n Tip. Willst du nicht? Geizkragen. Du hast möglicherweise mehr als hundert Millionen in der Tasche, und... Na ja... Nun, *Mesdames et Messieurs,* ausnahmsweise heute, als Reklame, als Werbung, hören Sie gut zu, Monsieur Larpent, und Sie auch, Geneviève..."

Sie wurde blaß.

„Nicht für 1000 Francs verrate ich Ihnen den Namen des Rabauken, auch nicht für 500, noch weniger für 300, nicht mehr für 100 als für 50, sondern für Null komma nichts, gratis, umsonst, für nischt, für nix, für 'nen Schiß... Der Fahrer des Wagens war Nestor Burma, meine Wenigkeit in diesem noblen Viertel."

„Haha, Burma, sehr witzig", stieß Larpent mit vor unterdrücktem Haß zitternder Stimme hervor. „Sehr witzig, du Hurensohn..."

„Mein Lieber", erklärte ich, „ich habe gesehen, daß du abhauen wolltest. Ich habe gesehen – ohne ganz sicher zu sein –, daß du nicht Lheureux warst. Ich hatte die Leiche im Kellergeschoß des Lagerhauses gesehen. Ich wollte dich hier in Reichweite haben, ohne der Polente meinen Verdacht mitzuteilen, da ich bei diesen dunklen Machenschaften ein einträgliches Geschäft witterte. Alles roch danach, daß du den Mord begangen hattest. Wenn ich dich ein wenig ramponierte, konntest du nicht weit kommen, und ich würde keinen wertvollen Menschen beschädigen."

„Sehr witzig, wirklich."

„Während du dich im Krankenhaus zu Tode langweilst, kommen deine Komplizen in Bewegung. Sie halten dich wirklich für tot, aber wer konnte dich wohl getötet haben? Sie denken sofort an deine Geliebte. Auf diesen Punkt kommen wir später noch. Birikos und Chassard, das ideale Paar, glauben zuerst, daß ich der Mittelsmann bin. Sie suchen bei mir nach Indizien. Finden einen Brief, bekommen Streit. Ich vergaß... Sie finden auch ein Foto von Lheureux, das sie für deins halten. Also kenne ich Larpent. Steh mit ihm auf vertrautem Fuß... Dieser Brief kann sie nicht weit bringen, aber sie liefern sich um seinen Besitz einen tödlichen Kampf. Ende von Monsieur Nick Birikos, einem Griechen, der dich bestimmt nicht beschissen hätte, Larpent. Nicht so wie Chassard, der beidhändige Gigolo-Romeo. Ob er nun glaubt oder nur so tut, daß Geneviève dich umgebracht hat, um das echte Bild in die Hände zu bekommen, jedenfalls versucht er damit sein Glück. Er hat die Schnauze voll von den alten Tanten und Tunten. Er macht es, und zwar so gut, daß Geneviève mich zu Hilfe ruft."

Immer noch stand Larpent hölzern auf seinem verletzten Bein, immer noch hielt er seine dicke Automatic auf uns gerichtet. Er brach in lautes Gelächter aus.

„Schön!"

„Es kommt noch schöner. Weil ich nämlich mit ihr schlafe."

„Es wird immer schöner."

Sein ordinäres Lachen, falsch und zweideutig, gefiel mir nicht.

„Schnauze, Larpent", sagte ich.

Er hörte auf zu lachen.

„Schluß damit. Erzähl weiter."

„Das ist beinahe alles. Geneviève und ich machen den Fehler, diesen Fehlgriff Chassard nicht endgültig auszuschalten. Vor allem sie findet, er sei alles in allem gar nicht so übel. Das Resultat: Unter dem Vorwand, Reklame zu machen, den Glanz aufzupolieren oder eine bittere Pille zu versüßen, ich weiß es nicht, bringt er diesen charmanten Kindskopf..."

Ich wandte mich Geneviève zu und lächelte sie an.

„Entschuldige, Chérie... diese charmante Person dazu, einen Sensations- und Skandalartikel in der Presse veröffentlichen zu lassen. Und warum macht Monsieur Chassard das? Weil er sich sagt: Die Presse hat kein Sterbenswörtchen über die zarten Bande zwischen Larpent und Geneviève gesagt. Wenn diese Enthüllung dem Käufer unter die Augen kommt, der jetzt wohl ziemlich ratlos ist, wird er Geneviève aufsuchen. Dann werde ich ihm durch irgendeinen Dreh sein Moos abluchsen, ohne ihm etwas dafür zu geben. Der Käufer hat sich nicht gezeigt, aber du, du hast rotgesehen, bist sofort hierher gestürzt, um mit der Treulosen ein Wörtchen zu reden. Sie muß wohl komisch geguckt haben, als du hier angetanzt bist."

„Sehr", grinste er.

„Zwangsläufig. Ein Toter..."

„Ja, ein Toter. Ist das alles, Monsieur Burma?"

„Ja."

„Pfiffiger Detektiv, hm?"

„Stets zu Diensten, Robert Houdin, du makabrer Zauberkünstler."

„Du weißt nicht mal die Hälfte von der ganzen Geschichte."

„Schade. Ich hab genug erzählt. Ich bin müde und hab wieder diesen Durst...Hast du nichts zum Gurgeln, Geneviève?"

Sie schüttelte langsam den Kopf, weitausholend und sanft, lächelte mir zärtlich zu. Ihre Augen füllten sich mit Tränen.

„Mon Chéri", flüsterte sie.

„Kommen Sie, Larpent", sagte ich unvermittelt. „Holen wir dieses Bild."

„Keine Bewegung!" kreischte er.

Er schwankte auf seinem kranken Flunken. Sein Revolver zitterte.

„Schweine!" rief er.

Das Gewitter brach über uns herein.

Er schoß auf Geneviève, verfehlte sie aber. Für zwei Sekunden ließ er mich aus den Augen. Ich holte mein Schießeisen raus und schoß auf sein anderes Bein, das gesunde. Es war mein Glückstag. Ich verfehlte ihn. Er richtete seine Kanone, die Flammen ausspie, auf meinen Bauch, zuckte bei dem Rückstoß der Waffe zusammen und verzog bei dem stechenden Schmerz, den dieser Schlag seinem ramponierten Bein verursachte, das Gesicht. Mit einem lauten Schrei, einem schrecklichen Schrei, einem Todesschrei, einem Schrei von mehreren Toden – so vieles starb mit einem Schlag – stürzte Geneviève sich in das Höllenfeuer. Sie sank vor meine Füße, preßte ihre Hände gegen ihren Busen, als reiche sie ihn mir zum Liebesopfer dar, ihren Busen, dessen langsames, aber sicheres Altern sie mit Entsetzen beobachtete. Bei ihrem Sprung war ihr Kleid der Länge nach zerrissen. Die glänzende Spange an dem spitzenbesetzten Strumpf schien in das Fleisch ihres Schenkels zu dringen und leuchtete bei den blitzenden Schüssen auf.

Auf den lauten Klageschrei hatte ich mit einem wahren Leidensgebrüll geantwortet. Dann, mit zusammengepreßten Kinnladen, hatte ich es Larpent gegeben. Seine Pistole war schon verstummt, als meine noch ihr verantwortungsloses Blei ausspuckte. Endlich verstummte auch sie.

Benommen vor Schmerz und Wut näherte ich mich Larpent. Er lebte noch. Sollten Faroux und seine Leute ihn lebend in Empfang nehmen, damit er unterwegs krepierte. Hauptsache, er krepierte!

Fünfzig Millionen, hundert Millionen, so viele Millionen, wie man wollte! Das kotzt einen an, dieses Scheißgeld!

Ich beugte mich über Geneviève, nahm sie auf meine Arme und trug sie auf ihr Bett. Etwas Blut beschmierte meine Hände. Gestern noch hatte ich mit ihr geschlafen. Langsam legte sie ihre Hand mit den langen, schmalen Fingern, auf ihre bebende Brust. Der abgebrochene Nagel an dem Zeigefinger war noch nicht nachgewachsen. Ihre Lippen bewegten sich schwach:

„Mon Chéri."

16

Melancholie

Ich betrachtete mich im Spiegel, der durch eine Kugel sternförmig gesplittert war. Man wird sich doch wohl noch anschauen dürfen! Nestor Burma, der pfiffige Detektiv. Bleigraues Gesicht, struppiges Haar, fix und fertig. Fast allein. Endlich allein! Sie waren alle wieder verduftet, das Hotelpersonal, Florimond Faroux und seine Flics. Ich hatte den Kommissar mit ein paar kurzen Erklärungen abgespeist und mir das große Auspacken für später aufgehoben. Der Arm des Gesetzes hatte den von Bleikoliken befallenen Gangster weggeschafft. Wahrscheinlich klapperte er im Ambulanzwagen. Er war nicht transportfähiger als Geneviève, aber ihm hatte man die Fahrt nicht erspart. Er war ein Gangster. Geneviève konnte man nichts anhaben. Sie wurde behutsam in ihrem Zimmer versorgt. Erste Hilfe, einstweilen. Drei Leute in weißem Kittel. Arzt, Krankenschwestern. Nette Menschen, die besser schlafen gegangen wären. Nestor Burma, der pfiffige Detektiv, vor dem Spiegel im Salon. Struppig, den Mund voller Schutt und Asche.

Das Telefon riß mich aus meinen mißlaunigen Gedanken. Faroux. Er sagte:

„Das war ein toller Kerl, dieser Larpent."

„War?"

„Er ist tot. Wie vorauszusehen war. Verdammt nochmal! Sie sind nicht gerade behutsam mit ihm umgegangen. Donnerwetter, es ist nicht ratsam, Ihr Weibchen anzurühren! Was Larpent angeht, so bleibt da noch ein Geheimnis um den Tod von diesem Birikos; unser Larpent war in der Nacht, in der Birikos starb, im Krankenhaus, aber trotzdem... Sie wissen doch, daß wir heute abend eine nicht benutzte Kanone in seiner Tasche gefunden haben. Na ja, mein Lieber, mit eben dieser Waffe ist Birikos getötet worden, dazu noch zwei weitere Burschen, heute, am späten Nachmittag, im Palais-Royal, ich weiß nicht, ob Sie darüber Bescheid wissen..."

„Nein."

„Die beiden sind wohl von Larpent durcheinandergewirbelt worden. Er war schon aus dem Hospital fort, als dieser Doppelmord begangen wurde. Ein Antiquitätenhändler, Miret, und ein junger Mann mit undurchsichtiger Tätigkeit, Chassard. Dieser Larpent war eine Tötungsmaschine."

„Könnte man so sagen. Hören Sie, ich will mich nicht auf lange Erklärungen einlassen – ich bin hundemüde; aber dieser Chassard war der Kerl, der Geneviève belästigt hat, und er war es auch, der sie mit Absicht dazu gebracht hat, den berühmten Artikel im *Crépu* veröffentlichen zu lassen."

„Ziemlich windige Type, hm? In Bezug auf Mademoiselle Levasseur haben wir uns am Anfang, glaube ich, im großen und ganzen nicht getäuscht... Hm... Sie hat sich heute abend zwar tapfer geschlagen, aber sie ist doch wohl leichtsinniger als alles andere, nicht wahr?"

„Ja. Ein leichtsinniges Ding."

„Wie geht es ihr?"

„Wie es einer geht, die mit Alteisen gespickt ist."

„Ja. Na gut. Salut, Burma."

„Salut, Faroux."

Ich legte auf.

Leichtsinniges Ding!

Ich ging hinüber ins Nachbarzimmer. Die Nachttischlampe am Kopfende des Bettes ließ Genevièves Gesicht im Dunkeln. Eine der Krankenschwestern kam leise auf auf mich zu.

„Möchten Sie mit ihr sprechen, Monsieur?"

„Ist es möglich?"

„Alles ist möglich."

Ich trat ans Bett. Sie spürte mich neben sich, öffnete ihre Augen, die riesengroß waren und tief in den Höhlen lagen, in ihrem schönen, blutleeren Gesicht. Ein klägliches Lächeln huschte über ihre Lippen, wie bei einem gehetzten Wild. Ich nahm ihre Hand.

„Kommissar Faroux hat soeben telefoniert. Larpent hat Miret und Chassard umgebracht."

„Das war ich nicht wert", hauchte sie.

Ich drückte wortlos ihre Hand.

„Nur weil ich Angst hatte, älter zu werden", fügte sie noch hinzu.

„Ja, Geneviève."

Ich ging zurück in den Salon und schloß die Verbindungstür hinter mir. Ich löschte das Licht und öffnete die Fenster. Die frische Kälte tat mir gut. Der Tag ließ auf sich warten. Ich stopfte meine Pfeife, zündete sie aber nicht an.

Leichtsinniges Ding! Unschuldiges, leichtsinniges Ding!

Als Larpent unter dem Namen Lheureux aus dem Hotel in der Rue de Valois kam, wer wartete da in dem Kabriolett, das ich beinahe gerammt hätte, um ihn zu einem vorübergehenden, aber sicheren Schlupfwinkel zu fahren? Geneviève. Geneviève, die ohne Zögern das Geheimnis ihrer Liebschaft verraten hatte, um mit Leichtigkeit den zu Larpent verwandelten Leichnam von Lheureux identifizieren zu können, zumal sie eingeweiht war. Sie war eine Komplizin, mußte mit Larpent und dem Schatz fliehen. Das, was eben passiert war, bewies, daß Larpent vielleicht sein Wort nicht gehalten hätte; am Anfang aber herrschte Einigkeit. Geneviève fühlte, daß sie älter wurde. Sie wollte schrecklich viel Geld besitzen, und zwar schnell, so als vertreibe Geld das Altern. Wahnsinn, in beiden Fällen. Als Zeuge des Unfalls konnte sie ohne Mühe herausfinden, in welches Hospital Larpent gefahren wurde, und sie brachte es auch fertig, ihn am folgenden Morgen früh zu besuchen. Ihr Charme hatte wohl auf die Verwaltungsangestellten gewirkt. Reboul hatte davon nichts merken können, da er erst später seinen Posten bezog. Es war zu vermuten, daß Larpent während des Treffens die junge Frau veranlaßt hatte, dem Mittelsmann Miret einen Brief zu schicken, damit dieser nicht ungeduldig würde. Den Brief hatte sie selbst ungeschickt auf irgendeiner Maschine getippt. Deswegen die häufigen Tippfehler und der abgebrochene Fingernagel. Er hatte ihr auch empfohlen, sich vor mir in acht zu nehmen und mich auf irgendeine Weise auszuhorchen, wobei die älteste und bekannteste Weise immer noch die wirksamste ist.

Geneviève hatte nie gewußt, wo das Bild war – Larpent hütete ängstlich seine Geheimnisse –, aber sie kannte die Komplizen, die wiederum den Mittelsmann nicht kannten, während sie über Mirets Rolle aufgeklärt war. Sie hatte keinen Vorwand, um Kontakt mit mir aufzunehmen, als Chassard kam und ihr einen lieferte. Er glaubte, ich sei der Mittelsmann. Sie wußte, daß das nicht stimmte, aber indem sie Chassard rechtgab, hatte sie Gelegenheit, mit mir zusammenzutreffen, ohne Verdacht zu erregen. Und mir zu Ehren setzten sie die Geschichte von dem „aufdringlichen Menschen“ in Szene. Von da an lockerte sich der Knoten. Ein neues Gefühl, heftig und unwiderstehlich – ein Gefühl, das ich genauso entsetzlich schnell verspürt hatte – ergriff Geneviève, ohne deswegen jedoch den unsinnigen Wunsch nach den Anti-Falten-Millionen zu verscheuchen. Sie lockte mich in eine galante Falle, um meine Absicht zu durchschauen, verzichtete dann aber ganz darauf. Wir waren beide in die Falle ihrer Schenkel geraten. Da wurde der von Chassard gebastelte Rettungsring ausgeworfen – in der Voraussicht, daß die „Methode Delila“ scheitern würde: Der Sensationsartikel! In diesem Augenblick hatte sie ihre Wahl getroffen. Larpent war endgültig in Vergessenheit geraten. Sie dachte nur daran, an das Vermögen zu kommen, das der erwartete und unbekannte Käufer bringen sollte. Vielleicht würde dieser Artikel im *Crépuscule* diesen Mann anlocken. Sie wandten sich nicht an Miret. Chassard, weil er von seiner Existenz nichts wußte; Geneviève, weil sie den Nutzen eines solchen Schrittes zu dem Zeitpunkt nicht erkannte. Wenn der Artikel von Marc Covet erfolglos blieb, wäre es immer noch Zeit gewesen, Miret hinzuzuziehen oder ihn zumindest auszuquetschen. Genau in diesem Moment hatte Miret das Bedürfnis, mit Geneviève, in ihrer Eigenschaft als Geliebte des Verstorbenen, Kontakt aufzunehmen, weil sie möglicherweise Informationen besaß. (Geneviève war die einzige, die über den Identitätswechsel der Leiche Bescheid wußte.) Miret hatte sie zufällig (?) in der „Grille“ getroffen (er war der alte Beau an der Bar) und mit ihr für den nächsten Tag ein Treffen bei sich vereinbart. Wahrscheinlich in der Absicht, mit ihr über Corbignys Besuch zu sprechen. Sie ging zu ihm, begleitet von Chassard, der aufpaßte, so gut es ging. Und dort lieferte ich ihnen Namen und Adresse des Käufers durch meine Unterhaltung mit dem Antiquitätenhändler. Sie schlug mich nieder – ich hatte ihr Parfüm gerochen –, ließ mich aber leben. Dabei hatte ich mehr Glück als Chassard und Miret, die lästigen Zeugen... deswegen umgebracht... vielleicht auch aus anderen Motiven, die ich nie erfahren würde. Leben gelassen... Nein, töten konnte sie mich nicht. Genauso wie ich sie nicht töten konnte... Ich fragte mich, ob sie mit den wichtigsten Informationen über Corbigny an Bord der „Sonnenblume" gegangen war. Es wäre umsonst gewesen. Und dann war die Nacht gekommen, die Nacht, die jetzt langsam zu Ende ging. Larpent, der aus seinem Krankenhausbett geflüchtet war, stattete dem Nobelhotel einen Besuch ab, um zu sehen, wie die Dinge standen. Nicht aus Eifersucht – in dem Moment war er nicht eifersüchtig! Sondern weil er bei der Lektüre des *Crépuscule* mit dem Gespür eines Jagdhundes gewittert hatte, daß Geneviève dabei war, ihn übers Ohr zu hauen oder es zu versuchen... Und als er feststellte, daß sie bewaffnet war, nahm er ihr aus Vorsicht den Revolver ab, mit dem sie im Palais-Royal getötet hatte und der jetzt seinerzeit Larpent mit diesen Morden belastete...

Der Himmel von Paris wurde allmählich blasser.

Sie lag im Nebenzimmer im Sterben. Niemand würde jemals etwas von ihren Taten erfahren. Kein Gerede. Burma für Geneviève. Larpents Andenken würde das Gewicht dieser Verbrechen schon aushalten. Das Andenken des eleganten Mannequins von der Place Vendôme würde geschützt werden. Man würde das herrliche Geschöpf beweinen, deren anbetungswürdigen Körper ein internationaler Verbrecher vor der goldenen Kulisse eines Luxusappartements mit Kugeln durchlöchert hatte. Aber man würde nicht erzählen, was ich wußte: daß sie nämlich mit diesem anbetungswürdigen, duftenden, warmen und zärtlichen Körper den eines schlechtbezahlten, immer abgebrannten und nach Pfeife riechenden Detektivs geschützt hatte. Aber vielleicht hatte ich Ähnlichkeit mit ihr. Ich malte es mir aus. Ich fühlte mich müde, zerschlagen. Sie lag im Nebenzimmer im Sterben...

Jemand berührte meine Schultern. Ich drehte mich zur Krankenschwester um, sagte nichts. Die Frau in Weiß sagte auch nichts. Sie sah mich an. Das genügte. Ich wandte mich ab, trat auf den Balkon hinaus und betrachtete das Morgengrauen am Himmel von Paris.

Hinterm Louvre ging die Sonne auf.

Paris 1954

Nachgang

Natürlich war auch heute morgen die Sonne hinter dem Louvre aufgegangen. Aber es muß ein kurzes Schauspiel gewesen sein. Jetzt stand der Himmel bleigrau über der Ile de la Cité und der Conciergerie, diesem ehemals königlichen Schloß, das dann zum Wartesaal für die Guillotine wurde. Für Marie-Antoinette und die Dubarry, aber auch für Danton und Robespierre. Die Südseite der Cité-Insel schließt mit dem Quai des Orfèvres ab. Kommissar Maigret läßt schön grüßen.

Aber ich bleibe, im Windschatten von Nestor Burma, auf der rechten Seite der Seine, gehe nur ein paar Schritte auf den Pont Neuf. Die ‚Neue Brücke', die doch die älteste von Paris ist. Die erste, die nicht, wie damals üblich, mit Häusern zugebaut wurde. Den Weg unter die Brücke konnte ich mir sparen. Da haben längst keine Clochards mehr ihr Quartier aufge-

Quai de la Mégisserie – der frühere Uferweg an der Seine, heute eine Schnellstraße.

schlagen, wie einst im wohl bekanntesten Pariser Chanson behauptet:

Sous les ponts de Paris
lorsque descend la nuit
toutes sortes de gueux se faufilent en cachette
et sont heureux de trouver une couchette ...
(Wenn unter den Brücken von Paris
die Nacht hereinbricht,
schleichen heimlich die Bettler umher
und sind glücklich, ein Lager zu finden.)

Nichts geht mehr. Rien ne va plus. Das Nachtasyl unter der Brücke ist Paris von gestern. Jedenfalls am Quai de la Mégisserie, an dem Burma eins über den Schädel bekam und von Aurélienne d'Arnetal und ihrem Jules, ihrem Saufkumpan, aufgelesen wurde.

Heute befindet sich dort eine Schnellstraße. Am Quai selbst warten noch immer die Bouquinisten auf ihre Kunden. Ein mühsames Geschäft. Alte Postkarten, Briefmarken, Poster-Nachdrucke, immer seltener zerfledderte Schmöker.

Auf der anderen Straßenseite noch immer der Pflanzen- und Tiermarkt. Ratten und Hühner, Kaninchen und Enten, ein Schwanenpaar für 500 Mark. Neben vielerlei Kakteen halten Vorgartenzwerge die Wacht an der Seine. Schrebergarten-Emigranten aus Deutschland vielleicht. Oder dem Elsaß bestenfalls. In Paris werden sie sich kaum heimisch fühlen. Seltsam. Die meisten Vogelkäfige sind leer. Ein paar Wellensittiche, ein offenbar verstockter Papagei, aber keine Distelfinke. Kein Wunder. Nestor Burma war hier! Hat sie alle ausfliegen lassen.

Ich ließ das ganze Geschnatter und Gezirpe und den verstockten stummen Papagei und die leicht verstaubten, grinsenden Gartenzwerge hinter mir und bog in die Rue Jean-Lantier ein. Aber keine platinblonde Gaby war zu sehen. Nestor Burma hätte wohl gleich die Rue St. Denis aufsuchen müssen. Da ist noch immer und eigentlich immer mehr das Auffanglager der Pariser Freudenmädchen. Rund zweieinhalbtausend sollen in der Rue St. Denis und den kleinen Seitengäßchen ihr zuhause haben. Aber die große Freiheit dürfen sie sich nicht herausnehmen. Angequatscht wird kaum jemand. Das Auge des Gesetzes drückt dasselbe kaum mehr zu, wenn Lulu oder Froufrou allzu dreist auf Kundenfang gehen. Schonzeit für Touristen, keine Konjunktur für Stars und Strapse. Ein schaler Abglanz der Place Pigalle, von deren fraglos fragwürdigem Ruf auch nur noch biedere Reiseführer zehren. Bonjour Tristesse. Und schuld daran ist Mutter Marthe. Die Abgeordnete Marthe Richard, die keinen Spaß an Freudenhäusern hatte, setzte kurz nach dem Zweiten Weltkrieg in einem Kreuzzug für die guten Sitten die Schließung aller öffentlichen Häuser durch. Dieser Akt brachte ihr den Spitznamen *veuve qui clôt* ein (die schließende Witwe/Vergleich: Champagner-Marke veuve cliquot).

In einer Seitenstraße der Rue St. Denis, der Rue St. Sauveur (was haben die vielen Heiligen in dieser Gegend zu suchen?) hatte sich früher das Nobel-Bordell der Madame Gourdan eingenistet. Eine der besten Adressen im alten Paris. Unter den Nachwuchskräften des Hauses machte eine gewisse Marie-Jeanne Bécu die steilste Karriere. Als geadelte Gräfin Dubarry brachte sie den sinnesfrohen König, in diesem Fall den 15. Ludwig, auf andere und nicht immer die besten Gedanken. Als Stammgast des renommierten Etablissements galt der auch nicht gerade prüde Marquis de Sade, der sich – wie in seinem Roman Justine beschrieben – vor allem im sogenannten Vulkan-Salon delektierte. Aber der Vulkan hat ausgespien, und das Geschäftsgebaren der heutigen Mieter ist weit züchtigerer Natur. Das Schild am Eingang kündet von den Aktivitäten der Firma Lax und Lady, die sich auf die Produktion von Büstenhaltern verlegt hat.

Es bleibt genügend Zeit, den Dessous dieses Viertels nachzuspüren. Was hätte ich Burma hinterherrennen sollen, in die Rue Lescot beispielsweise, in der kein Obsthändler mehr sein Grünzeug feilbietet und in keinem Lagerhaus mehr Bananen verstaut werden. Der vielzitierte Bauch von Paris ist zwar nicht leer, aber er ist ausgepumpt worden. „Die aufgehäufte, aber ekelhafte Speisekammer von Paris“, die schon den Ordnungssinn des deutschen Gastes Ernst Moritz Arndt aus dem Gleichgewicht gebracht hatte, wurde Ende der 60er Jahre nach Rungis verfrachtet, einen Vorort im Süden der Stadt, nahe am Flughafen Orly. Es war ein schwerer Abschied.

In der Kirche St. Eustache hatten viele Zünfte der Markthallenhändler ihre eigenen Kapellen. Eine Art Krippenspiel erinnert dort an ihren erzwungenen Auszug, ihre Vertreibung aus dem Reich der Düfte.

Als der Kahlschlag-Meister des 19. Jahrhunderts, der unermüdliche Baron Haussmann, den Architekten Baltard die Hallen bauen ließ, gab es schon nicht mehr den vormals größten Friedhof der Stadt, den Cimetière des Innocents, an dessen Stelle sich heute ein Brunnen befindet, die Fontaine des Innocents, die Quelle der Unschuldigen.

Ein hübscher Name. Mag den Toten noch gottesgnädig Unschuld zuteil werden – die dort Lebenden haben mit ihr nicht viel im Sinn. „Jedes Haus ist offen“, hat sich schon der verschreckte Ernst Moritz Arndt empört und – schlimmer noch – „die Spazierenden oder Verirrten werden gastfrei zum Bette und Schlummer eingeladen.“ Und in einem dieser Häuser in der benachbarten Rue Pierre-Lescot, in dem freilich nur Bananen und keine Damen lagen, hat man dem armen Lheureux den Garaus gemacht.

Das ‚Père Tranquille‘, in dem Burma den angesäuselten Herrn Lheureux erstmals ausfindig gemacht hatte, steht noch. Es sollte nach dem Abbruch der Hallen eigentlich gleich mit abgerissen werden, wurde dann aber renoviert und erfreut sich heute regen Zuspruchs.

Wahrscheinlich, weil es gegenüber dem neuen Hallen-Forum liegt, diesem monströsen Disneyland aus Stahl und Glas und Plastik, in dem sich bei sündhaft teuren Ladenmieten zig Boutiquen eingenistet haben, unter und über der Erde. Wo der Bauch von Paris seinen Platz hatte, hat sich nun ein Magengeschwür aufgetan. Aber das ist erst der Anfang. Hinter dem mehrgeschossigen Vieleck aus Glas und Stahl, diesem verwirrenden Gemisch aus Kinos und Cafés, aus Parfümerien und Pizza-Stuben, gähnt unheildrohend das Loch von Paris.

Rue de Valois. Das Hotel, in dem Lheureux wohnte, ist heute ein gutes Mittelklassehotel.

35 Meter tief und so groß wie vier oder fünf Fußballfelder. Und die gilt es auch noch zu füllen. Mit einem riesigen Auditorium und einem Schwimmbad und Sporthallen und Bibliotheken und und und.

Eine Symphonie aus Wunschtraum und Alptraum. Einen ‚Louvre des Volkes' wollte Napoleon an die Stelle setzen, an der der Friedhof der Unschuldigen aufgelassen worden war. Eineinhalb Jahrhunderte später ist es eine fast schon museale Baustelle. Bretterzäune versperren den neugierigen Blick auf Schutt und Schlamm. Nestor Burma hätte auf dem Weg zu Lheureux' Hotel in der Rue de Valois einen weiten Bogen machen müssen.

Übrigens: Einen der Baltard-Pavillons hat man inzwischen im Westen der Stadt, in Nogent-sur-Marne, wieder aufgebaut.

Aber zurück zur Lust am Laster, das in diesem Viertel sich schon immer heimisch fühlen durfte. Davon künden bereits die Straßennamen. Schließlich gibt es eine Rue de la Grande-Truanderie, eine Straße der großen Gaunerei. Ganz in der Nähe, in der Rue de la Ferronnerie, starb 1610 der französische König Heinrich IV. unter den Messerstichen des Schulmeisters François Ravaillac. Zwei Wochen später wurde der Mörder Ravaillac dafür gevierteilt. Und nicht weit entfernt findet man auch die Rue de l'Arbre-Sec, die Straße zum trokkenen Baum. Kein verfrühter Hinweis auf das Waldsterben unserer Tage, sondern eine zarte Umschreibung für den Galgen, den man dort aufgebaut hatte. Ein stets mit großer Anteilnahme der Bevölkerung aufgenommenes Spektakel, das allerdings in eine Seitenstraße verbannt wurde, nachdem die Händler des Hallenviertels sich über den aufdringlichen Leichengeruch beklagt hatten.

Heute atmet das Viertel eher die exotischen Düfte der vielen Gewürzhändler, die sich vor allem in den kleinen überdachten Passagen niedergelassen haben. Und den zumeist griechischen Schnell-Imbiß-Buden mit ihrem am Spieß gedrehten Hammel-Hack, das irgendein Dimitri Angelopoulos scheibchenweise absäbelt und in eine halbe Weißbrotstange hineinpfercht, um es dann mit welken Salatblättern, Oliven und Tomaten zuzukleistern. McDonald auf mediterrane Art. Zehn oder zwölf Francs das Stück. Nebenan die tunesische Pâtisserie mit ihren klebrigen Kalorienbomben. Den Baklawas mit Pistazien oder Pinienkernen, den „Gazellenhörnern" aus Mehl und Butter und Mandeln. Mit viel Honig und Zukkersirup und allesamt in triefendes Öl getaucht.

Es ist, als hätten die Vereinten Nationen hier ihre Großmarkthalle eingerichtet. Aber das Riche-Bourriche, in dem Lheureux seine Austern schlürfte, steht nicht mehr. Viele der kleinen Eckkneipen, in denen man vor 20 Jahren noch morgens um fünf seine Zwiebelsuppe schlürfen konnte, haben dichtgemacht.

Der Louvre steht natürlich noch. Drei Millionen Besucher zählt er im Jahr, fast zehntausend pro Tag. 224 Säle, 400000 Kunstwerke, vor allem die Mona Lisa und die Venus von Milo. Das sind die beiden Pflichtübungen. Im Innenhof des Louvre soll nun eine Glaspyramide errichtet werden. So hat sich das jedenfalls ein amerikanischer Architekt chinesischer Herkunft ausgedacht, und der französische Präsident hat sein Ja-Wort gegeben. Der Mona Lisa wird schon noch ihr Lachen vergehen.

In der langgestreckten Rue de Valois stoße ich sehr schnell auf das Hotel, in dem natürlich weder ein Albert an der Rezeption über Pferdewetten in Auteuil oder Vincennes nachgrübelt noch ein Monsieur Lheureux in der Gästeliste verzeichnet ist. Es ist ein Hotel der gehobenen Mittelklasse, dessen Preise der noblen Gegend rechtschaffen angepaßt sind, ohne als sündhaft teuer gelten zu können.

Schräg gegenüber hatte Eugène Robert-Houdin Mitte des vergangenen Jahrhunderts, der König der Magier, wie man ihn damals nannte, sein Theater eingerichtet. Er hatte sich die Erkenntnisse der modernen Physik zunutze gemacht und sie in Zauberkunststücke eingebettet, die ihm – weit über die Grenzen von Paris hinaus – einen legendären Ruf eintrugen. Höchstes Entzücken rief zum Beispiel seine Galanummer von der schwebenden Jungfrau hervor. Ein Trick, der heute zum Standard-Repertoire der Zauberer zählt.

Aber wo vor etwas mehr als hundert Jahren noch illusionäres Theater gespielt wurde, da wird heute nüchterne Politik gemacht. Was nicht heißen muß, daß die kunstvollen Tricks der früheren Jahre in die Requisitenkammer verbannt worden sind. Im Palais Royal, dem ehemaligen Stadtschloß der Herzöge von Orléans, sind heute der Staatsrat und der Verfassungsrat untergebracht, und in einem anderen Flügel residiert das Kulturministerium. In einem weiteren Anbau ist die Comédie Française untergebracht, die es sich zur Tradition gemacht hat, in jeder Spielzeit wenigstens ein Stück von Molière in ihren Spielplan aufzunehmen. Das Theater dagegen, in dem der damals schon todkranke Molière den eingebildeten Kranken mimte – seine letzte Rolle, die er nur um wenige Stunden überlebte, bevor er in seiner nahegelegenen Wohnung in der Rue de Richelieu starb – dieses Theater existiert nicht mehr. Es trug den Namen ‚Théâtre du petit Cardinal', und gemeint war damit in trügerischer Bescheidenheit der große Kardinal, eben Richelieu, dessen Ehrgeiz hingereicht hatte, auch selbst ein heute allerdings vergessenes Drama zu schreiben.

Noch vor Ausbruch der großen Revolution brannte das Theater ab. Ein paar Jahre nur, bevor sich, just im Park des Palais Royal, der Vorhang zum Theater der Revolution hob.

Es war im heute auch längst nicht mehr aufzufindenden Café Foy, einem der bevorzugten Treffpunkte des Jakobinerklubs. Dort sprang am 13. Juli 1789 der Advokat und Journalist Camille Desmoulins auf einen der Tische und rief zum Sturm auf die Bastille auf.

Der Garten des Palais Royal ist allseitig von Arkaden umgeben, in denen sich viele kleine Boutiquen niedergelassen haben. In der Galerie Montpensier auch drei oder vier Läden, in denen Orden und Medaillen und allerlei soldatisches Schmuckwerk zu kaufen sind. Einer der Vorbesitzer war gewiß Octave Miret, dem Burma damals den turbulent verlaufenen Besuch abstattete.

Aber die Besitzer und Mieter von Einliegerwohnungen im Palais Royal hatten, wie die Geschichte zeigt, des öfteren mit

Galerie Montpensier – wo sich auch heute noch – vorne links– der Ordensladen befindet.

dem Schicksal zu hadern. Der heißblütige Demoulins hatte die von ihm propagierte Revolution ja auch nur ein paar Jahre überlebt. Und der vormalige Besitzer des Palais, Louis Philippe, der seinen adligen Mantel schnell noch in den zugigen Wind der Revolution hängte, um als von seinen Standesgenossen verachteter Philippe Égalité doch noch auf der Guillotine zu enden, dieser Louis Philippe hatte ja erst, um von seinen immensen Schulden herunterzukommen, das Erdgeschoß des Palais an fliegende und später seßhafte Händler vermietet.

Auf der Nordseite des Palais liegt die Galerie de Beaujolais. Auch dort hatten sich früher etliche Cafés eingerichtet. Das Café Lemblin beispielsweise, in dem Stendhal und Brillat-Savarin Stammgäste waren, oder das Café de Chartres, in dem der sonst so welterfahrene Alexander von Humboldt – als habe die französische Küche nichts anderes zu bieten! – stets Nudelsuppe, Hammelfleisch und grüne Bohnen bestellte. Später richtete sich hier das Grand Véfour ein, bis vor wenigen Jahren eines der besten Restaurants in ganz Frankreich und noch heute beliebtes Ziel zahlungskräftiger amerikanischer Touristen.

Im Obergeschoß der Galerie Beaujolais hatte Ende der 30er

Jahre die Schriftstellerin Colette eine Wohnung bezogen, die vierzehnte und schließlich letzte in Paris. Sie blieb dort bis zu ihrem Tod 1954 ein Vierteljahrhundert. Die letzten Jahre ihres Lebens an den Rollstuhl gefesselt.

Das Palais Royal war stets ein beliebter Treffpunkt. Colette hatte hier Freundschaft mit Jean Cocteau geschlossen, Balzac und Victor Hugo machten der Dichterin Valmore ihre Aufwartung, und Stefan Zweig traf sich hier mit André Gide.

Nestor Burma hatte anderes im Sinn, als er den Innenhof des Palais Royal aufgesucht hatte. Aber er durchquerte ihn oft, denn er lag ja auf dem Weg zu seinem Büro in der Rue des Petits-Champs. Es war gleich neben der Passage de Choiseul, die früher einmal Foyer zum kleinen Theater ‚Bouffes Parisiennes' war, in dem Offenbachs ‚Orpheus in der Unterwelt' seine Uraufführung erlebte. Die Passage wirkt heute ebenso heruntergekommen wie die Rue des Petits-Champs. Léo Malet hat seinen Detektiv deshalb dort einquartiert, weil er selbst in diesem Viertel einmal Zeitungen ausgetragen hat.

Nur etwa 200 Schritte weiter grüßt wieder das mondäne Paris. Mag sein, daß es in der Avenue de l'Opéra auch mal ein Cabaret ‚Grillon' gegeben hat – es ist ein Viertel, in dem das Geld locker sitzt. Nicht nur, weil sich dort viele Banken installiert haben. Schließlich ist die Place Vendôme nicht weit, das Zentrum der Juweliere. Gut geschützt freilich von der Vielzahl von Polizisten, die das dort gelegene Justiz-Ministerium im Auge behalten. In der Mitte des Platzes steht die Vendôme-Säule, auf der nach einer wechselvollen Geschichte mittlerweile wieder Napoléon Bonaparte thront. Das Bronzerelief, das die Säule spiralförmig ziert, hat Napoléon selbst aus den in der Schlacht von Austerlitz erbeuteten Kanonen gießen lassen.

Für die architektonische Ausgestaltung des Platzes war übrigens ein gewisser Hardouin-Mansart verantwortlich, der Erfinder der sogenannten Mansarden.

Baudelaire hatte an der Place Vendôme eine Wohnung gefunden und Chopin, der im Haus Nummer zehn schließlich gestorben ist.

Rue de Castiglione – früheres Hotel Transocéan, heute ‚Hotel Intercontinental', von dort sieht man den „Sonnenaufgang hinterm Louvre", wie der Romantitel wörtlich übersetzt lautet. Im Hintergrund die Vendôme-Säule.

Besitzer einer gut gefüllten Brieftasche sind an diesem Platz natürlich aufs beste untergebracht, wenn sie sich im Hotel Ritz ein Zimmer reservieren lassen. Kaum preiswerter kommt es, wenn man die Rue Castiglione in Richtung der Tuilerien hinuntergeht, um sich im Intercontinental einzuquartieren. Was zumindest den Reiz in sich birgt, wieder einmal Nestor Burma ausfindig gemacht zu haben, denn das Intercontinental ist zugleich das bei Malet beschriebene Transocéan. In einem der Appartements, die über die belebte Rue de Rivoli den Blick auf den Tuilerien-Garten und, wenn man sich ein wenig aus dem Fenster beugt, auch auf den Louvre freigeben, hat Geneviève Levasseur jeden Morgen die Sonne aufgehen sehen.

Wenn es nicht gerade einer dieser trüben Tage im Januar war, an denen der Himmel dem Louvre einen bleigrauen Rahmen gibt.

Peter Stephan, im Januar 1985

Anmerkungen des Autors

Seite 8: Da dieser Roman im Jahre 1954 spielt, handelt es sich natürlich bei allen Geldbeträgen, von denen im Laufe der Erzählung die Rede ist, um Alte Francs.

Seite 64: Madame Sophie Stambat, inzwischen verstorben, unterhielt einen der letzten literarischen Salons von Paris in ihren Salons am Quai de la Mégisserie. Bei ihr wurde mehrere Jahre hindurch der **Prix Populiste** verliehen.

Seite 165: „Beidhändig“ (**ambidextre**) bezeichnet hier nicht eine Person, die mit beiden Händen gleich gut umgehen kann, sondern jemand in Cäsars Sinne, wenn er meint: „Ein Gatte für alle Frauen, eine Frau für alle Gatten.“

Anmerkungen des Übersetzers

Seite 11: **la bourriche** (Austern-) Korb

Seite 43: **bataille** Kartenspiel für Kinder, bei dem die jeweils höhere Karte sticht und derjenige gewinnt, der die meisten Karten an sich gebracht hat.

Seite 45: **Section des Piques:** Revolutionäre Organisation während der Französischen Revolution

Seite 54: Stephane Mallarmé: **mal armé** = schlecht bewaffnet

Seite 87: **Tour Pointue:** Polizeidienststelle im Palais de Justice am Quai de l'Horloge

Seite 109: **Übersetzung des Liedes:**

... Hure, es ist nicht gerade gesund,
die Arbeit zu verlassen,
wenn im Viertel noch
der allerletzte Kunde spukt.

Da kommt der Geist.
In uns're Herzen kommt die Angst.
Da kommt der Geist.
Der Geist von **Jack the Ripper.**

Seite 135: Begum: Titel einer indischen Fürstin

Serientäter

Robert Brack
Blauer Mohn (2886)
Die Spur des Raben (2906)

Bob Cook
Arrivederci Roma (2870)
Figuren im Zwielicht (2821)

Howard Engel
Es kommt alles ans Licht (2745)
Mord stand nicht im Drehbuch (2691)
Ticket für einen Toten (2833)

Georg Feil
Das Gesetz (2722)
Todsicher (2803)

Jan Michelet
Tod im Vorüberfahren (2749)
Weiß wie Schnee (2790)
Zwischen Hammer und Amboß (2755)

Jerry Oster
Dschungelkampf (2773)
New York Babylon (2758)

Poul Ørum
Der Schatten neben Dir (2657)
Die letzte Flucht (2822)

Fernando Schwartz
Die Falken (2829)
Die Verschwörung am Golf (2838)

L. R. Wright
Die Galerie der Toten (2825)
Tiefer Grund (2847)

Dorothy L. Sayers

Der Mann mit den Kupferfingern
«Lord Peter Views the Body» (5647)

Der Glocken Schlag
«The Nine Tailors» (4547)

Fünf falsche Fährten
«The Five Red Herrings» (4614)

Keines natürlichen Todes
«Unnatural Death» (4703)

Diskrete Zeugen
«Clouds of Witness» (4783)

Mord braucht Reklame
«Murder must Advertise» (4895)

Starkes Gift
«Strong Poison» (4962)

Zur fraglichen Stunde
«Have His Carcase» (5077)

Ärger im Bellona-Club
«The Unpleasantness at the Bellona Club» (5179)

Aufruhr in Oxford
«Goudy Night» (5271)

Die Akte Harrison
«The Documents in the Case» (5418)

Ein Toter zu wenig
«Whose Body?» (5496)

Hochzeit kommt vor dem Fall
«Busman's Honeymoon» (5599)

Das Bild im Spiegel
und andere überraschende Geschichten (5783)

Figaros Eingebung (5840)

rororo

C 1070/7